유영하게 하소서

김지후 소설집

유영하게 하소서

초판 1쇄 발행 | 2024년 6월 10일

지은이 | 김지후
펴낸곳 | 메이드인
등 록 | 2018년 3월 5일 제25100-2018-000014호
주 소 | 서울특별시 은평구 연서로10길 15-6
전 화 | 070-7633-3727
팩 스 | 050-4242-3727
이메일 | madein97911@naver.com
ISBN | 979-11-90545-44-0 03810

유영하게 하소서

김지후 소설집

메이드인

차
례

유영하게
하소서

1.

동전을 만진 탓일까, 손가락에서 비릿한 냄새가 난다. 아닌
가? 내 앞에 놓인 물에서 나는 냄새인가? 이런 생각 할 틈이 없
다. 얼른 실적을 채워야 한다. 그래야 밥을 먹지. 유영은 집중한
후 자신이 길에서 붙잡은 여자에게 다시 설명을 시작했다.

"아까도 말씀드렸지만 돌아가신 할머니께서 지금 불만을 가
지고 계세요. 저희 법당에 가시면 자세한 상담 후에 할머니 한
을 풀어드릴 수 있거든요."

"아, 진짜요? 우리 할머니가 그러시는 거구나."

여자는 긴장하거나 불편한 기색 없이 생글생글 웃으며 유영
의 말에 고개를 끄덕였다. 처음 보는 반응이다. 길에서 말을 걸
면 대부분 무시하거나 거절하지 못해 불편한 표정을 짓는데, 이

여자는 싱긋 웃으며 유영을 따라왔다.

"네, 할머니를 편하게 해드리려면 저랑 함께…."

꼬르륵. 유영이 말하는 와중에 유영의 배에서 소리가 강하게 울렸다. 이틀째 아무것도 못 먹은 상태. 이 여자를 데려가지 않으면 법당에서 돈도 먹을 것도 받을 수 없다. 그렇다고 법당을 나갈 수도 없다. 숨 쉬는 것만으로도 괴로운 집으로 다시 돌아가는 건 더 싫으니까.

여자는 꼬르륵거리는 배를 붙잡고 있는 유영을 보며 피식 웃더니 자기 앞에 놓인 붉은색 물이 담긴 컵을 건넸다.

"많이 배고픈가 봐요. 물이라도 좀 마셨어요? 입술이 건조해 보여. 이건 내가 먹는 홍차인데 이거라도 마셔요."

"아닙니다. 일단 할머니를 도와드리는 게 먼저죠."

"사양 말고 마셔요. 법당 갈 거니까 걱정하지 말고요."

어떡하지. 유영은 잠시 고민하다가 홍차를 들이켰다. 달달한 설탕물. 그런데 홍차가 원래 이런 맛이던가? 코끝에 비릿한 향이 살짝 스치자 눈꺼풀이 급격히 무거워졌다. 눈이 당장이라도 감길 것 같다. 흐릿한 유영의 눈앞에 턱을 괴고 미소 짓는 여자의 모습이 보인다.

꿈뻑. 그리고 풍덩. 잠이 든 걸까? 기분이… 좋다. 유영은 깊은 물속에서 헤엄치고 있다. 부드럽고 편안한 느낌. 깊은 물속에 있지만 무섭지 않다. 물 위로 빛이 보인다. 천천히 빛을 따라 수영해서 올라갔다.

"안녕? 일어났네."

꿈이었나. 분명히 물속에 있었는데 낯선 방에 누워있다. 기숙사처럼 생긴 방인데 햇빛이 잘 들고 가구도 깨끗하다. 유영은 자신이 살던 반지하 집과는 완전히 다른 느낌이라고 생각하며 여자에게 말을 했다.

"어떻게 된 거죠?"

"배고프지? 일단 뭐 좀 먹자. 배에서 밥 좀 달라고 아우성이야."

"아니, 제가 왜 여기 있는 거죠? 법당에 가기로 했잖아요."

여자는 유영의 말에 팔짱을 끼고는 말했다.

"돌아가고 싶으면 돌아가. 짐 잘 챙기고. 난 그냥 배고파 보이길래 밥이나 먹일까 해서 데리고 온 거야. 피곤해 보이길래 잠도 재워준 거고."

여자의 말이 끝나기도 전에 유영의 배가 다시 꼬르륵댔다. 젠장, 지금 다시 법당까지 걸어갔다가는 정말 쓰러질 것 같았다. 유영은 눈을 질끈 감고 여자를 따라 나왔다.

여자를 따라 복도로 나오니 호루라기 소리가 들렸다. 소리가 나는 쪽을 보니 난간 아래로 수영장이 보였다. 수영 강사의 호루라기 소리에 맞춰 사람들이 고무판을 잡고 물장구를 치고 있다.

건물은 생각보다 컸다. 1층은 전체가 수영장이고 2층은 직원 숙소 같았다. 3층으로 올라가니 숙소 옆에 식당이 있다.

"아, 맛있는 냄새."

유영은 자신도 모르게 말을 내뱉었다. 여자는 유영에게 급식판을 건네고 많이 먹으라고 했다. 유영은 음식을 받고 자리에 앉아 허겁지겁 밥을 먹었다. 배를 좀 채웠을까, 유영은 등을 뒤로 기댄 다음 한숨을 내뱉었다.

"이제 좀 살 것 같아?"

유영은 여자의 말에 말없이 우물거리며 고개를 끄덕였다. 몇 번의 숟가락질과 젓가락질. 그리고 물 한 컵을 비운 유영은 여자를 뚫어져라 바라보며 말했다.

"여기가⋯ 어딘가요?"

"아까 봤잖아. 여긴 수영장이야."

"보통 수영장에 숙소가 있나요? 호텔도 아니고."

"다른 수영장에 비해 좀 특별하지."

"저 이제 갈게요."

"법당으로 다시 돌아가려고? 가면 또 배고플 텐데? 그렇게 해서 하루에 한 명은 데리고 갈 수 있어?"

여자의 말에 유영은 대답하지 않고 입속에 밥과 반찬을 욱여넣었다.

"차라리 여기서 일을 해. 우리 수엉장에 보조가 필요하거든.

어때?"

"얼마 주는데요?"

"돈은 안 줘. 대신 숙식 제공이야."

"거짓말."

"진짜로. 하루에 4시간만 일하고 먹고 자고 다해. 나도 그렇고. 돈 필요하면 나가서 알바 더하면 돼. 나는 요즘 과외하고 있어."

"못 믿겠어요."

"믿기 싫으면 그냥 돌아가면 돼. 어렵지 않지?"

여자는 고민하는 유영을 보다가 한마디 던졌다.

"근데 잠은 잘 자니? 여기 계속 있으면 아까 같이 좋은 잠에 들 수 있어. 내가 홍차를 나눠줄게."

여자의 말에 유영의 머릿속에 아까 꿈에서 느낀 감정이 되살아났다. 부드럽고 편안한 기분. 걱정이 하나도 없는 기분.

"그거 알아? 너 자고 있을 때 웃고 있었어."

"거짓말 하지 마요."

"믿기 싫으면 말든가."

유영은 남은 음식들을 입안에 쑤셔넣고 일어나 여자에게 인사를 했다.

"갈게요. 밥은… 감사했습니다."

"그냥 가게? 짐은 챙겨가야지."

그걸 방에 왜 두고 왔을까. 유영은 속으로 짜증을 내며 여자를 따라 다시 방에 갔다. 방에 돌아가는 길에 슬쩍 쳐다본 수영장에서는 사람들이 활기차게 수영을 하고 있었다. 다들 웃고 있었다. 자신만 빼고.

방에 도착하자 여자가 짐을 유영에게 건네줬다.

"자 여기. 이제부터는 네 마음대로 해. 갈 거면 1층에 출입구가 있으니까 내려가서 나가면 되고, 여기 있을 거면 여자층 빈방 들어가면 돼."

여자의 말에 유영은 고민했다. 어차피 돌아가면 배고플 게 뻔하고, 법당도 이상하고 여기도 이상해 보이는데 그럴 바엔 숙식이 해결되는 곳에 있는 게 낫지 않나?

그렇다고 하더라도 뭔가 불안했다.

"아직 못 정했어? 고민할 시간에 홍차 한잔 더 마실래? 같이 마시자."

"이상한 약 탄 거 아니에요?"

"이상하기보다는 좋은 약일걸? 나 여기 와서 이거 먹고 너무 행복하게 잘 자고 쉬고 있거든."

여자는 컵 2개에 붉은 물을 따르고는 한 잔은 자신 앞에 두고 다른 한 잔을 유영에게 건넸다.

"이거 귀한 거야. 얼른 받아. 쏟으면 아깝다고."

여자의 말에 유영은 컵을 받아들었다. 그러자 여사는 뒤로 빌렁 누우며 말했다.

"잘 자. 이따가 보자."

여자는 말이 끝나기 무섭게 잠들었다. 새근거리는 숨소리. 컵 속의 붉은 물이 출렁인다. 여자의 얼굴을 보니 미소가 가득하다. 정말로 행복해 보이는 표정. 여자의 표정을 보자 유영은 아까 꿨던 꿈이 생각났다. 정말인지 모르겠어. 믿어도 될까. 그런데 꿈에 대한 기억과 감정 때문에 컵을 내려놓기가 어려웠다.

유영은 짐을 내려놓고 방바닥에 앉아 물을 뚫어져라 바라보다가 천천히 물을 마셨다. 아까와 같이 느껴지는 설탕물. 그리고 살짝 스치는 비릿한 향. 다시 눈꺼풀이 무거워진다. 유영은 컵을 바닥에 내려놓고 천천히 머리를 바닥에 댔다. 창문으로 들어오는 햇살이 따뜻하다.

그리고 다시 풍덩. 잠이 들었다.

이번 꿈에서는 돌고래를 만났다. 물은 따뜻했고 돌고래는 친절했다. 물속보다는 이불 속에 들어온 기분에 가까웠다. 부드럽고 편안하다. 돌고래의 노랫소리가 들리고 유영은 천천히 헤엄치는 돌고래를 따라갔다. 앞으로 가던 돌고래가 갑자기 위로 올라간다. 안 돼, 꿈에서 깨지 않게 해줘. 여기에 더 있게 해줘. 돌고래야 올라가지 마. 돌고래는 수면 위 햇빛이 비치는 곳으로 계속 올라가고 유영은 그런 돌고래를 붙잡으러 올라갔다. 제발.

제발 그만 올라가.

"꿈이 꽤 달콤하지?"

이제는 익숙해진 목소리. 노을이 들어오는 방 안. 여자가 침대에 누운 채 위에서 아래로 유영을 쳐다보고 있었다.

무슨 이유였을까. 유영은 그 말을 듣고 피식 하고 웃었다. 갑자기 마음이 편해졌다. 유영은 킥킥거리다가 어느새 깔깔 웃기 시작했다. 여자는 그런 유영의 모습에 같이 깔깔거리며 웃기 시작했다.

"아 언니, 진짜 이게 뭐야. 난 언니 낡아서 법당 데려가려고 했는데. 언니 덕분에 너무 좋은 꿈을 꿨네."

"어때, 이제는 좀 고마워?"

"언니, 나 수영장에서 일할래. 근데 밥 진짜 계속 먹어도 되는 거지?"

"그래, 걱정 마. 고기반찬만 가져가도 여기서는 아무도 뭐라 안 해."

"근데 언니는 나를 왜 여기로 데리고 온 거야?"

"왜긴, 나도 그 법당에 잠깐 있었거든. 집에서 나왔는데 갈 데도 돈도 없고. 근데 여기 사람이 나를 이곳으로 데리고 와줬어. 널 보니까 딱 몇 년 전 나를 보는 것 같더라."

"아, 정말. 내가 선배님을 법당에 데려가려고 했네. 그래서 내가 말하는데 자꾸 웃었구나!"

"그래. 아무튼 일어나봐. 네 방 찾아줄게. 밥도 먹어야지."

유영과 여자는 일어나서 식당으로 향했다. 둘은 손을 잡고 걷고 2층 난간에 기대 수영장을 내려다봤다. 밥을 먹고 돌아온 유영은 복도 끝에 있는 빈방에 들어왔다. 여자의 방과 같은 1인실. 방은 깔끔하고 쾌적했다. 유영이 침대에 벌렁 눕자 여자가 방에 들어와 물병 하나를 놓고 갔다.

"원래는 내 몫인데 하나 나눠줄게."

"고마워 언니. 잘 마실게."

"그래, 오늘 힘들었지? 푹 쉬고 내일 봐. 내일 일어나면 내 방으로 와. 수영장 일 알려줄게."

"응, 언니. 잘 자."

"그래 너도. 좋은 꿈 꿔. 말 안 해도 꾸겠지만."

여자가 방문을 닫고 나가자 유영은 씻고 나온 후 여자가 준 물을 컵에 따랐다. 붉은색 물이 담긴 물병. 물병 몸통은 아무런 표시 없이 그냥 매끈하지만 하얀 뚜껑에는 붉은 글씨로 홍차라고 써있다. 유영은 머리를 말리고 홍차를 마신 다음 침대에 이불을 덮고 누웠다. 다시 풍덩. 유영의 얼굴에 다시 미소가 지어졌다.

2.

　햇살이 유영의 눈을 두드린다. 눈을 비비며 일어난 유영은 핸드폰으로 시간을 확인했다. 오전 8시. 아침에 이렇게 개운하게 일어난 적이 있었던가? 유영은 일어나서 옷을 갈아입고 여자의 방으로 갔다.

　똑똑. 노크를 하기 무섭게 방에서 문이 열렸다.

　"일찍 일어났네? 하긴 홍차를 먹으면 아침이 정말 개운하거든."

　오늘도 활기찬 표정의 여자. 유영은 어제와는 달리 불편한 기색 없이 자연스럽게 여자의 방에 들어갔다.

　"잠깐만. 할 게 있어서."

　여자는 그대로 뒤로 돌아 손을 모은 다음 꾸벅 하고 고개를 숙였다. 창문 앞엔 물이 담긴 흰 그릇이 놓여있다. 붉은 물이 아닌 투명한 물. 여자는 1분 정도 물이 담긴 접시를 향해 고개를 숙였다. 유영은 그 모습을 보자 법당이 떠올랐다. 손을 모아 불상 앞에 고개를 숙이고 기도하는 모습. 유영은 기도 중에 늘 실눈을 뜨고 딴생각을 했다.

그러다 한번은 어떤 스님이 법당을 찾아와 기도 중인 우리에게 화를 냈다.

"이 사이비 놈들!"

법당의 남자들이 그 스님을 끌어냈고 경찰도 출동했다. 유영은 그 경찰차에 타 도망치고 싶었다.

"유영…."

"응?"

여자의 말에 유영이 생각을 멈추고 여자를 쳐다봤다. 유영은 내가 이름을 여자에게 알려줬었나, 하고 생각했다.

"다 끝났어. 별건 없고 잠시 기도한 거야. 아침에 이렇게 기도하면 마음이 편하더라고."

유영은 여자의 말에 고개를 끄덕였다.

"법당에서 하던 기도랑은 다른가 보네. 마음이 편하다니."

"좀 다르지? 너도 해보고 싶으면 나중에 알려줄게."

여자는 웃으며 짐을 챙긴 다음 밖으로 걸어나갔다. 유영은 여자를 따라나가 1층 탈의실로 들어갔다. 여자는 탈의실 구석 캐비닛에서 직원 유니폼을 꺼내줬다.

"수영장에서 일하지만 수영할 건 아니라서, 수영복 대신 반팔 티에 반바지 입고 일할 거야."

남색 상의와 파란색 바지. 생각보다 옷이 예쁘다. 바지 아랫단과 상의 왼쪽 가슴에 접시 로고가 그려져 있다. 유영은 열린 캐비닛 문을 사이에 두고 여자와 옷을 갈아입었다. 갈아입다 보니 틈 사이로 옆쪽에서 여자의 움직이는 맨살이 보인다. 시선을 돌리려 했지만, 오른쪽 배에 있는 흉터가 보였다. 마치 수술 흉터처럼 생겼다.

유영은 옷을 갈아입다 말고 캐비닛 문 너머로 여자에게 말을 걸었다.

"언니, 수영하고 싶으면 수영해도 돼?"

"응? 수영은 업무시간 아니면 자유롭게 해도 돼. 대신 배우고 싶으면 따로 강의비 내야 하고. 그리고 수영은 무조건 수영복 입고 해야 해. 직원용 수영복 있는데 하나 줄까?"

"응. 하나 줘."

유영은 여자에게 수영복을 받으며 어제 꾼 꿈을 생각했다. 풍덩. 물속에서의 유영. 돌고래. 햇빛.

유영은 갑자기 홍차가 마시고 싶어졌다. 그와 동시에 수영도 하고 싶어졌다. 여자는 캐비닛 문을 닫고 기지개를 쭉 펴더니 유영의 어깨를 툭 치며 일하러 가자고 말했다. 유영은 여사를 따라가 청소도구부터 집었다.

"일은 사실 별건 없어. 수영장 시설 청소하고 정리하고 그러면 돼."

"진짜 별거 없네?"

"그리고 수영 강사님들이 뭐 좀 해달라고 하면 도와드리고."

유영은 여자의 말에 고개를 끄덕였다.

"자, 그럼 시작해볼까?"

여자는 유영을 데리고 화장실부터 갔다. 유영은 화장실 솔질을 하며 바깥의 소리를 들었다. 호루라기 소리, 웃음소리들. 원래 이렇게 수영장이 행복한 곳이었나? 화장실 청소가 끝날 무렵한 아줌마들이 들어오며 즐거운 목소리로 말했다.

"여길 오면 참 기분이 좋단 말야. 그리고 수영해서 그런지 밤에 잠도 잘 자고 아침도 개운해."

"어머, 자기도 그래? 나도 그래! 수영하러 자주 와야겠어."

유영은 화장실을 나서며 아줌마들을 슬쩍 쳐다봤다. 환한 얼굴, 밝은 미소. 그리고 눈을 돌려 수영장을 바라보니 남녀노소할 것 없이 밝은 모습이다. 수영장이라기보다는 워터파크 같은 모습. 어릴 적 갔던 워터파크에도 우는 아이는 있었는데 여긴그런 모습이 없다.

수영장에 조금 더 가까이 가니 창문에서 들어오는 햇빛이 유영의 발을 비춘다. 유영은 햇빛이 닿은 발을 꼼지락거렸다. 집도 법당도 어두운 기억뿐인데, 여긴 참 밝구나.

"뭐야, 첫날부터 농땡이 부리는 거야?"

장난스런 표정의 여자가 발을 꼼지락거리는 유영에게 다가와 어깨를 툭 쳤다. 깜짝 놀란 유영이 씩 웃으며 다시 여자의 뒤를 따라갔다. 이번에는 수영장 창고에 들어왔다. 안에는 수영장에서 판매하는 수영용품과 매점 음식들이 정리되어 있었다.

"우리 수영장에서 핫도그 빵이 제일 잘 팔리거든? 그래서 핫도그 빵부터 왕창 챙겨서 매점으로 가져가야 해. 자, 이거 들고 따라와."

유영과 여자는 핫도그 빵이 담긴 박스를 하나씩 들고 매점 뒷문으로 들어갔다. 박스를 내려놓고 핫도그 빵을 진열하기 시작했다. 매점 밖 로비엔 사람들이 꽤 있었다.

장사가 잘되는 수영장이구나. 유영은 여자가 하는 일을 따라하며 속으로 생각했다.

"아, 배고프다. 역시 수영하고 나면 힘들어."

"그렇긴 해. 그래도 집에 가면 여기서 수영했던 게 계속 생각나. 다이어트에 딱 좋은 거 같아."

뒤쪽 여학생들의 대화에서 피곤함이 느껴진다. 유영은 고개를 살짝 들어 로비에 있는 사람들을 봤다. 다들 터덜터덜 걸어가고 얼굴에는 다 같은 피곤함이 가득하다. 수영장 들어오는 사람들 나가는 사람들 할 거 없이 웃는 사람이 잘 보이지 않는다.

이상하다. 밖이랑 안이 이렇게 다르네.

"어이 신입, 무슨 생각해? 나는 벌써 다했는데 말야."

유영은 여자의 말에 깜짝 놀라 허겁지겁 빵을 올려놨다. 여자는 그런 유영을 보며 피식 웃더니 빵 하나를 건네줬다.

"하나 먹어. 일하는 사람들은 그냥 먹어도 괜찮아. 매점 사장님 성격 좋으시거든."

유영은 그 말에 매점 카운터를 쓱 쳐다봤다. 빵에 손을 든 유영과 눈이 마주친 남자는 미소 지으며 고개를 끄덕였다. 유영은 그 모습을 보고 살짝 웃은 뒤 여자랑 같이 킥킥거리며 핫도그 빵을 입에 물고 나왔다. 수영장에는 사람들의 미소와 웃음소리가 가득했다.

잠시 쉬기로 한 유영은 여자와 햇빛이 떨어지는 벤치에 앉아 빵을 먹으며 말했다.

"언니, 여기 생각보다 좋은 거 같아. 일도 괜찮고, 사람들도 좋은 거 같고."

"그치? 나도 처음에는 의심이 많았는데 좋더라고. 수영장에 있으면 그냥 마음이 편해져."

유영이 고개를 끄덕였다. 그러자 빵을 먹으며 오른쪽 배를 만지던 여자가 웃으며 유영에게 말했다.

"우리 수영할래?"

"수영?"

유영은 그 말에 마음이 두근거렸다. 머릿속에서 꿈속 수영과 돌고래들이 스쳐 지나갔다.

"응. 수영하게 해줘."

"우리 곧 일 끝나니까 일 끝나면 바로 하자."

여자는 유영의 말에 웃으며 좋다고 대답했다. 핫도그 빵 봉지를 주머니에 쑤셔넣은 둘은 수영장 외곽을 따라 천천히 걸어갔다. 슬리퍼를 벗고 맨발로 수영장을 걸으면 발바닥 아래가 찰박거린다. 찰박거림에 집중하다가 시선을 돌리면 창문에서 햇빛이 쏟아지고 사람들의 웃음소리가 들린다.

수영장 탈의실 청소를 마친 두 사람은 접시 로고가 박힌 직원 수영복을 입고 자유풀로 뛰어들었다. 물에 들어가 깊게 잠수한 유영은 다시 물 위로 올라와 여자를 보며 웃었다.

"언니, 기분 좋다."

"그치. 좋지. 진짜 시원하다."

유영과 여자는 물속을 유영하며 살결에 닿는 물결을 느꼈다. 물에 들어가면 느껴지는 물의 흐름과 부력. 그리고 잠수하면 느껴지는 고요함. 물속 깊이 들어와도 무섭지 않다. 여자는 잠시 뒤 물 밖으로 나가 앉아 있었지만 유영은 한참을 흐느적거리며 수영을 했다. 유영은 수영장 바닥에 앉아 눈을 감고 홍차와 꿈 생각을 했다.

3.

아침 일찍 일어났더니 일을 끝내고도 하루가 한참 남았다. 여자와 점심을 먹으러 온 유영은 우물거리며 여자에게 말을 걸었다.

"언니는 이제 뭐 할 거야?"

"난 좀 쉬었다가 과외 가려고. 일주일에 한 번 가는데 오늘이야."

"그래? 난 뭐 하지?"

"그냥 누워서 쉬어도 좋지. 이따 저녁에 같이 한강이나 갈래?

유영은 잠시 생각하다가 그러기로 했다. 저녁에 한강이라, 나쁘지 않을 것 같았다. 둘은 식사를 마치고 각자 방에 돌아왔다. 침대에 드러누워 핸드폰을 하던 유영은 책상에 놓인 홍차를 바라봤다. 홍차를 보기만 한다는 것이 어느새 자리에서 일어나 컵에 물을 따르고 있었다. 컵을 드니 붉은 물이 출렁인다.

창밖의 풍경을 보며 물을 마시려던 유영은 옆방에서 들리는 소리에 잠시 멈칫했다. 어렴풋이 들리는 기도 소리. 뭐라 하는지는 모르겠지만 옆방의 사람은 분명히 기도를 하고 있었다. 유영이 옆방에 사람이 있었구나 하고 생각한 순간 목소리가 들려왔다.

"유영하게 하소서."

다른 기도는 잘 안 들렸지만 이 말만은 제대로 들렸다. 유영의 이름과 같아서일까. 이 문장이 유영의 귀에 꽂혔다. 유영은 이 말을 듣는 순간 기분이 이상하면서도 나쁘지 않았다. 내 이름으로 기도를 하다니. 유영은 잠시 고개를 갸우뚱거리고 다시 컵으로 시선을 옮겼다. 그리고 꿀꺽.

홍차가 목으로 넘어갈 때 아침에 여자가 기도 후에 자신을 불렀던 일이 생각났다. 여자도 '유영'이라 말했는데 이게 뭘까. 이런저런 생각들이 스쳐 지나갔지만 홍차를 마신 탓에 이미 눈꺼풀은 무거워지고 있었다. 유영은 컵을 내려놓고 침대로 빨려가듯이 쓰러졌다. 다시 풍덩.

세 번째 들어오는 물속. 그래서인지 이곳이 익숙하게 느껴진다. 오늘은 돌고래들이 없다. 대신 해파리들이 떠다닌다. 수면 위에서는 햇빛이 쏟아지고 해파리들의 웃음소리가 들린다. 마치 수영장에서 듣던 웃음소리 같다. 물속은 따뜻하고 편안하다. 유영은 해파리들과 같이 흐느적거렸다. 갑자기 해파리들이 물 위로 올라가기 시작했다. 유영은 본능적으로 해파리들이 못 올라가게 막으려 했다. 하지만 손을 쭉 뻗었을 땐 이미 유영은 방에 돌아와 있었다.

유영은 일어나서 노을이 들어오는 창문을 바라봤다. 어느새 홍차는 반이나 줄어있었다. 그때 핸드폰 진동이 울렸다. 여자의 문자. 7시까지 한강에서 보자는 내용이었다. 약속시간까지는 한 시간 정도 남아있다. 유영은 기지개를 쭉 피고 옷을 챙겨 방을 나섰다.

수영장에 오고 나서 첫 외출이다. 바깥에서 보니 수영장 건물은 생각보다 컸다. 5층 정도 높이의 넓은 건물. 횡단보도 앞에서 건물을 보니 불 켜진 방들이 보였다. 생각보다 많은 사람이 수영장에 살고 있는 것 같다.

길거리엔 사람들이 많다. 평소 같으면 유영은 사람들이 지나다니는 길목에 서서 모르는 사람들에게 말을 걸었을 것이다. 인상이 좋아 보이세요, 잠시 과제를 도와주실 수 있나요, 마음에도 없는 얘기를 꺼내며 실적을 채우기 위해 법당으로 데려가려 했을 것이다.

하지만 이제는 밥 걱정 없이 한강에 놀러가고 있다니. 유영은 기분이 좋아져 자신도 모르게 미소가 지어졌다. 갑자기 이 사회에 속한 기분이 들기 시작했다. 한강, 저녁의 한강은 어떨지 기대가 됐다.

지하철을 타고 한강에 도착하니 여자가 기다리고 있었다. 여자는 유영을 발견하자 손을 세차게 흔들었다. 유영도 그런 여자를 보며 손을 흔들며 달려갔다.

"많이 기다렸어?"

"아니, 나도 방금 왔어."

"밥 안 먹었지?"

"엉. 안 먹고 그냥 왔어."

"다행이다. 나도 안 먹었거든. 우리 치킨 시켜 먹자. 내가 살게."

여자의 말에 유영은 미소 지으며 고개를 끄덕였다. 두 사람은 돗자리를 빌려 잔디밭에 깔았다. 유영이 짐을 내려놓고 앉으려는데 여자는 옷매무새를 정리하더니 강 쪽으로 걸어갔다. 유영은 여자를 잠시 바라보다가 짐만 내려놓고 따라갔다. 여자는 강가에 서더니 아침처럼 손을 모으고 기도를 했다. 그리고 기도가 끝나자 한마디를 내뱉었다.

"유영···."

유영이 이 말을 듣고 아까 옆방에서 들렸던 말을 중얼거렸다.

"유영하게 하소서."

그러자 여자가 눈을 뜨고 유영을 쳐다보며 말했다.

"뭐야? 어떻게 알았어?"

여자의 말에 유영은 잠시 머뭇거리다가 차분히 대답했다.

"그냥 옆방에서 들었어."

여자는 유영의 말을 듣고 계속 유영을 쳐다보다가 웃으며 말했다.

"에이 난 또…. 아직 수영장에서 만난 사람 없지?"

여자가 유영에게 팔짱을 끼자 유영은 여자의 말에 고개를 끄덕이며 여자를 바라봤다. 여자가 왜 이런 말을 했는지 궁금했지만 유영은 왠지 더 질문하면 안 될 것 같아 말을 삼켰다.

해가 넘어가기 직전 치킨이 도착했고, 두 사람은 돗자리에 앉아 강물을 보며 맥주를 마셨다. 살짝 오른 기분에 유영이 여자에게 물어봤다.

"언니는 여기 어떻게 오게 됐어? 좀 더 자세히 알려줘."

"나는 뭐… 너처럼 법당에서 허덕이다가 한 오빠를 만났어. 내가 말하는 조상이 어쩌고 인상이 어쩌고 하는 이야기 듣더니 돈도 없고 배고프면 그냥 자기가 일하는 수영장에 오라더라고. 나는 어떻게 붙잡은 사람인데 도망갈까 싶어 겁먹으라고 조상 얘기했는데, 그때 너도 나한테 똑같이 얘기했던 거 기억 나? 그 남자가 나보고 진정하고 물 한잔 마시라고 하더라고. 그게 홍차였어. 눈 떠보니 수영장 숙소였고…. 여차저차 하다가 여기 머물

게 된 거지."

"그거 진짜 누구 이야기랑 비슷하네."

둘은 마주 보며 깔깔 웃었다. 여자는 맥주 한 모금을 마신 다음 이어서 말했다.

"아무튼 이런 일 때문에 네가 눈에 밟혀서 홍차 마시게 한 다음 데리고 온 거야. 네가 법당에 다시 들어가는 거보단 여기 있는 게 낫다고 생각했으니까."

"그건 맞는 거 같아. 법당보다는 여기가 훨씬 나으니까."

"넌 어쩌다 법당에 들어간 거야?"

"나야 뭐… 집 나오고 나서 돌아다니는데, 잠깐 이야기 좀 나누자는 말에 따라갔다가 잡혀버린 거지."

"나랑 똑같네. 집은 왜 나왔어?"

"그냥 답답해서. 나한테 신경 쓰는 사람이 아무도 없었어. 시험에서 좋은 점수를 받든, 대회 나가서 상을 타오든. 맨날 남동생만 챙기고 우쭈쭈 우쭈쭈. 그래서 그냥 스무 살 되자마자 알아서 살겠다고 하고 나왔지."

"집에서 연락 와?"

"언니는 와?"

"안 오지."

"나도 똑같아."

유영은 밤하늘을 바라보며 맥주를 마시더니 발을 내뻗었다.

"딸내미 살았나 죽었나도 관심 없는 거지. 내가 집에서 예쁨 받는 애였으면, 나한테 능력이 많아 보인다는 법당 사람 말에 내가 따라갔을까?"

여자는 유영을 잠시 쳐다보다가 말했다.

"내가 하는 기도 알려줄까?"

"기도?"

"그냥 강물이나 바다를 보고 속으로 원하는 걸 빌면 돼."

"그리고 기도 끝나면 '유영'이라고 말하고?"

"잘 아네."

둘은 자리에서 일어나 검은색의 강물로 다가갔다. 밤하늘을 담고 있어 어두운 강물. 유영은 강물을 보자 들어가고 싶다는 생각을 했다. 여자가 먼저 강물을 향해 기도하기 시작했다. 그 모습을 본 유영도 눈을 감고 강을 향해 기도했다. 인정받는 사람이 되게 해주세요. 그래서 사람들도 엄마 아빠도 날 무시하지 않게 해주세요. 모두가 날 중요한 사람이라고 생각하게 해주세요.

그러던 중 유영의 입에서 이 말이 새어나왔다.

"유영하게 하소서."

유영의 말에 여자가 유영을 돌아봤다. 유영은 여자의 시선이 느껴졌지만 눈을 뜨지는 않았다. 잠시 뒤 여자도 "유영하게 하소서."라고 말했다. 유영은 그제야 슬며시 눈을 떴다. 눈을 뜨고 바라본 여자는 묘한 표정을 짓고 있었다. 기쁜 것인지 슬픈 것인지 알 수 없는. 유영은 그 모습을 보며 기분이 나쁘지 않았다. 단지 궁금증이 들었다.

"언니, 맥주 마저 먹으러 가자."

유영의 말에 여자는 고개를 끄덕인 다음 유영과 팔짱을 끼고 걸어갔다. 산들거리는 밤바람. 돗자리 옆에서 버스킹 공연 소리가 들린다. 맥주는 차갑지만 맥주를 마신 둘의 몸은 뜨겁다. 유영은 강물에 뛰어들어 몸을 식히고 싶다는 생각을 했다. 유영은 주머니에 들어있던 동전을 만지작거렸다. 동전 만진 손에서 나는 쇠 비린내. 그런데 이상하게도 이 비린내가 나쁘지 않다. 유영은 손 냄새를 맡으며 잠깐 홍차를 떠올렸다.

4.

수영장에 들어온 지 며칠이나 지났을까. 유영에게 여유롭고 평화로운 하루가 반복됐다. 오전에는 수영장 청소와 매점 관리를 하고, 오후에는 점심을 먹고 홍차를 마신 뒤 낮잠을 잔다. 저녁쯤 되어서 일어나 여자와 이야기를 나누다 저녁을 먹고 바깥 산책을 나간다. 그리고 다시 밤이 되면 홍차를 마시고 잠들었다.

이런 하루가 계속 반복되던 어느 날 수영장 의자에 앉아 핫도그 빵을 먹으며 쉬고 있던 유영에게 한 남자가 다가왔다. 수영복을 입은 이 남자는 몸에서 물이 뚝뚝 떨어지는 채로 다가와 유영에게 말을 걸었다.

"안녕하세요."

"네?"

유영은 낯선 사람의 인사에 잔뜩 경계를 했다. 그러자 남자는 머리를 긁적이다가 수영모를 벗고는 조심스럽게 말했다.

"제가 며칠 전부터 그쪽을 봤는데요. 너무 제 스타일이셔서요…. 지금은 제가 꼴이 이렇지만, 항상 강습 끝나고 옷 갈아입고 돌아오면 항상 수영장에 안 계시길래…. 오늘은 꼭 말을 걸고 싶어서 바로 왔거든요. 혹시… 남자친구… 있으신가요?"

유영은 이런 경험이 처음이라 당황해서 손에 들고 있는 핫도그 빵을 꽉 쥐었다. 남자는 말 없는 유영을 잠시 바라보다가 천천히 입을 떼었다.

"혹시 연락처 주시는 게 불편하시면 이 시간대에 와서 잠깐 이야기 나눠도 괜찮을까요? 저 평일 오전반 수업이라 자주 오거든요."

검은 곱슬머리. 큰 키와 탄탄한 몸. 그리고 일단 인상이 좋아 보였다. 법당에 계속 있었다면 길에서 꼭 한번 말을 걸었을 것 같은 얼굴. 잠시 고민하던 유영은 말없이 그냥 고개를 끄덕였다. 이 모습을 본 남자는 그럼 죄송했다면서 내일 이 시간에 다시 오겠다고 한 뒤 다시 물속으로 풍덩 들어갔다.

다음날 같은 시간, 멀리서 어제 그 남자가 수영모를 벗고 의자에 앉아있는 유영에게 다가왔나. 남자가 유영에게 눈인사를 하자 유영도 살짝 고개를 끄덕였다. 남자는 물이 뚝뚝 떨어지는 몸으로 유영의 옆에 앉았다. 유영은 그런 남자의 몸을 슬쩍 쳐다봤다. 팔 근육과 가슴 근육. 유영은 갑자기 기분이 이상해져 얼굴을 급히 돌렸다.

"안녕하세요. 어제 저 기억하죠?"

"네, 안녕하세요. 정말 딱 맞춰서 오셨네요."

"네. 항상 강습이 이때 끝나서요. 일단 저는 최성철이라고 합니다. 어제 많이 놀라셨죠?"

"아… 아니에요. 괜찮아요. 저는 황유영이라고 합니다."

성철은 유영의 말에 웃으며 고개를 끄덕였다.

"여기서 일하시는 거예요?"

"네."

유영이 대답한 뒤 잠시 어색한 침묵이 이어졌다. 유영은 어색한 게 싫어서 자신도 모르게 주머니에 든 핫도그 빵 하나를 성철에게 건넸다.

"이거 저 주시는 거예요?"

유영은 성철을 보며 말없이 고개를 끄덕였다. 성철은 고맙다며 빵을 가져가 한입 크게 베어 물었다. 유영은 그런 성철을 보며 자기 손에 든 빵을 살짝 물었다.

성철은 먼저 자신의 이야기를 했다. 이 근처에서 살고 전역한 지 얼마 안 됐다고 했다. 전역을 하고 나서 취미를 하나 가지고 싶었는데, 등산과 수영 중에 고민하다가 자신은 육군 출신이라 산이 질려 수영을 배우러 왔다고 했다.

유영은 갑자기 쏟아지는 군대 얘기에 잠시 당황했지만 천천히 고개를 끄덕이며 성철의 말을 들었다. 성철은 계속 군대 얘기를 하다가 아차 싶었는지 유영에게 질문을 했다.

"이 근처 살아요?"

"저는 여기 살아요. 숙식 제공이 되거든요. 돈도 아낄 겸 여기서 살고 있어요."

"아 진짜요? 집에는 안 들어가고요?"

"네…, 그냥 여기 살고 있어요."

성철은 유영이 눈을 피하며 말하자 그냥 말없이 고개를 끄덕였다. 그때 한 무리가 깔깔 웃으며 두 사람을 지나갔다. 그러자 유영은 고개를 돌려 수영장 쪽을 바라봤다. 물속에 있는 사람들은 웃음소리가 가득하다. 유영은 수영했던 기억이 떠올라 성철에게 물어봤다.

"물에 들어가면 기분이 어때요? 여기 수영장에 들어가면요."

"기분이요? 그냥 차갑죠. 차갑다기보다는 시원하다고 해야 하나."

"기분이 좋아지거나 하진 않나요?"

"음… 글쎄요. 같이 수강하시는 분들은 수영장에 오면 기분이 좋다고 하더라고요. 자기 전에 가끔씩 수영한 게 생각난대요.

그런데 저는 잘 모르겠어요. 기분이 좋다기보다는 그냥 시원해요. 기분이 좋은 건 운동 끝나서 개운한 기분? 그거는 좋죠."

"아… 그렇구나."

"유영 씨는 수영장에 들어가면 기분이 좋아요?"

유영은 성철에 말에 고개를 끄덕였다. 편안하고 아늑한 기분. 어릴 때 물놀이 했던 것과는 다른 기분이다.

"그럼 성철 씨는 언제 기분이 좋아요?"

"저요? 저는 그냥 월급 받을 때? 그때가 제일 기분이 좋아요."

"아하."

성철은 유영의 감탄에 잠시 웃음이 터졌다.

"유영 씨도 월급 받을 때 기분 좋죠?"

"네. 좋아요."

이 말에 두 사람은 웃음이 터져버렸다. 하지만 유영은 잠깐 이런 생각을 했다. 월급 받을 때는 짜릿한데, 수영을 하거나 홍차를 마시면 편안하다. 짜릿함과 안정감. 둘 다 기분 좋지만 느껴지는 기분이 다르다. 무엇이 더 기분 좋은 걸까.

"월급을 받으면 짜릿한 거 같아요."

"맞아요. 유영 씨도 그렇구나. 혹시 언제 또 짜릿하다고 느껴요? 저는 얼마 전인데. 전역하는 날 그랬거든요. 아주 짜릿해."

성철의 진지한 표정과 말투에 유영은 웃음이 터졌다. 성철은 따라 웃으며 남은 핫도그 빵을 입에 털어넣었다.

"유영 씨는 언제 짜릿해요?"

유영은 잠시 고민했다. 언제가 짜릿하지? 잘 생각이 나지 않았다.

"음, 글쎄요. 잘 모르겠어요."

"괜찮아요. 생각이 안 날 수도 있죠."

"저 바보 같죠? 월급 말고 짜릿한 게 하나쯤 더 있을 법한데."

"아니요. 바보라뇨. 그렇게 말하지 마요. 유영 씨는 충분히 멋있어요. 적어도 저한테는."

"네?"

"유영 씨 정말 예쁘고 목소리도 좋거든요."

유영은 성철의 말에 가슴 안쪽이 찌르르 하는 것을 느꼈다. 그러면서 생각했다. 우리 엄마 아빠는 늘 내가 얼굴도 별로고 목소리가 부담스럽다고 했는데.

"그래서 유영 씨랑 계속 있고 싶어요. 혹시 내일 저녁에 시간 되세요? 이번에는 수영장 말고 밖에서요."

"방금… 방금 좀 짜릿했던 거 같아요."

"진짜요? 그래요?"

유영이 성철을 뚫어져라 쳐다보며 말하자 성철은 부끄러운듯 고개를 숙이고 머리를 긁적였다.

"혹시 그런 말 자주 해줄 수 있어요?"

"그런 말…이라면?"

"제가 예쁘다는 말이나 목소리 좋다는 말이요."

유영은 성철의 눈을 계속 바라보며 말했다. 성철은 유영의 눈빛을 보자 잠시 당황했지만 웃으며 고개를 끄덕였다.

"당연하죠. 뭐 돈 드는 것도 아니고. 언제든 해드릴게요."

"고마워요."

유영은 성철의 말에 살짝 웃은 뒤 성철의 어깨에 살짝 기댔다. 유영이 갑자기 자신에게 기대자 성철은 긴장했다.

그 순간 멀리서 여자가 걸어오는 게 보였다. 유영은 성철의 어깨에서 머리를 뗀 뒤 말했다.

"저 이제 가봐야 할 거 같아요."

"네. 아… 우리 다음에는 어디서 볼까요?"

"음… 한강 어때요?"

"한강 좋죠."

"좋아요. 그럼 내일 6시에 한강에서 봐요."

유영은 자리에서 일어나며 성철에게 말했다. 성철은 웃으며 고개를 끄덕였다. 유영도 씩 웃고 여자 쪽으로 걸어갔다. 뒤를 쓱 돌아보니 성철이 손을 흔들고 있었다. 귀여운 남자아이. 유영은 성철이 자기에게 예쁘다고 했을 때 무언가를 가진 기분이 들었다.

"누구야?"

"여기 수강생이래."

"몸 좋네. 너한테 왜 접근한 거야?"

"접근?"

"왜 다가왔냐고. 모르는 사이인데."

"그냥 수영장 관련해서 물어보더라고. 나도 잘 모른다고 말했어."

유영의 말에 여자는 잠시 생각하다가 고개를 끄덕였다.

"일도 끝났는데 밥 먹자."

"응, 언니."

두 사람은 밥을 먹고 여자의 방으로 들어왔다. 유영은 의자에 앉아 테이블 위에 있는 홍차병을 만지작거리고 여자는 침대에 누워 핸드폰을 했다.

"언니."

"응?"

"언니는 어떨 때 짜릿한 걸 느껴?"

"짜릿? 그건 왜?"

여자가 누워있다가 몸을 뒤집어 유영을 쳐다보며 말했다.

"그냥 문득 궁금해져서. 내가 살면서 언제 짜릿한 기분을 느껴봤던가 싶어서."

"글쎄, 짜릿함이라. 나도 잘 모르겠네…. 아! 아니다. 하나 있는 거 같아."

"뭔데?"

여자는 유영을 바라보며 말했다.

"홍차를… 나눠줄 때."

여자의 말에 유영의 미간이 찌푸려졌다.

"홍차를 나눠줄 때 짜릿하다고?"

"그게… 기도하러 가는 수족관에서 내가 사람들에게 홍차를 나눠주는 일을 하거든. 사람들이 홍차를 받아갈 때 나한테 고맙다고 하면서 기뻐하는 모습을 보면 기분이 참 좋아. 약간 짜릿하달까?"

"홍차를 수족관에서 받아오는 거야?"

"응. 나도 받아오는 거야. 나눠주는 일만 내가 할 뿐."

유영은 방에 있는 홍차를 생각했다. 여자가 준 홍차는 어느새 바닥을 보이고 있었다.

"나도 그 홍차를 받을 수 있어?"

"그럼. 수족관에 오면 받아갈 수 있지. 너 홍차 얼마 안 남았지?"

"응. 거의 다 먹었어."

"그럼 이번 주말에 수족관 같이 갈래? 우린 주말마다 수족관에 가거든."

유영은 잠시 생각하다가 고개를 끄덕였다. 유영은 홍차가 필요하다고 생각했다. 여자는 유영을 보고 미소를 지었다. 그리고 다시 몸을 반대로 뒤집으며 말했다.

"혹시 너 홍차 부족하면 내 거 좀 마셔도 돼."

유영은 여자의 말에 잠시 대답이 없다. 여자는 유영을 쳐다보지 않고 유영의 대답에 귀를 기울였다.

"고마워, 언니."

여자는 유영의 대답에 미소를 지었다. 그리고 흐음 하고 숨을 내뱉으며 핸드폰을 내려놓은 뒤 눈을 감았다. 유영은 여자의 홍차를 따른 컵을 가지고 자신의 방으로 갔다.

유영은 방에 들어와 컵을 보며 생각했다. 수족관. 홍차. 그리고 성철과 예쁘다는 말. 아까는 성철과 성철의 말이 머릿속에 더 크게 남았지만 홍차를 보고 있자니 홍차에 빠지고 싶은 생각이 강해졌다.

그때 옆방에서 중얼거리는 기도 소리가 들렸다. 무언가를 읊는 듯하면서도 무언가를 향한 목소리. 그리고 중간중간 들리는 '유영'이란 단어. 몇 분이나 지났을까. 옆방에서 "유영하게 하소서."라는 말이 들리고 기도 소리가 멈췄다.

유영은 "유영하게 하소서."라는 말을 듣고 아까 성철이 자신에게 했던 말과 표정이 생각났다. 어딘가 비슷하게 짜릿한 기분. 유영은 눈을 감고 웃으며 홍차를 들이켰다. 그리고 이 말을 내뱉으며 잠에 풍덩 하고 빠졌다.

"유영하게 하소서."

5.

　다음 날 저녁, 유영이 성철을 만나러 나갈 준비를 하는데 여자가 유영의 방에 찾아왔다.

　"내일 12시에 수족관 갈 거야."

　"아, 내일이구나."

　"가서 수족관 사람들이랑 이야기하고 기도 좀 하다가 홍차 받아가면 돼. 아, 그리고 혹시 파란 셔츠 있어?"

　"파란 셔츠는 없는데."

　"그래? 그럼 내 거 하나 빌려줄게. 수족관에는 모두 파란 셔츠를 입고 가거든."

　유영은 셔츠 단추를 채우며 잠시 생각하다가 말했다.

　"아니야. 어제 홍차도 줬는데 괜찮아. 나 외출하니까 나가서 파란 셔츠 사올게."

"돈은 있어?"

"응. 요즘 며칠 사장님 대신 오후에 수영장 매점 봐드렸거든."

"언제 그랬대? 암튼 잘 다녀와."

"응."

여자는 고개를 끄덕인 뒤 유영의 방문을 닫고 나갔다. 유영은 옷매무새를 정리하고 거울을 한번 본 다음 가방을 들고 밖으로 나섰다. 나가면서 유영은 매점 사장님과 인사하고 수영장 출입구 유리창에 비친 자신의 모습을 한 번 더 확인했다.

지하철역 에스컬레이터를 올라오니 한강 위 하늘이 붉어지고 있다. 역 앞을 둘러봤지만 성철은 보이지 않았다. 그때 누가 뒤에서 톡톡 하고 어깨를 쳤다. 유영이 놀라 고개를 돌리니 성철이 서있다. 성철은 미소를 지으며 유영에게 말했다.

"잘 있었어요? 하루만이긴 하지만."

푸른 셔츠를 입은 성철의 모습. 맨몸 대신 옷을 입은 성철을 보니 유영은 어딘가 어색했다.

"오늘은 옷을 입고 있네요."

"그렇죠?"

잠시 민망해진 둘은 킥킥 웃었다.

"저 유영 씨 만나려고 새 옷도 샀어요."

"이 셔츠 산 거예요?"

유영의 말에 성철은 셔츠를 보여주며 고개를 끄덕였다. 성철의 푸른 셔츠를 보자 유영은 뭐가 번뜩 떠올랐다.

"아 맞다. 나 파란 셔츠 사야 하는데."

"파란 셔츠요?"

"네. 어딜 가기로 했는데 파란 셔츠가 필요하다네요. 혹시 같이 사러 갈래요?"

"그럼 한강은요?"

"한강은 이따가 밤에 와요. 지금 안 사면 까먹을 거 같아서."

유영의 말에 성철은 알았다고 하며 백화점 쪽으로 발걸음을 돌렸다.

"미안해요."

"아니에요. 괜찮아요. 오늘 유영 씨를 보러 온 거니까요. 예쁘고 목소리 좋은 유영 씨."

유영은 성철의 말에 웃으며 성철의 팔에 살짝 팔짱을 꼈다. 성철은 자신의 팔을 감싼 유영의 팔을 보자 부끄러운 듯 웃었다.

백화점에 도착한 두 사람은 저녁을 먹은 뒤 파란 셔츠를 사고 다시 한강으로 돌아가기 위해 백화점을 나섰다.

"셔츠 마음에 들어요?"

"네, 괜찮은 거 같아요."

"가격도 나쁘지 않은 거 같아요."

"그러게요. 생각보다 잘 고른 거 같아요."

"밥도 먹었는데 한강 가서는 뭐 하고 싶어요?"

"그냥 이야기? 간식도 먹고."

"맥주는 어때요?"

"좋아요."

유영은 다시 성철의 팔에 팔짱을 꼈다. 수많은 커플이 유영과 성철 옆을 지나갔다. 해가 지기 직전의 한강. 사람들이 핸드폰을 꺼내 붉어진 하늘과 강물 사진을 찍는다. 맥주를 마신 성철이 노을만큼 유영이 예쁘다고 말하자 유영은 킥킥거리며 웃었다. 몇 분 뒤 붉었던 하늘이 완전히 어두워졌다.

"어때요. 오늘 좀 짜릿했어요?"

"네, 짜릿하네요. 덕분에 기분이 좋아요."

"다행이네요."

성철은 이 말을 끝내고 잠시 조용하다가 유영을 보며 말했다.

"우리 또 볼 수 있죠?"

유영은 성철의 말에 성철을 쳐다보며 말했다.

"수영 강습 안 끝났으니까 계속 보겠죠."

"아니, 내 말은 그런 뜻이 아니라…."

그때 유영이 성철의 손을 잡은 뒤 자신의 얼굴에 가져다 댔다. 유영은 당황한 성철의 손을 잠시 눈을 감고 느끼다가 말했다.

"저는 당신을 가지고 싶어요. 성철 씨가 해주는 예쁜 말과 웃는 표정을 보면 특히 그래요. 어때요, 당신은? 나한테 올래요?"

유영은 성철을 조용히 응시했다. 놀란 성철은 유영을 바라보다가 천천히 고개를 끄덕였다.

"그런데 당장은 아니고 이야기를 더 나누고 싶어요. 당신을 진짜 가지고 싶은지."

"천천히 생각해도 좋아요. 우린 평일에 계속 만날 거고 제 수영 강습은 아직 많이 남았거든요."

성철의 말에 유영은 미소 지으며 자리에서 일어났다.

"성철 씨랑 해보고 싶은 게 있어요."

유영은 성철의 손을 잡고 강물 앞으로 데리고 갔다.

"나도 배운 건데 이렇게 강물이나 바다에 대고 기도를 하면 마음이 편안해진대요."

"기도를 해요?"

"기도를 마치면 '유영하게 하소서.'라고 하면 된대요."

유영은 망설이는 성철의 손을 잡아 모았다. 그리고 그대로 성철의 손을 잡은 채 잠시 눈을 감았다가 뜬 다음 성철의 눈을 바라보고 "유영하게 하소서."라고 말했다. 그러자 성철은 유영을 따라 말했다.

"유영하게 하소서."

유영은 성철을 보고 웃으며 그렇게 하면 된다고 말했다. 성철은 기분이 이상한 듯 멋쩍게 웃었다. 유영은 몸을 돌려 달빛이 비치는 강물에 대고 기도했고 성철은 유영 뒤에서 알 듯 말 듯

한 미소를 짓고 있는 유영을 쳐다봤다. 그리고 유영이 눈을 뜨자 성철은 나지막이 말했다.

"유영."

성철에 말에 유영이 뒤를 돌아 성철을 바라봤다.

"당신은 정말 신비롭네요."

6.

다음 날 아침, 유영은 어제 산 파란 셔츠를 꺼내 입었다. 유영
의 홍차병은 완전히 비었다. 똑똑. 여자가 문을 열고 들어왔다.
여자도 파란 셔츠를 입고 있었다. 레이스가 달린 셔츠. 여자가
움직일 때마다 소매의 레이스가 흔들렸다.

"준비됐어?"

"응. 수족관은 어떠려나."

"걱정하지 마. 다 좋은 사람들이니까. 올라가자고."

유영은 여자를 따라 건물 위로 올라갔다. 4층에 올라가니 복
도 양옆으로 수족관이 있고, 그 사이를 파란 셔츠를 입은 사람
들이 걸어가고 있었다. 고요한 분위기. 복도를 따라 걸어갔다.
수족관엔 다양한 물고기들이 헤엄쳤다. 커다란 남색 문을 열고

들어가니 교회처럼 생긴 곳이 나왔다. 새하얀 벽과 바닥 그리고 천장. 이 공간 중앙을 기준으로 양옆에 일렬로 긴 의자들이 배치되어 있고, 단상 쪽 벽에는 정화수 접시가 그려진 거대한 천이 걸려있다.

많은 사람이 의자를 채우고 있었다. 긴장한 유영이 앉을 자리를 찾아봤지만 빈 자리가 잘 보이지 않았다. 여자가 의자에 가까이 다가가자 앉아있던 사람들이 자리에서 일어나 꾸벅 인사를 했다. 여자는 유영을 중간에 위치한 의자로 데리고 가 앉혔다. 여자가 차분한 목소리로 물었다.

"긴장돼?"

"응…. 생각보다 수족관이랑 교회가 커서 놀랍네."

"신기하지? 긴장하지 마. 마음 수영은 금방 끝나니까."

"마음 수영?"

"응. 여기서는 예배를 마음 수영이라고 해."

"아… 그렇구나."

"그리고 여기를 부를 때 전부 다 수족관이라고 부르면 돼. 물고기 있는 데는 바깥 수족관, 여기는 안쪽 수족관. 우리는 물에게 기도하는 사람들이니까."

유영은 잘 이해가 안 됐지만 일단 고개를 끄덕였다. 그리고 홍차에 대해 물어보려는데, 여자는 다 안다는 듯 유영의 눈을 바라보며 말했다.

"홍차는 마음 수영 끝나고 조용히 기도하는 시간 있는데, 그 거 마치면 나눠줄 거야. 걱정하지 말고."

"응…."

유영의 긴장한 얼굴을 보던 여자는 미소를 지으며 말했다.

"긴장하지 마. 여기는 그냥 물을 모시는 사람들이 모이는 곳 이니까. 혼자 있을 수 있지? 난 마음 수영 진행을 해야 해서 일 어나볼게."

"어… 어디…?"

여자는 유영의 말이 끝나기도 전에 자리에서 일어나 걸어갔 다. 여자가 가고 난 빈자리에는 낯선 사람이 앉았다. 낯선 사람 은 유영을 보고 꾸벅 인사를 했고 유영도 얼떨결에 인사했다. 파란 셔츠를 입은 사람들이 안쪽 수족관이라 불리는 공간을 꽉 채우고 있었다. 의자에 앉은 사람들은 서로 안부를 물으며 이야 기를 나누었다. 긴장한 유영에게 옆 사람이 말을 걸었다.

"안녕하세요. 처음 오셨나 봐요."

"네, 안녕하세요."

"잘 오셨어요. 처음이라 어색하시죠?"

"아 네…."

"저도 그랬는데 곧 괜찮아질 거예요. 마음 수영 시작하면 마 음이 편안해지면서 긴장이 풀리거든요."

유영은 옆 사람의 말에 조용히 고개만 끄덕였다. 그때 여자의 목소리가 들렸다.

"신도님들께서는 일어나주십시오. 첫 제자님과 푸른 제자님들이 들어오십니다."

그러자 자리에 앉은 사람들이 일제히 일어났다. 유영도 주변의 눈치를 보며 따라 일어났다. 단상 옆에 있는 문에서 파란 한복을 입은 남자 노인과 중년 남녀 4명이 들어왔다. 노인은 단상 가운데에 놓인 의자에 앉았고, 중년의 남녀들은 단상 왼쪽 아래에 놓인 의자에 앉았다. 여자는 아까와 달리 쓰개치마를 두르고 있었다.

여자는 제자들이 모두 앉은 걸 확인하더니 다시 단상 아래에 놓인 마이크에 대고 말하기 시작했다.

"물은 순환하며, 우리는 그 물을 받든다."

여자의 말이 끝나기 무섭게 사람들이 "유영"이라고 읊조렸다.

"물은 순수하고 고귀하며 우리의 생명 그 자체이다."

"유영."

"우리는 물에서 왔고 다시 물로 돌아간다."

"유영."

"그렇기에 우리는 물로 인해 자유로워지고 평안해진다."

"유영."

"이와 같은 진리에서 새로운 헤엄을 치는 자는 물이 그대를 회복하리라."

"유영."

여자와 사람들의 목소리가 잠시 멈췄다. 그러자 노인이 일어나 단상 위 테이블에 놓인 물이 담긴 접시를 손에 들고 사람들에게 말했다.

"새로운 헤엄을 치는 우리 신유영교 가족들이여. 이렇게 물 앞에서 마음 수영을 할 수 있음에 참으로 감사합니다. 푸른 물 앞에서 내 마음을 비춰볼 때 우리는 진리를 향해 다가갈 수 있음을 믿습니다. 그래서 우리는 이 정화수 앞에 마음을 씻고 흘려보내 오늘도 고귀한 물 앞에 한 발짝 나아갑니다. 나를 자유케 하는 물이시여, 부디 저와 제자와 신도들을 새롭게 유영하게 하소서."

"유영하게 하소서."

사람들이 다 같이 외칠 때 유영의 입에서도 같은 말이 나왔다. 노인은 접시에 담긴 물을 손에 묻혀 이마에 한 번 찍고 입술에 한 번 찍었다. 그리고 같은 접시를 푸른 제자라 불리는 중년의 남녀에게 건넸다. 푸른 제자들은 노인과 같은 행동을 하고 여자에게 접시를 넘겼다. 그러자 여자도 물을 이마와 입술에 찍었다.

여자는 접시를 단상 위 테이블에 올려놓더니 사람들에게 모두 다 앉으라고 말했다. 그러자 사람들은 다시 일제히 앉았다. 그러자 커튼 뒤에서 푸른 치마를 입은 사람들이 나와 붉은 물이 담긴 접시를 사람들이 앉은 의자에 하나씩 놓고 갔다. 사람들은 접시를 들고 그 안에 담긴 물을 조금씩 나눠마셨다.

곧 유영의 차례가 왔다. 유영은 접시에 담긴 물을 보고 단번에 알았다. 달콤하지만 약간 비릿한 홍차. 유영은 홍차를 한 모금 마시고 접시를 옆 사람에게 넘겼다. 옆 사람은 얼마 안 남은 홍차를 마저 마시고 접시를 바닥에 내려놓았다. 그러자 접시를 가져다준 사람들이 접시를 다시 커튼 뒤로 가져갔다.

홍차를 마신 사람들은 중얼거리며 기도를 시작했다. 사방에서 "유영"이라는 말이 들렸다.

"유영⋯."

"유영하게 하소서."

"부디 유영하게 하소서."

유영은 이상한 감정을 느꼈다. 마음이 차오르며 기분이 좋았다. 모두가 내게 무언가를 말하는 기분. 이상한 기분이었지만 유영의 얼굴에는 미소가 지어졌다.

"이제 동쪽 푸른 제자님의 대표 헌수(獻水, 제단에 물을 바침)가 있겠습니다."

단상 왼쪽에 앉은 한 제자가 일어나서 여자 쪽으로 다가왔다. 그리고 여자를 쳐다보며 머리를 쓰다듬자 여자가 잠들 듯 쓰러졌다. 잠시 뒤 여자의 눈에서 눈물이 흘렀다. 제자는 여자의 눈물을 작은 병에 담았다. 그러자 뒤에서 푸른 치마를 입은 사람들이 들것을 들고 나와 여자를 커튼 뒤로 데리고 갔다. 잠시 뒤 제자가 말했다.

"오늘도 고귀하신 물께 우리의 물을 바칩시다."

그러자 커튼 뒤에서 푸른 바구니를 든 사람이 나왔다. 사람들은 품속에서 물이 담긴 작은 병을 꺼내 자기 앞을 지나가는 바구니에 담았다. 마지막으로 바구니 든 사람이 제자에게 다가가자 제자는 바구니를 건네받아 여자의 눈물을 담은 병을 바구니에 담아 단상 위 테이블에 놓았다.

홍차를 조금만 마셔서 그런지 잠은 오지 않았다. 대신 편안하고 포근한 느낌이 들었다. 유영 말고도 다른 사람들도 그런 것 같았다. 모두 얼굴에 옅은 미소를 띠며 단상을 바라보고 있었다. 노인은 일어나 테이블에 놓인 바구니에 다가가 입을 맞췄다. 그러자 사람들이 다 함께 "유영"이라고 외쳤다.

그 모습을 본 제자는 이제 첫 제자님의 말씀이 있겠다고 말했다. 그러자 노인이 부드러운 목소리로 이야기를 시작했다. 노인은 물을 통해 자신의 마음을 어떻게 바라보고 정화시킬 수 있는지에 대해 말했다. 그리고 노인은 기도할 때의 마음가짐과 내면의 생각을 두드리는 법을 말한 다음 강과 바다 그리고 접시에 담긴 정화수에 대고 기도해야 진정한 회복과 깨달음을 얻을 수 있다고 이야기했다.

물은 우리의 마음을 비추는 거울이기 때문에 물을 늘 가까이

해야 하며 또 그 물을 바라보면 나의 상태와 생각을 파악할 수 있어 언제든 마음의 평화와 안식을 누릴 수 있다고 했다. 하지만 늘 기도하고 수양만 할 수 없는 것이 인간의 몸. 그래서 노인은 과거에 수행하다가 만난 물의 신령이 사는 곳의 샘물인 홍차를 마시며 휴식과 안정을 취한 뒤 새로운 혜엄을 통해 진리로 나아가야 한다고 말했다.

그리고 노인은 홍차에 대한 설명을 덧붙였는데 비록 홍차가 샘물 밖을 벗어나면 색이 푸른색에서 붉은색으로 변하지만, 그건 푸른 사과가 나중에 붉어지듯 시간 경과에 따른 변화일뿐 홍차가 가진 효과에는 아무런 변화가 없다고 말했다. 사람들은 노인의 말이 끝날 때마다 "유영"을 외쳤다. 노인의 낮고 부드러운 목소리, 홍차를 마시면 느껴지는 편안함, 그리고 모두가 계속 "유영"을 외치는 이곳에서 유영은 설명하기 힘든 짜릿함을 느꼈다.

시간이 얼마나 흘렀을까. 홍차가 주는 좋은 기분이 다해갈 무렵 노인의 말이 끝났다. 그러자 커튼 뒤에서 잠들었던 여자가 걸어나왔다. 여자는 노인과 제자에게 꾸벅 인사를 하고는 단상 아래에 서서 이야기했다.

"마지막으로 신도 여러분 모두 일어나셔서 조용한 기도로 마음 수영을 마치겠습니다."

그러자 사람들이 일제히 일어나 중얼거리며 기도를 했다. 유영도 사람들을 따라 기도를 했다. 몇 분 정도 기도를 하다 눈을 뜨니 노인과 제자들은 이미 밖으로 나가고 없었다. 기도를 마친 사람들은 선 채로 옆 사람들과 다정히 이야기했다. 그러던 중 여자가 다시 말했다.

"여러분, 오늘 마음 수영은 모두 마쳤습니다. 홍차를 받아가실 분들은 모두 수족관 입구로 와주시길 바랍니다."

이 말이 끝나기 무섭게 사람들이 수족관 입구로 빠르게 빠져나갔다. 유영은 사람들을 따라 걸어나왔고 여자는 그런 유영에게 다가와 말을 걸었다.

"어땠어? 괜찮았지?"

"응. 뭔가 기분 좋았어."

"그렇다니까. 내가 긴장하지 말랬지? 이제 홍차 받으러 가자."

여자는 두르고 있던 쓰개치마를 옆 사람에게 맡기고 수족관 입구 쪽으로 갔다. 사람들은 홍차가 놓인 테이블 앞에서 줄을 서서 기다리고 있었다. 여자는 순서에 따라 사람들에게 홍차를 나눠줬다. 사람들은 여자에게 홍차를 받아갈 때마다 "감사합니다, 사제님."이라고 말했다.

"사제?"

"내가 여기 신유영교 사제거든."

"그래서 홍차를 나눠주는 거구나."

"그렇지. 내가 첫 제자님과 푸른 제자님들 모시고, 또 두고 가신 홍차도 나눠주고, 수족관 관리도 하고."

"수족관이 아까 마음 수영 한 곳 말하는 거지?"

"응. 마음 수영하는 곳은 안쪽 수족관이야. 우리가 진리 안에서 새로운 헤엄을 치는 곳이지."

"수영장도 언니가 관리하는 거야?"

"수영장? 아니 수영장은 대표가 따로 있어. 그리고 수영장에 있을 때는 몰라도, 수족관에 있을 때는 나를 언니가 아니라 사제로 불러줄래?"

"아… 네, 사제님."

홍차를 나눠주는 일이 끝나자 여자가 유영에게 남은 홍차병 묶음을 보여줬다.

"저게 내 홍차야. 나는 사제라 홍차를 더 많이 받거든."

"사람마다 받는 홍차가 다른가요?"

"홍차는 배당제야. 신유영교에 들어오면 기본으로 한 병을 받아갈 수 있고, 새로운 사람을 입교시킬 때마다 홍차 배당이 늘어나. 전도에 홍차가 효과적이니까 앞으로도 전도 열심히 하라고 홍차를 더 주는 거야."

"그럼 저는 아직 홍차를 못 받나요?"

"입교를 안 하면 그렇지. 하지만 입교해서 한 병 받아가면 돼."

여자는 이 말을 하며 유영을 쳐다봤고 유영은 마음 수영 중의 편안하고 짜릿했던 기억을 떠올렸다.

"입교할래요."

유영의 말에 여자는 씩 웃으며 홍차 한 병을 들고 유영을 수족관에 있는 사무실로 데리고 갔다.

"별건 없고 입교 신청서에 이름이랑 나이, 연락처, 주소 쓰면 돼. 주소는 어차피 수영장에서 사니까 여기 주소 쓰면 되고. 밑에 전도인 칸은 내 이름 쓸 거니까 비워놓으면 돼."

유영은 신청서를 쓰고 여자에게 건넸다. 여자는 신청서를 받아 전도인 칸에 자기 이름을 적고 확인 서명을 한 뒤 서랍에 넣었다. 그리고 여자는 다른 서랍을 열더니 유영에게 종이 하나를 더 꺼내 보여줬다.

"이건 봉사에 대한 선서인데, 신유영교에서는 자체적으로 병원에 후원을 하고 있어. 병원에선 환자들에게 수혈할 혈액이랑 이식 수술에 필요한 장기가 부족하잖아? 그래서 헌혈과 장기 기증에 동의하겠다는 서약서야."

"장기 기증?"

"우리 신유영교 사람들은 물과 홍차를 통해 자유와 안식을 얻었지만 다른 사람들은 그렇지 못하잖아. 그래서 새로운 헤엄을 치는 우리가 그들을 적극적으로 돕고 그들도 우리를 통해 물 안에서 자유와 안식을 얻기를 바라는 과정이라고 생각하면 돼. 정기 헌혈에만 체크를 하면 홍차가 한 병 더 나가고, 장기 기증까지 동의하면 홍차가 두 병 더 나가."

"아⋯."

유영은 여자의 말에 잠시 고민했다. 헌혈로 홍차 두 병을 얻는 건 좋지만, 장기 기증까지 하는 건 고민이 됐다.

"보통 정기 헌혈까지만 많이들 해. 너무 부담 갖지 마."

"그럼 아까 3병 이상 가져가시는 분들은 전부⋯."

"그렇지. 모두 장기 기증 동의하신 분들."

"3병 이상 가져가신 분들 꽤 많으시던데?"

"전도 열심히 하셔서 많이 받아가시는 분들도 있으니까. 그럼 일단 정기 헌혈까지만 해볼래?"

유영은 잠시 고민하다가 고개를 끄덕였다.

"그럼 시간 될 때 헌혈하고 헌혈증 주면 돼. 추가 홍차는 헌혈 증을 받아야 줄 수 있거든."

"네, 알겠습니다."

유영이 고개를 끄덕이며 대답하자 여자는 홍차 한 병을 유영 에게 건넸다. 유영은 배시시 웃으며 홍차를 받았다. 여자는 그 런 유영을 보며 활짝 웃었다.

"그럼 남은 주말 잘 쉬고 월요일에 수영장 청소할 때 보자."

"같이 안 내려가요?"

"나는 여기 마무리할 게 남아서. 먼저 내려가."

"네, 그럼 고생하세요."

유영은 자리에서 일어나 사무실 문을 열고 나가려는데 아까 여자가 마음 수영 중에 잠들었던 게 생각났다.

"그런데 아까 마음 수영 중에 잠들었잖아요. 괜찮아요?"

"아 그거? 제자님 기도 때문에 그래. 우리가 홍차 마셨을 때처럼 잠드는 거지."

"그럼 바구니는?"

"감동의 눈물을 병에 모아서 드리는 거야. 새로운 헤엄을 통한 자유와 안식에 감사해서. 제자님의 손길로 잠들 때는 홍차로 잠들 때보다 더 깊게 잠수하는 기분이라 나도 모르게 눈물이 나와."

"그렇구나…. 솔직히 아까 좀 놀랐거든요. 괜찮나 해서."

"걱정하지 마. 너도 홍차 마시고 잠들고 일어나도 멀쩡하잖아."

여자의 말에 유영은 말없이 고개를 끄덕였다.

"그럼 먼저 가볼게요. 고생하세요."

"응. 들어가."

여자의 말에 유영이 문을 열고 나가려는데 여자가 갑자기 유영을 붙잡았다.

"잠깐만, 이제 입교했으니까 이 말은 해줘야지."

유영이 뒤돌아보자 여자가 웃으면서 말했다.

"유영하시길."

"유영하시길?"

"새로운 헤엄 아래에 있는 사람들끼리 나누는 안부인사야. 유영하시길."

유영은 그 말을 듣고 미소를 지으며 말했다.

"고마워요. 사제님도 유영하시길."

여자는 유영의 말에 가볍게 목례를 했다. 유영이 문을 닫고 나가자 여자는 의자에 푹 기대며 혼자 중얼거렸다.

"황유영. 유영하시길…. 유영… 하시길…."

7.

　　유영은 아침에 일어나 빈 접시에 물을 담아 정화수를 만들었다. 물은 투명하니 접시 안쪽도 보였지만 창문에서 들어오는 햇빛도 반사하고 있었다. 유영은 눈을 감고 기도를 하며 마음 수영 중에 들었던 수많은 "유영" 소리를 생각했다. 유영의 입에는 다시 미소가 지어졌다. 유영은 눈을 뜨며 "유영하게 하소서."라고 내뱉었다.

　　유영은 기도를 마치고 밖으로 나와 헌혈의 집으로 향했다. 주말 오후 산책하는 사람들이 보였다. 햇살은 좋고 홍차병은 가득 차 있다. 유영은 가벼운 발걸음으로 헌혈의 집으로 가 헌혈을 마치고 헌혈증을 받아왔다. 그리고 곧장 사제의 방으로 갔다.

　　똑똑. 사제의 목소리가 들리자 유영은 방문을 조심스럽게 열고 들어갔다. 사제는 정화수 앞에 서있었다.

"기도하셨어요?"

"응. 막 방금 마쳤어. 무슨 일이야?"

"헌혈증 가져왔어요."

"너 정말 빠르구나? 아직 홍차가 많이 남아있을 텐데 되게 빠르게 다녀왔네?"

사제는 유영이 건넨 헌혈증을 보고는 웃음을 터트렸다.

"그냥 생각난 김에 해보고 싶었어요."

"귀엽네. 생각보다 급했구나?"

"네? 어떤 게…."

"아니야. 홍차 한 병 더 줄게."

사제는 냉장고에서 홍차를 꺼내 유영에게 건넸다.

"축하해. 정식으로 신유영교에 들어온 걸."

"감사합니다."

"그리고 하나 더 말해줄 게 있어."

"뭔가요?"

"이제 수영장 청소는 그만해. 지금 수영장 숙소 관리 인원이 부족한데 그쪽을 도와줬으면 좋겠어."

갑자기 사제가 웃음기 가신 얼굴로 말하자 유영은 긴장한 듯 사제에게 되물었다.

"숙소 관리요?"

"응. 복도 청소하고 편의시설 관리… 그리고 각 호실 청소 좀 해주면 돼."

"아…."

"대신 추가로 돈이 나와. 숙식은 지금처럼 제공되고. 어때? 하는 게 좋지 않을까?"

사제는 다시 웃으며 유영을 쳐다봤다. 유영은 잠시 망설이다가 입을 뗐다.

"그럼 숙소 관리 하면서 수영도 자유롭게 할 수 있나요?"

"업무시간 아니면 언제든 가능하지. 왜?"

"아, 아니에요. 숙소 관리 해볼게요."

"좋아. 그럼 내일 아침에 내 방으로 와. 같이 일할 친구 소개해줄게. 일은 그 친구가 알려줄 거야."

유영은 고개를 끄덕이고 뒤돌아 방을 나서려 했다. 그러자 뒤에서 사제가 "유영하시길."이라고 말했다. 유영은 그 말을 듣고 다시 돌아서서 "유영하시길."이라고 말한 뒤 방으로 돌아왔다.

뭔가 묘하게 사제의 분위기가 바뀌었다. 굳은 표정의 유영은 성철에게 연락하려다가, 홍차를 한 모금 마시고 수영장으로 내려갔다. 홍차를 마시고 걸어가면 포근한 기분이 들면서 몽롱하다. 수영복으로 갈아입은 유영은 자유풀에 몸을 담갔다.

수영장은 오늘도 사람들의 웃음으로 가득하다. 평화롭고 행복한 분위기. 유영은 물속에 머리끝까지 담갔다. 물의 일렁임에 따라 몸이 흔들린다. 홍차를 조금만 마시면 잠들지는 않지만 부드럽고 편안한 기분이 유지된다. 유영은 물속에서 조금씩 공깃방울을 뱉어내며 햇빛이 들어오는 물 위를 바라봤다. 일렁일렁. 물속에 들어오면 온 세상이 고요하다. 물속에서 홍차의 나른함을 느끼던 유영이 몸에 힘을 빼자 둥실하고 물 위로 몸이 떠올랐다. 귀가 물 밖으로 나오자 수많은 웃음소리가 유영의 귀로 쏟아졌다. 유영은 홍차의 기운이 사라질 때까지 물에서 나오지 않았다.

홍차의 기운이 다하면 발바닥 감각이 생생해진다. 물에서 나온 유영은 수영장 바닥의 촉감을 느끼며 방으로 다시 올라왔다. 씻고 나온 유영은 머리를 안 말린 채로 침대에 벌렁 누워 잠시 핸드폰을 하다가 성철에게 전화했다.

"여보세요? 지금 뭐 해요?"

편안한 분위기의 카페. 성철이 카운터에서 커피를 들고 와 유영이 앞에 뒀다. 유영은 고맙다고 말하고 커피를 살짝 마셨다. 성철은 유영 맞은편 의자에 털썩 앉은 뒤 웃으면서 말했다.

"먼저 전화해줄 줄은 몰랐는데."

"뭘 몰라요. 손으로 내 얼굴까지 만지게 해줬는데."

유영의 얘기에 성철은 부끄러워하다가 다시 말했다.

"보니까 좋네요. 정말 보고 싶었거든요."

"저도요. 오늘 기분이 좀 이상해져서 보고 싶다고 생각했어요."

"기분? 기분이 왜 이상해요?"

"그냥 별거 아니에요. 같이 사는 숙소에 아는 사람이 좀… 변한 거 같아서."

성철이 유영의 말에 걱정하며 말하자 유영은 괜찮다고 하며 웃어넘겼다. 두 사람은 카페에서 얘기하다가 술을 한잔하기로 했다.

"술은 좀 해요?"

성철의 말에 유영은 고개를 절레절레 저었다. 유영의 모습에 성철은 살짝 웃으며 유영의 잔에 소주를 반 잔만 따르며 말했다.

"조금 마셔요."

주문한 안주가 나왔다. 서로의 맞은편에 앉은 유영과 성철의 얼굴은 이야기를 나누며 더 가까워졌다. 어느새 술병이 꽤 쌓였고, 창문 밖은 꽤 어두워졌다. 성철이 웃으며 얘기했다.

"술 못 먹는다며."

"못 먹지. 너보단."

유영이 피식 웃으며 이야기하자 성철도 배시시 웃었다.

"2차 갈래?"

"이제 좀 힘든데? 쉬고 싶어."

"집에 데려다줄까?"

성철의 말에 유영은 소주잔을 든 손을 빙빙 돌리다가 말했다.

"…너네 집 여기서 멀어?"

그때 성철의 얼굴이 잠시 놀랐다가 다시 웃는 얼굴로 돌아왔다. 성철은 고개를 저었다.

"부모님이랑 같이 살아?"

"아니. 나 자취해."

잠시 정적이 흘렀다. 성철은 유영의 얼굴을 빤히 쳐다봤다. 유영은 풀린 눈으로 잠시 생각하더니 술잔을 내려놓으며 말했다.

"나 너네 집에 초대해줘."

잠시 뒤 두 사람은 팔짱을 끼고 술집에서 나왔다. 두 사람은 킥킥거리며 지하철을 타고 성철의 집으로 향했다. 덜컹거리는 지하철. 유영은 성철의 어깨에, 성철은 유영의 머리에 기대 눈을 감았다. 전철이 환승역 알림 노래를 부르자 두 사람은 일어나 성철의 집으로 향했다.

집에 도착하자 형광등 대신 어두운 조명이 켜지고 두 사람의 속삭이는 목소리가 들린다. 잠시 뒤 말소리가 멈추자 입맞춤 소리와 두 사람의 숨소리가 공간을 가득 채웠다. 잠시 말없이 서로에게 집중하는 두 사람. 몇 분 뒤 두 사람의 움직임이 멈추자 유영과 성철은 지친 숨소리를 내뱉은 뒤 서로의 얼굴을 바라보며 킥킥거렸다.

"진짜 나를 가졌네."

성철이 유영의 얼굴을 쓰다듬으며 말했다.

"너도 나를 가졌잖아."

유영도 성철의 얼굴을 쓰다듬으며 말했다. 잠시 서로를 쳐다
보던 두 사람은 이불 속에 들어가 속닥거렸다. 어두운 노란 조
명 아래서 성철이 유영에게 물었다.

"너는 뭘 가지고 싶어?"

"나? 나는… 글쎄….."

"가지고 싶은 게 없어? 나 빼고."

성철의 말에 유영이 웃음을 터트렸다.

"아 진짜. 웃기지 마. 그러게…. 내가 갖고 싶은 건….."

"싶은 건?"

"사람들의 인정? 사람들이 날 바라보는 눈빛이나 목소리를 가
지고 싶은 것 같아."

"명예욕이 있구나."

성철의 말에 유영은 다시 웃음을 터트렸다.

"그렇다고 볼 수 있지. 너는 뭘 갖고 싶어?"

"나? 나는 역시 돈이지."

"돈?"

"응. 돈을 많이 가지고 싶어. 난 물욕이 강한가 봐."

성철의 말에 유영이 살짝 웃으며 말했다.

"도박만 하지 마."

"너도 갑자기 정치한다고만 하지 마."

서로의 말에 피식 웃은 두 사람은 상대방을 감싸 안으며 입을 맞췄다. 잠시 뒤 성철의 눈이 자꾸 감기자 유영이 말했다.

"졸리지? 이제 자자."

"응. 이제 자자."

"근데 나는 술 먹으면 잘 못 자는데."

"아 그래? 어떡하지?"

"괜찮아. 방법이 있어."

유영은 침대에서 일어나 가방에서 홍차를 꺼내 가져왔다.

"너도 마실래?"

"그게 뭔데?"

"이거 우리 교회 같은 수족관에 입교하면 주는 홍차."

"교회 같은 수족관? 입교?"

"좀 이상하게 들릴 수도 있는데, 마셔보면 진짜 좋아. 잠도 엄청 잘 오고 되게 좋은 꿈도 꿔."

유영은 말을 하며 홍차를 두 잔 따랐다. 유영은 홍차 한 잔을 마신 후 다른 한 잔을 성철에게 건네며 말했다.

"마셔볼래? 진짜 좋아."

유영은 성철이 잔을 받자 "그럼 잘 자"라고 말한 뒤, 그대로 잠들었다.

"뭐야 이거. 효과 진짜 직방이네."

성철은 유영의 코에 손가락을 대보고 괜찮은 걸 확인한 다음,
컵을 침대 아래에 내려놓고 잠든 유영의 머리를 쓰다듬었다.

그사이 유영은 잠에 풍덩 빠져들었다. 오늘도 어김없이 물속.
그런데 이번에는 저 멀리에 성철이 보인다. 성철이 빠르게 헤엄
쳐오더니 유영을 따뜻하게 안아줬다. 유영은 자신을 안아주는
성철에게 폭 안겼다. 처음 느껴보는 따뜻함과 포근함. 얼마나
지났을까. 갑자기 성철이 유영에게서 떠나 물 위로 올라갔다.
유영은 성철을 더 안고 싶었지만 성철이 자신을 떠나가자 급하
게 소리치며 성철을 붙잡으려 했다. 하지만 멀리 떠나가는 성
철. 유영은 계속 헤엄쳐 보지만 성철과 점점 멀어진다.
"으음… 가지 마."
유영이 눈을 뜨자 성철이 자신의 머리를 쓰다듬고 있다.
"나 어디 안 가."
유영은 자신 앞에 있는 성철을 멍하니 보며 말했다.
"네 꿈을 꿨어. 계속 내 머리를 쓰다듬은 거야?"
"계속은 아니고 어제 너 잠들고 나서 잠깐. 그리고 일어나서
잠깐."
유영은 성철의 손을 자신에 얼굴에 가져다 대며 말했다.
"네가 날 쓰다듬어서 네 꿈을 꿨나 봐. 근데 그 꿈이 정말 좋
았어. 따뜻하고 포근하고."

"그래? 기분 좋아서 다행이다. 근데 네가 준 홍차 정말 효과 죽이더라."

"응?"

"홍차 말이야. 정말 마시자마자 바로 잠들던데? 꿈도 엄청 좋은 꿈 꾸고. 불면증 있는 사람들한테 팔면 잘 팔리겠어."

"그런가…."

성철은 멍한 유영의 얼굴을 계속 쓰다듬다가 손을 떼며 말했다.

"혹시 이 홍차, 그… 수족관? 거기에 입교하면 받을 수 있는 거야?"

"응. 맞아…. 근데 나 계속 쓰다듬어주면 안 돼? 네가 쓰다듬어줘야 꿈에서의 포근함이 조금이라도 더 느껴지는 거 같아서…."

"미안. 그 홍차 받을 수 있으면 나도 수족관에 입교할래."

유영은 성철의 말에 잠시 멍하다가 기분 좋게 웃으며 말했다.

"아, 다행이다. 홍차 한 병 더 받겠네."

8.

성철의 집에서 나온 유영은 다급히 수영장으로 향했다. 숙소 관리 업무 때문에 사제가 자기 방으로 오라고 했던 시간이 점점 다가오고 있었다. 유영은 헉헉거리며 계단을 올라 사제의 방에 노크를 하고 들어갔다. 방에는 앳돼 보이는 한 소녀가 앉아있었다.

"조금 늦었네."

"죄송합니다."

"얼른 앉아. 여기는 오늘 너한테 일을 알려주고 앞으로 같이 일할 신도야."

"안녕하세요."

유영이 소녀에게 인사하자 소녀는 꾸벅하고 인사했다.

"자, 그럼 둘이 잘해봐."

"네."

사제의 말에 소녀가 조용히 대답했다.

"그리고 내 방은 사제실이니까 청소 안 하는 거 알지?"

"네, 알고 있습니다."

"그래. 그럼 나가봐."

사제의 말에 소녀가 일어나 사제에게 "유영하시길."이라고 말했다. 유영도 소녀를 따라 "유영하시길."이라고 말하고 방을 나섰다. 소녀는 방 밖으로 나와 유영을 다목적실로 데리고 갔다. 전자레인지와 정수기가 있는 방. 그곳에 가니 사람들이 의자에 앉아 책을 읽거나 이야기를 나누고 있었다. 모두 처음 보는 사람들. 평소에는 아무도 없던 공간인데 사람들이 많이 있었다.유영이 의아해하자 소녀가 유영의 팔을 잡고 창고로 데리고 들어갔다. 소녀는 창고 문을 닫고 청소에 필요한 물건들을 꺼내면서 말했다.

"신도들 처음 봤죠? 이제 입교해서 그래요."

"그게… 무슨 소리예요?"

"사제님이 새로 들어온 수영장 직원은 접촉하지 못하게 하거든요."

"왜요?"

"새로운 사람을 보호하고 적응시키는 거래요. 낯선 사람들로

부터 오는 스트레스를 받지 않게."

"아…."

유영은 뭔가 이상했지만 일단 고개를 끄덕였다. 소녀는 유영에게 모자와 대걸레를 건넸다. 모자에는 신유영교의 상징인 정화수 접시가 새겨져 있었다.

"숙소 관리하는 사람들은 일할 때 모자를 쓰고 일해요. 다른 신도들한테 청소하는 사람이라는 걸 알려주는 거죠. 그리고 일단 이 대걸레로 복도부터 닦을 거예요."

유영은 소녀를 따라 화장실에서 대걸레를 빤 다음 복도를 청소하기 시작했다. 두 사람은 일자로 된 복도를 대걸레로 밀며 천천히 걸어갔다. 소녀를 흘깃 보던 유영은 소녀에게 조심히 말을 걸었다.

"어려 보이는데 혹시 몇 살이에요?"

소녀는 대답을 하지 않았다.

"몇 살이에요? 혹시 말하기 싫으면 안 해도 돼요."

"…열일곱 살이에요."

"그렇구나…. 그럼 학교는?"

"검정고시 준비하고 있어요. 지금은 수족관에서 봉사하고 싶어서요."

"아, 그렇구나…."

이 대화를 끝으로 두 사람은 말없이 2층과 3층의 복도를 청소했다. 복도 청소가 끝나자 소녀는 유영을 화장실로 데려왔다. 소녀는 세면대 아래 수납장을 열어 호스와 솔을 꺼내면서 말했다.

"우리는 2층 여자화장실만 청소하면 돼요. 3층 남자화장실은 남자들이 주말마다 청소해요."

소녀의 말에 고개를 끄덕인 유영은 호스로 화장실에 물을 뿌린 뒤 바닥에 세제를 뿌리고 솔질을 했다. 소녀는 말없이 변기를 청소했다. 화장실 청소가 끝나자 소녀는 유영을 창고로 데리고 가서, 이번에는 밀대랑 쓰레기봉투를 건넸다.

"이제 각 숙소를 청소할 거예요. 방에 들어가서 밀대로 방바닥을 닦고 방 안에 있는 쓰레기통의 쓰레기를 봉투에 담아서 나오면 돼요."

그리고 소녀는 유영에게 마스터키를 건넸다.

"먼저 노크한 다음 청소 신도라고 말하고, 이걸로 각 호실 도어락을 열고 들어가면 돼요. 그리고 안에 사람들이 있어도 그냥 청소하면 돼요. 다들 익숙하니까."

유영은 마스터키를 받고 한참 동안 소녀를 쳐다봤다. 사람 있는 방에 들어가서 그냥 청소를 하다니 그래도 되나 싶었다. 소녀는 자신을 쳐다보는 유영을 무표정하게 바라보다가 다시 유영의 팔을 잡고 창고 밖으로 나왔다.

"늦게 가면 사제님이 싫어하실 거예요. 오후 시산에 홍자를 드셔야 하거든요."

창고에서 나오니 다목적실엔 아무도 없었다.

"오후에는 대부분의 신도가 홍차를 마시고 낮잠을 자요. 가장 편안하고 행복한 시간이죠."

"아…."

유영은 소녀의 말에 당장 홍차가 마시고 싶어졌다.

"신도님도 지금 홍차 마시고 싶죠? 저도 그래요. 그러니 빨리 끝내고 마시러 가요."

유영은 소녀의 말에 고개를 끄덕였다.

"제가 3층 숙소를 청소할게요. 신도님은 2층 숙소를 맡아주세요."

소녀가 3층으로 올라가자 유영은 먼저 자기 방부터 청소했다. 책상 위에 홍차가 올려져 있었다. 유영은 멍하니 홍차를 바라보다가 눈을 질끈 감고 방 밖으로 나왔다. 옆방을 열고 들어가니 신도가 얼굴에 미소를 띤 채 자고 있었다. 유영은 빠르게 방을 청소한 뒤 쓰레기를 비우고 나왔다. 그런데 이 방에는 홍차가 안 보였다. 구석에 작은 냉장고가 하나 있는데 자물쇠로 잠겨 있었다.

유영은 방에서 나와 다음 방, 그리고 또 다음 방에 들어가 청소했다. 들어가는 방마다 사람이 자고 있고 냉장고는 자물쇠로 잠겨 있었다. 마지막 방을 청소하고 나오니 3층에서 소녀가 걸어 내려왔다. 소녀와 유영은 마지막으로 다목적실 청소를 했다. 그리고 창고로 들어가 사용했던 물건들을 정리하고 모자를 벗었다.

"이제 오늘 청소는 다 끝났어요. 주말을 제외하고 이렇게 매일 청소하면 됩니다."

"아 네. 고생했어요."

소녀와 유영은 다목적실을 나와 사제의 방으로 갔다.

"첫날인데 생각보다 빨리 했네?"

사제는 방에 들어온 소녀와 유영을 보고 말했다. 그리고 작은 텀블러에 홍차를 따라 소녀에게 건넸다.

"고생했어. 이제 그럼 난 자볼게. 너네도 잘 자고."

"유영하시길."

두 사람은 사제에게 말한 뒤 꾸벅 인사를 하고 방을 나섰다. 그런데 소녀가 방에 안 들어가고 갑자기 1층으로 내려갔다. 그러자 유영이 물어봤다.

"이제 자러 가는 거 아니에요?"

"마지막으로 오늘 일당을 받아야죠."

두 사람은 수영장 1층 로비의 매점으로 향했다. 소녀가 매점 사장한테 홍차가 담긴 작은 텀블러를 건네자 사장이 현금을 꺼내며 말했다.

"같이 일하는 친구가 새로 온 사람으로 바뀌었구나."

소녀는 사장이 건넨 돈을 두 손으로 꾸벅 받고 말했다.

"네, 전에 같이 일했던 신도님은 기증 후 입원 중이라서요."

유영도 사장에게 돈을 받자 유영과 소녀는 사장에게 인사를 하고 매점을 나왔다. 유영이 2층으로 올라가며 소녀에게 물어봤다.

"전에 같이 일했던 신도님은 어떤 기증을 하신 건가요?"

"혹시 입교할 때 봉사 선서문 이야기 못 들으셨어요? 장기 기증이죠."

"아… 들었어요. 그럼 그분 돌아오시면 저는 어떻게 되나요?"

"글쎄요. 근데 아마 안 돌아오실 거예요."

"네? 왜요?"

"보통 장기 기증 하신 분들은 제자님들의 사명을 받아 다른 수족관에서 봉사와 전도를 하시거든요. 물에 대한 신앙이 크신 분들이니 제자님들이 크게 사용하시겠죠. 홍차도 더 많이 받으실 거고요. 그런 면에서는 부럽네요."

소녀는 말이 끝나자 숙소 복도에서 유영에게 꾸벅 인사를 하고 말했다.

"그럼 오늘 고생하셨습니다. 홍차 잘 즐기세요. 유영하시길."

"아 네…. 유영하시길."

유영이 대답하자 소녀는 뒤로 돌아 자기 방으로 들어갔다. 장기 기증. 유영은 소녀의 말에 이상한 기분이 들었다. 소녀가 문을 닫고 들어간 복도는 고요했다. 밝은 한낮이지만 이곳에 있는 사람들은 모두 잠들어있다. 유영은 빨리 홍차를 마셔야겠다고 생각했다. 유영은 소녀가 들어간 방을 잠시 쳐다보다가 몸을 돌려 자신의 방으로 들어갔다. 유영은 문이 덜컹 하고 닫히기 무섭게 컵에 홍차를 따라 마셨다.

9.

다음날 청소를 끝낸 뒤 홍차를 마시고 일어난 유영은 성철을 만나 작은 냉장고와 자물쇠를 샀다. 냉장고를 자기 방에 가져다 놓은 유영은 홍차 한 병을 냉장고에 넣고 자물쇠로 잠근 뒤 다른 한 병은 가방에 넣고 밖으로 나왔다. 가지고 나온 홍차는 어느새 반 밖에 안 남아있다.

유영은 성철의 손을 잡고 성철의 집으로 갔다. 집에 도착한 두 사람은 자연스럽게 입을 맞추고 몸을 섞었다. 그렇게 얼마 동안 이어진 거친 숨소리가 잦아들자 둘은 다시 천천히 입을 맞추고 서로의 얼굴을 쓰다듬었다.

"우리 홍차 마시자."

"홍차?"

"응, 마시고 같이 자자."

"나는 홍차 안 마셔도 잘 자긴 하는데."

"그럼 나만 마실게. 대신 내가 잠들면 내 머리를 쓰다듬어줘."

유영의 말에 성철은 웃으며 고개를 끄덕였다. 유영은 이불을 젖히고 일어나 가방에서 홍차를 꺼내 컵에 따랐다. 성철은 그동안 조용히 유영의 벗은 몸을 바라봤다. 시선을 느낀 유영은 부끄러워하며 컵을 들고 다시 이불 속으로 파묻혔다.

"누가 그렇게 대놓고 보래."

"나도 모르게 눈이 가네. 섹시하다."

"이제 내 몸은 그만 보고, 머리를 쓰다듬어줄 시간이야."

유영은 말을 마치고 단숨에 홍차를 들이켰다. 그리고 컵을 내려놓고 이불을 목까지 바짝 덮었다. 성철은 유영의 옆에 누워 유영의 머리를 천천히 쓰다듬었다. 유영은 잠이 오는지 몽롱한 눈으로 성철을 바라보며 말했다.

"이마에 입 맞춰⋯."

쪽. 그리고 풍덩. 이번에는 물속에 들어오자마자 성철이 유영의 앞에 있었다. 물속에서 유영의 이마에 입 맞춘 성철은 유영의 얼굴과 머리를 천천히 쓰다듬었다. 물 밖에서 들어오는 밝은 빛이 유영과 성철을 비췄다. 물의 흐름에 따라 두 사람의 얼굴에 닿은 빛이 일렁였다. 머리를 쓰다듬던 성철은 어느샌가 유영을 꼭 안아주고 있었다.

빈틈없는 포옹. 과분한 안정감. 중독적인 따뜻함. 유영과 성철은 물속에서 꼭 안은 채 둥실둥실 떠다녔다. 포근하면서 몽환적인 분위기. 너무나 행복한 기분에 눈물이 흐를 것 같았다. 그런데 성철이 유영에게서 떨어지더니 싱긋 웃고 물 밖으로 헤엄치기 시작했다. 유영이 손을 뻗어 성철을 잡아보려 했지만 성철은 점점 빠르게 멀어진다. 유영은 울먹이며 외쳤다.

"가지 마…."

눈을 뜨니 늦은 오후의 햇살이 방을 채우고 있다. 성철은 새근거리며 자고 있고 유영의 눈에는 눈물이 흐르고 있었다. 유영은 가방에서 작은 병을 꺼내 자신의 눈물을 병에 담았다.

"으음… 일어났어?"

유영이 부스럭거리자 성철이 눈을 비비며 일어났다. 유영이 눈물을 흘리고 있자 성철이 놀라 물었다.

"뭐야, 왜 울어? 나쁜 꿈 꿨어?"

성철의 말에 유영은 고개를 저으며 말했다.

"아니. 너무 행복한 꿈이라 눈물이 났어."

"그래? 다행이네. 슬픈 거 아니지?"

"아니야. 괜찮아."

유영이 젖은 눈으로 헤헤 하고 웃자 성철도 따라 웃었다.

"근데 그 병은 뭐야. 눈물 담은 거야?"

"응. 수족관에 현금 대신 헌수를 바치거든. 각자의 눈물."

"아, 그럼 나도 이번 주말에 수족관 가기 전에 눈물 담아야겠네."

"응, 아마도. 근데 너 눈물 많아? 남자들은 잘 안 운다고 들어서."

"응? 나 잘 안 울어. 근데 하품은 잘해."

말이 끝나기 무섭게 성철이 쩍 하고 하품을 하자 눈에서 눈물이 또르르 흘렀다.

"으음… 눈물 나온다. 병 줘."

성철의 모습에 유영은 신기한 듯 쳐다보며 병을 건넸다. 성철은 하품을 한 번 더 하더니 흐른 눈물을 병에 담았다.

"유영, 배고프다. 밥 먹자."

"응. 우리 헌수도 준비했는데 밥 먹기 전에 잠깐 기도할까?"

유영의 말에 성철은 고개를 끄덕였다. 유영은 벗은 몸을 일으켜 접시에 물을 담아왔다. 유영은 접시를 창문 앞에 놓고 기도를 했다. 성철은 그런 유영의 모습을 멍하니 바라봤다. 유영이 기도를 마치고 눈을 뜨자 성철이 나지막이 말했다.

"유영하게 하소서."

"기억하네."

"그럼. 네가 기도하는 모습을 보면 정말 신비로워 보여서 이 말을 하고 싶어지거든."

유영은 성철의 말을 듣고 만족스런 웃음을 지었다. 그리고 나체의 몸을 성철 쪽으로 돌려 허리에 손을 얹고 말했다.

"그 말 다시 해줘."

성철은 유영의 말에 벗은 몸을 일으켜 유영에게 다가가 꽉 끌어안은 다음 귀에 대고 아까 했던 말을 다시 속삭였다. 유영은 기분 좋은 듯 홍차를 마셨을 때와 같은 미소를 지었고, 성철은 유영의 살 냄새를 맡으며 목에 여러 번 키스했다.

주말이 되자 성철은 유영을 따라 수족관에 올라갔다. 파란 셔츠를 입은 유영과 성철은 물고기들이 헤엄치는 바깥 수족관에서 다른 신도들과 눈인사를 하며 안쪽 수족관으로 들어갔다.

"수영장을 그래도 꽤 다녔는데 4층에 이런 곳이 있는 줄은 몰랐네."

"그치. 신기하지 않아? 나는 여기 사는데도 몰랐다니까."

두 사람은 수족관에서 사람들 눈치를 보다가 뒤쪽에 있는 빈자리에 빠르게 앉았다.

잠시 뒤 사제가 다가와 말을 걸었다.

"벌써 전도한 거야? 빠른데?"

사제의 말에 유영이 미소 지으며 고개를 끄덕였다. 그러자 사제는 유영과 성철을 빤히 바라보다가 성철에게 인사를 건넸다.

"처음 뵙겠습니다. 반가워요. 저는 신유영교 사제입니다."

"아 네, 반갑습니다. 잘 부탁드립니다."

사제는 인사를 마치고 커튼 뒤로 사라졌다. 유영과 성철은 주변 사람들과 인사를 나눴다. 대부분은 다목적실에서 봤던 얼굴들이었다. 유영과 성철의 앞자리에는 수영장 매점 사장이, 그보다 더 앞에는 같이 청소한 소녀가 앉아있었다.

잠시 뒤 쓰개치마를 두른 사제가 나오자 첫 제자와 푸른 제자들이 수족관으로 들어왔다. 사제의 말에 따라 사람들이 일제히 일어났다. 사제는 5믿음을 말하기 시작했다.

"물은 순환하며, 우리는 그 물을 받든다."

"유영."

"물은 순수하고 고귀하며 우리의 생명 그 자체이다."

"유영."

"우리는 물에서 왔고 다시 물로 돌아간다."

"유영."

"그렇기에 우리는 물로 인해 자유로워지고 평안해진다."

"유영."

"이와 같은 진리에서 새로운 헤엄을 치는 자는 물이 그대를 회복하리라."

"유영."

다섯 번의 제창이 끝나자 성철이 낯선 분위기에 당황한 듯 유영을 힐끔 쳐다봤다. 모두가 말을 멈춘 잠시 동안의 고요. 이내 첫 제자가 단상 위 정화수를 들고 일어나 "새로운 헤엄을 치는 우리 신유영교의 가족들이여"라는 말을 시작으로 마음 수영을 여는 기도를 했다. 첫 제자의 기도가 끝나자 제자, 사제, 신도들이 다 같이 외쳤다.

"유영하게 하소서."

첫 제자, 푸른 제자, 사제가 정화수를 이마와 입술에 찍자 사제는 사람들에게 자리에 앉으라고 했다. 사람들이 일제히 앉자 성철은 눈치를 보며 사람들을 따라 앉았다. 잠시 뒤 커튼 뒤에서 홍차가 담긴 접시가 나오자 사람들은 홍차를 나눠 마셨다. 홍차를 마신 유영은 미소 지으며 성철에게 접시를 건넸다. 성철은 그런 유영을 보며 조심스럽게 홍차를 마셨다.

홍차를 마시자 사람들이 각자 기도를 하기 시작했다. 사방에서 "유영", "유영하게 하소서" 하는 말이 들리자 유영이 만족스러운 표정을 지었다. 성철은 조용히 있다가 실눈을 뜨고 만족스런 표정으로 기도하는 유영을 힐끔힐끔 쳐다봤다.

잠시 뒤 사제가 헌수가 있겠다고 말하자 이번에는 북쪽 푸른 제자가 나와 헌수를 진행했다. 푸른 제자가 사제를 쳐다보며 머리를 쓰다듬자 사제는 잠들며 쓰러졌다. 홍차의 기운이 오른 유영은 그 모습을 미소 지으며 바라봤다. 성철은 이 모습에 놀라 눈이 커졌지만 소리를 내진 않았다. 성철은 푸른 제자가 사제의 눈에서 눈물을 담는 모습을 보다가 문득 사제의 손을 봤다. 사제의 포개진 양손이 오른쪽 아랫배를 누르고 있었다. 사제는 그 상태로 들것에 실려 커튼 뒤로 들어갔다.

이윽고 사제가 헌수를 바치자고 말했다. 사람들이 품속에서 눈물을 담은 헌수를 자신 옆을 지나가는 푸른 바구니에 담았다. 유영과 성철도 헌수를 꺼내 바구니에 담았다. 첫 제자가 헌수가 담긴 바구니에 입을 맞추고 말씀을 하기 시작했다.

성철은 첫 제자의 말을 들으며 푸른 한복을 입은 첫 제자와 푸른 제자의 모습을 살펴봤다. 첫 제자는 풍채 좋은 할아버지로 낮고 부드러운 목소리를 가졌다. 말할 때는 힘이 있고 강약조절을 잘해 사람을 이야기에 잘 집중시키고 빠져들게 했다. 성철은 첫 제자를 보며 연설가나 정치인을 했으면 인기 많고 돈도 많이 벌었겠다고 생각했다.

푸른 제자들은 두 명의 중년 남성과 두 명의 중년 여성으로 이루어져 있었다. 푸른 제자들은 서로 얼굴이 닮아있었다. 서로 형제자매라고 해도 이상하지 않아 보였다. 중년의 세월을 지내온 탓인지 네 사람의 분위기가 조금씩 달랐지만 전반적으로 외모는 비슷했다. 까무잡잡한 피부에 곱슬머리, 그리고 큰 키. 하지만 첫 제자는 피부가 흰 편이었고 키가 크지도 않았다.

제자들을 살펴보던 성철은 다시 첫 제자의 말에 집중했다. 첫 제자는 자신이 물의 진리를 따르기 위해 신유영교를 만들고 스스로 제자가 된 이야기를 했다. 과거 젊었을 적 수행을 하다 물의 신령을 만난 뒤 그의 진리를 따르기 위해 제자가 되었고, 지금까지 자신이 수양하고 물의 신령으로부터 배운 내용을 마음 수영을 통해 전하고 있다고 했다. 이 과정에서 물의 신령이 사는 샘물인 홍차가 정말 큰 도움이 되었다고 말했다.

신도들은 첫 제자가 홍차 얘기를 하자 일제히 "유영"이라고 외쳤다. 첫 제자가 신도들의 "유영" 소리를 듣자 "유영하시길"이라고 말했다. 그러자 신도들이 일제히 "유영하게 하소서"라고 외쳤다.

그렇게 말씀은 몇 분을 더 이어갔다. 그러다가 홍차의 기운이 끝나가는지 몇몇 신도들의 얼굴에서 미소가 줄어들자 첫 제자는 말씀을 마무리했다. 그리고 잠들었던 사제가 커튼 뒤에서 나오자 푸른 제자는 품속에서 봉투를 꺼내 사제에게 넘겼다. 사제는 봉투를 열어 종이를 보더니 말을 하기 시작했다.

"신도 여러분. 여러분께서는 입교하실 때 봉사 선서문에 대한 이야기를 들으셨을 겁니다. 그리고 이에 대한 헌신으로 정기 헌혈과 장기 기증에 서명하신 분들이 계십니다. 우리가 헌신하게 될 날은 언제 올지 모릅니다. 그래서 우리는 항상 정화수와 강물과 바다 앞에 기도하고 수양해왔으며 홍차를 통해 스스로를 회복시켜 왔습니다. 지금 제가 본 종이에는 헌신을 위해 선택된 신도님의 이름이 적혀있습니다. 누군가가 이 신도님의 장기 기증을 원합니다. 부디 이 신도님의 마음에 장기 기증이 필요한 분의 사랑과 기도가 있길 바랍니다."

사람들은 고요히 사제의 말을 들었다. 성철은 조용히 유영에게 장기 기증에 서명했냐고 물었다. 유영은 앞을 바라본 상태로 고개를 저었다.

"그럼 장기 기증을 요청받은 신도님의 이름을 말씀드리겠습니다."

사람들이 긴장한 표정으로 사제의 입만 바라봤다.

"장기 기증에 서명하신 김선욱 신도님. 장기 기증을 요청받으셨습니다."

사제의 말이 끝나자 사람들이 앞줄에 앉은 한 남자를 일제히 쳐다봤다. 고요하던 공간이 순식간에 사람들의 웅성임으로 가득 찼다. 사제가 남자에게 다가가자 커튼 뒤에서 푸른 치마를 입은 사람이 나와 푸른색 쟁반에 홍차가 담긴 컵을 들고 사제 옆으로 갔다. 사제가 남자 앞으로 가자 남자가 일어났다. 사제는 쟁반에 놓인 홍차로 입을 적시고 무릎 꿇은 뒤 남자의 손에 입을 맞추며 말했다.

"신도님, 기증해주시겠습니까? 기증하시면 제자님들이 신도님을 크게 쓰실 것입니다. 더 많은 홍차를 통해 안식을 누리실 겁니다."

사제는 말을 마치고 홍차가 담긴 컵을 남자에게 건넸다. 남자는 컵 속에서 흔들리는 홍차를 잠시 바라보다가 컵을 받아들고 말했다.

"유영하게 하소서."

그러자 사람들이 일제히 남자에게 외쳤다.

"유영하소서."

사제가 남자의 손에 다시 입 맞추자 남자는 그 모습을 보며 홍차를 마셨다. 제자들은 멀리서 이 모습을 보며 미소를 지었다. 홍차를 마신 남자는 부축을 받으며 쓰러졌다. 푸른 치마를 입은 사람들이 그를 들것에 실어 커튼 뒤로 데리고 갔다. 그러자 자리에서 일어난 사제는 단상 아래로 가서 말했다.

"김선욱 신도님의 헌신을 통해 참으로 은혜로운 마음 수영이 되었을 줄로 믿습니다. 이제 모두 자리에서 일어나 조용한 기도로 마음 수영을 마치겠습니다."

기도가 끝나자 제자들은 사라져 있었다. 사제가 홍차 수령 관련 공지를 하자 사람들은 수족관 입구로 빠르게 빠져나갔다. 유영은 아직 자리에 앉아있는 성철에게 말을 걸었다.

"어때, 괜찮았어?"

"으음 뭐… 조금 당황스러운 게 몇 개 있었지만 괜찮았어."

"나도 장기 기증을 하는 건 처음 봤어."

"아 그래? 아까 그분 장기 기증을 하다니 대단하네…."

성철은 잠시 멍하니 앉아있다가 홍차를 받으러 가는 사람들을 보며 말했다.

"그래도 홍차는 받아야지."

성철의 말에 유영은 성철의 손을 잡고 바깥 수족관의 홍차 나눠주는 곳으로 갔다. 사제는 신도에게 각자 배당된 홍차를 나눠줬다. 유영 앞에 혼자 서있던 소녀와 매점 사장도 홍차를 받았다. 두 사람 모두 세 병씩 받았다. 유영은 먼저 홍차 두 병을 받고 성철이 사무실에서 입교 신청서 전도인 부분에 유영의 이름을 쓰자 홍차를 한 병 더 받았다.

사제는 성철에게 홍차를 건네주고 봉사 선서문에 대한 이야기를 했다. 정기 헌혈과 장기 기증. 각 부분에 서명하면 홍차가 하나 더 나온다는 이야기. 성철은 이야기를 듣다가 좀 더 생각해보겠다고 하고 봉사 선서문에는 서명하지 않았다. 유영은 봉사 선서문에 적힌 장기 기증 글자에 계속 눈길이 갔다. 유영은 장기 기증을 보며 생각했다. 아까 홍차 세 병을 받던 소녀와 매점 사장 모두 이곳에 서명했겠지.

두 사람은 수족관에서 홍차를 들고 나와 성철의 집으로 갔다. 밖에 나오니 해가 지고 있었다. 성철은 유영의 손을 잡고 걸으며 말했다.

"아까 그분, 왜 그렇게 바로 장기까지 기증한다고 했을까? 궁금하다."

"어떤 사람인지 궁금해?"

"응. 그분 퇴원하면 나중에 인사해야겠어. 언제쯤 다시 오려나."

"아마 그분 다시는 못 볼 거야."

"왜?"

"다들 장기 기증 하고 나면 다른 곳으로 떠난다고 하더라고."

10.

　보글보글, 성철의 집에서 국이 끓고 있다. 성철은 국과 밥을 그릇에 푸고 유영은 밥 먹을 탁자를 물티슈로 닦았다. 된장국과 계란말이 그리고 쌀밥과 조미김. 두 사람은 "잘 먹겠습니다." 말하고 밥을 먹기 시작했다.

　"어때, 괜찮아?"

　"응. 맛있다. 요리 생각보다 잘하네?"

　성철은 유영의 말에 손으로 브이를 했다. 그 모습을 본 유영은 풉 하고 웃었다. 핸드폰으로 틀어놓은 유튜브 영상 소리, 숟가락과 밥그릇이 부딪히는 달그락 소리, 유영과 성철의 조곤조곤한 이야기 소리. 형광등이 켜진 조그만 자취방엔 두 사람의 온기가 가득하다.

"아, 배부르다. 기분 좋아."

"기분 좋아? 잘 먹어서 다행이다."

"진짜 맛있었어. 다음에도 또 해줘."

"응, 또 해줄게."

성철은 유영을 향해 배시시 웃으며 말했다. 유영의 기분 좋아 보이는 표정. 성철은 그런 유영을 물끄러미 쳐다보다가 말했다.

"아까 기도할 때도 기분 좋아 보이던데."

성철의 말에 유영이 갸우뚱하더니 성철을 바라보며 말했다.

"내가 그래 보였어?"

"응. 만족스러운 표정이었어. 내가 너한테 신비롭다고 했을 때처럼."

"그런가. 사람들 사이에서 기도하면 참 기분이 좋아."

"짜릿해?"

"약간? 뭔가 칭찬받았을 때의 느낌하고 비슷한 것 같아."

"신기하네."

두 사람은 몇 마디 더 나누다가 뒷정리를 했다. 유영은 설거지를 하고 성철은 책상과 바닥을 닦았다. 설거지가 끝나자 두 사람은 침대로 올라가 드라마를 봤다. 방에 불을 끄자 두 사람의 얼굴에 비치는 핸드폰 불빛이 드라마 장면이 바뀔 때마다 움직였다. 드라마가 한 편 끝나면 또 한 편, 그리고 또 한 편…. 꽤 오랜 시간 동안 드라마 시리즈를 본 두 사람은 기지개를 피며 침대에 파묻혔다.

"으아, 다 봤다."

"재밌었어."

"그러게. 별로 기대 안 하고 봤는데 재밌다."

드라마를 너무 오래 본 탓일까. 침대에 누운 두 사람은 불 꺼진 방에서 잠시 멍하게 있었다. 창문 밖에서 가로등 불빛과 지나가는 차 소리가 들어온다. 그리고 열어놓은 창문 틈으로 들어오는 시원한 바람. 지금의 분위기를 느끼던 유영은 성철을 끌어안고 말했다.

"이제 자자. 홍차 마실래. 지금 자면 기분 정말 좋을 것 같아."

"그래. 머리 또 쓰다듬어줄게."

두 사람은 세수와 양치를 하고 침대에 앉아 가볍게 입 맞췄다. 그리고 유영은 홍차를 마시고 눈을 감았다. 성철은 유영의 이마에 입을 맞추고 머리를 쓰다듬었다. 잠시 뒤 유영이 미소를 짓고 잠들자 성철이 유영의 볼을 쓰다듬으며 말했다.

"홍차 진짜 효과 좋구나. 이렇게 빨리 편안하게 잠들고. 이걸 얼마에 팔면 좋을까."

다음 날 아침 성철의 꿈을 꾼 유영은 눈물을 흘리며 일어났다. 가방을 열어 헌수병을 꺼내 눈물을 담았다. 그리고 성철의 등을 쓰다듬으며 성철을 깨웠다. 일어난 성철은 하품을 연달아 하며 헌수병에 눈물을 채웠다. 유영은 화장실로 가 씻은 다음 나살 준비를 했다. 침대에 앉아 눈을 감고 있는 성철에게 유영이 말을 걸었다.

"오늘은 뭐해?"

"나? 나 오늘 알바."

"삼겹살집? 맞다. 알바 한다고 이제 수영 강습 안 나온다고 했지."

"으응…. 가기 싫다. 너는 숙소 청소한댔지?"

"응. 얼른 가봐야 해. 이따 전화할게."

"조심히 가."

성철이 유영에게 반쯤 감긴 눈으로 손을 흔들자 유영도 성철에게 손을 흔들며 현관문을 나섰다. 성철은 유영이 나가자 다시 침대에 누웠다가 꾸물거리며 일어났다. 씻고 나온 성철은 냉장고에서 홍차를 꺼내 작은 텀블러에 담았다. 그리고 홍차가 담긴 병을 가방에 넣고 아르바이트하는 삼겹살집으로 갔다.

평범한 고깃집. 점심에는 좀 여유롭지만 저녁에는 정말 바쁘다. 성철은 열심히 서빙하고 불판을 닦았다. 가게 마감 후 퇴근 준비를 하던 성철은 피곤해 보이는 다른 알바생에게 다가갔다. 평소 잠을 잘 못 자던 사람이었다. 성철은 가방에서 홍차가 담긴 병을 꺼낸 뒤 알바생에게 다가갔다.

"형. 많이 피곤해 보여요. 요즘도 잘 못 자요?"

"진짜 너무 피곤하다. 더는 안 되겠어. 병원 가볼까 봐."

"그 정도예요?"

남자가 힘없이 고개를 끄덕이자 성철이 남자에게 홍차를 건넸다.

"이거 한번 마셔봐요."

"이게 뭔데?"

"이거 제 여자친구가 마시는 차인데요. 이걸 마시면 잘 못 자던 애가 잘 자더라고요."

"잠 잘 오는 차야?"

"네, 맞아요. 저도 잠 안 오는 날에 먹었는데 바로 잠들었어요. 여자친구가 다니는… 회사에서 만드는 건데, 제가 여자친구한데 좀만 달라고 부탁해서 받아왔거든요."

"이거… 이상한 거 아니지?"

"에이, 이상하긴요. 저랑 제 여자친구도 마신다니까요. 그냥 달콤한 차예요. 이상한 거 아니에요."

남자는 성철의 밝은 목소리와 생글거리는 표정을 보더니 홍차를 가져갔다.

"그래. 챙겨줘서 고마워. 잘 마실게."

"네, 형. 오늘 고생 많으셨어요. 조심히 들어가세요."

성철이 생글생글 웃으며 남자에게 꾸벅 인사를 하자 남자도 살짝 웃으며 성철에게 손을 흔들고 뒤로 돌아 걸어갔다. 성철

은 남자가 홍차를 들고 걸어가는 모습을 보며 흡족한 미소를
지었다.

　다음날 성철이 삼겹살집에 출근하자 홍차를 받아간 남자가
성철에게 다가와 조용히 말을 걸었다.
　"어제 준 차 잘 먹었어."
　"어때요? 괜찮았어요?"
　"응. 너무 잘 잤어. 진짜 너무너무 잘잤어. 이렇게 기분 좋은
꿈 꾸면서 자고 일어난 건 정말 오랜만이야."
　"진짜요? 다행이다."
　성철이 남자를 보고 활짝 웃으며 말하자 남자는 잠시 머뭇거
리다가 성철에게 말을 했다.
　"그런데 혹시… 이 차 더 받을 수 있을까?"
　성철은 남자의 말에 안타까운 표정을 지으며 말했다.
　"어쩌죠? 오늘은 안 들고 와서요."
　"그래? 그럼 다음에 혹시 갖고 와줄 수 있을까?"
　"혹시 얼마나 필요하세요?"
　"얼마나? 그냥 좀 많았으면 좋겠는데…. 한… 두 병 정도."
　성철은 남자의 말에 잠시 생각하다가 말했다.
　"제가 들고 올 수는 있는데 이게 아무래도 여자친구… 회사에
서 가져오는 거라 저도 그 회사에서 사와야 할 것 같아요. 그래

서….”

성철이 말끝을 흐리자 남자가 성철의 말을 자르며 빠르게 대
답했다.

“네가 팔기만 해주면 내가 무조건 돈 주고 살게. 그건 걱정하
지 마.”

“네, 알겠어요. 이게 아마 주말쯤 생산이 돼서, 가져오는 대로
바로 드릴게요.”

“그래, 고맙다. 근데 한 병에 얼마야?”

“이게 아무래도 효과가 좋다 보니까 가격이 좀 있어요. 한 병
에… 5만 원이에요.”

“5만 원?”

“네, 한 병에 다섯 잔 정도 나오거든요? 한 잔에 만 원 정도 생
각하시면 될 거예요.”

“아….”

“아무래도 너무 비싸죠? 없던 걸로 할까요?”

“아니! 아니야. 5만 원에 살게. 대신 나한테 꼭 팔기만 해.”

“네, 그럼 두 병 해서 10만 원 맞죠?”

남자는 빠르게 고개를 끄덕였다. 잠시 뒤 손님이 들어오자 두
사람은 일을 시작했다. 똑같은 일상. 성철은 어제랑 똑같이 바
쁘게 서빙을 하고 불판을 닦았다. 하지만 성철의 입가에 계속
웃음이 번졌다.

"헌혈하러 간다고?"

유영이 성철과 함께 밤산책을 하다가 말했다.

"응, 헌혈증 받아와서 사제님한테 홍차 한 병 더 받게."

"왜? 헌혈까지는 안 하고 싶은 거 아니었어? 그리고 너 홍차도 안 마시잖아. 맨날 나만 마시고."

"응, 그렇긴 한데. 홍차를 다른 사람한테 팔기로 했어."

"홍차를 판다고?"

"응."

"얼마에?"

"한 병에 5만 원."

"5만 원이나?"

"한 병에 다섯 잔 정도 나오니까 한 잔당 만 원 해서 5만 원에 파는 거지."

유영이 인상을 쓰고 성철을 보자 성철이 유영의 눈을 똑바로 바라보고 말했다.

"왜? 너무 비싼 거 같아? 근데 만약에 네가 지금 홍차를 받을 데가 없는데 어떤 사람이 와서 홍차 한 병에 5만 원에 살 수 있다고 하면 어떨 것 같아?"

"그럼… 돈 주고 사야지. 구할 수 있는 데가 없는데…. 정말 기분 좋게 잠들고 행복한 꿈을 꿀 수 있게 해주는 걸 어떻게 안 마셔.”

“그렇지? 한 병에 5만 원이면 비싼 게 아니라니까.”

“그래서 헌혈해서 한 병 더 받으려고 그러는구나? 그래야 10만 원 버니까.”

“맞아. 10만 원이 뭐 땅 파면 나오나? 그리고 매주 10만 원씩 벌면 한 달에 40만 원이야. 우리 이 돈으로 맛있는 거 사먹자.”

“그럼 헌혈 내일하게?”

“내일? 내일 말고 수족관 가기 전날에 하려고. 이번 주 알바는 다 끝나서 홍차 달라는 그 사람 또 볼 일도 없고, 별로 안 급해.”

“어떻게 그러지? 난 홍차 생각에 다음 날 바로 헌혈하고 왔는데.”

“그건… 네가 홍차를 많이 마셔서 그래. 좀 줄여보는 건 어때? 거의 하루에 두 잔씩은 마시지 않아?”

“어떻게 그래? 홍차 마실 때가 제일 기분 좋은데.”

“제일 좋아? 나랑 할 때보다?”

유영은 성철의 진지한 표정에 피식 웃더니 성철을 능글맞게 쳐다보며 말했다.

“너랑 할 때도 좋아.”

“나랑 할 때도? 나랑 할 때가 제일 좋은 게 아니고?”

“아, 뭐래. 배고프니까 빨리 밥 먹으러 가자.”

두 사람은 성철의 집에 와 밥을 먹고 몸을 섞은 뒤 홍차를 마시고 잠들었다. 홍차는 여전히 유영만 마셨고 성철은 홍차를 마신 유영의 이마에 입을 맞추고 머리를 쓰다듬었다. 다음날에도 눈물을 닦으며 일어난 유영은 성철의 배웅을 받으며 현관문을 나섰다.

수영장에 도착한 유영은 소녀와 함께 숙소 청소를 했다. 이번에는 2층을 소녀가, 3층을 유영이 청소했다. 3층은 남자 숙소. 유영은 노크를 한 후 청소 신도가 왔다고 말한 뒤 마스터키로 문을 열고 들어갔다.

방에는 젊은 남신도가 잠들어 있었다. 유영은 방을 청소하다가 남신도를 보자 홍차를 마시고 성철의 꿈을 꾸었던 게 떠올랐다. 유영은 잠든 남신도를 물끄러미 쳐다봤다. 그리고 남신도가 자신에게 당신의 꿈을 꾸게 해달라고 애원하는 모습을 상상했다. 유영 님 제발요. 유영 님 저는 유영 님이 필요해요. 유영 님 꿈을 꾸게 해주세요.

유영은 머릿속에 "유영 님 꿈을 꾸게 해주세요."라는 말이 떠오르자 강한 욕구에 휩싸였다. 이 남자에게 내 꿈을 꾸게 만들어야겠어. 이 남자가 나를 홍차처럼 갈망하게 만들어야겠어.

유영은 남신도에게 다가가 이마에 입을 맞췄다. 미소 짓고 있는 남신도의 얼굴. 유영은 남신도의 얼굴을 쓰다듬으며 귓가에 속삭였나.

"내가 너를 안아줄게…. 너는 나를 원하게 될 거야…."

그러자 남신도의 눈에서 눈물이 흘렀다. 유영은 그 모습을 보고 만족한 표정을 지으며 방을 나왔다. 유영은 다른 방을 청소하면서 첫 번째 방 남신도의 눈물을 생각했다. 입에서 미소가 떠나질 않았다. 기쁨의 웃음이 아닌 흡족한 웃음. 유영은 마음 속 깊은 곳에서 짜릿함이 올라오는 걸 느꼈다.

며칠 뒤 유영은 또다시 3층 숙소를 청소하게 됐다. 유영은 눈물을 흘렸던 남신도 방에 들어가기 전 잠시 심호흡을 했다. 똑똑, 유영은 청소 신도가 왔다고 말했다. 그리고 마스터키를 도어락에 갖다 대려 하자 방 안쪽에서 목소리가 들렸다.

"네, 들어오세요."

유영은 깜짝 놀라 마스터키를 떨어트렸다. 그리고 잠시 진정한 뒤 문을 열고 들어갔다. 남신도가 침대에 앉아있었다. 유영이 들어오자 남신도는 긴장한 표정으로 말했다.

"앉으세요, 신도님. 기다리고 있었습니다."

"네, 신도님."

유영이 의자에 앉자 남신도는 심호흡을 한 뒤 떨리는 목소리로 말했다.

"며칠 전 신도님 꿈을 꾸었어요. 너무 따뜻하고 편안했습니다."

"아, 그러셨어요. 제 꿈을 꾸었다니 기쁩니다."

"신도님. 그날 꾸었던 꿈이 잊히질 않습니다. 꿈에서 깨는 게 너무 슬퍼 눈물이 흐르더군요. 꿈에서 깬 다음에도 계속 눈물이 흘렀습니다."

유영은 남자의 말을 조용히 듣고 있었다.

"혹시 신도님. 제게 그 꿈을 다시 꾸게 해주시면 안 될까요? 한 번만 더 그 꿈을 꾸게 해주시면 안 될까요?"

남신도가 이렇게 말하자 유영의 표정이 바뀌었다. 유영은 흡족한 미소를 지으며 말했다.

"걱정 마세요. 새로운 헤엄이 신도님을 다시 그 꿈으로 이끌 겁니다."

유영의 말에 남신도가 떨리는 목소리로 말했다.

"오… 유영하게 하소서…. 유영하게 하소서…."

"사랑하는 신도님, 홍차를 마시고 누워보세요. 제가 꿈속에서 포근히 안아드릴 테니."

유영의 말에 남신도는 자물쇠를 열어 냉장고에서 홍차를 꺼내왔다. 그리고 유영은 그 홍차를 받아 컵에 따른 다음 남신도를 침대에 앉혔다.

"입을 벌려보세요."

남신도 옆에 앉은 유영은 홍차를 남신도에게 먹였다. 남자는 눈을 감고 유영이 주는 홍차를 천천히 마셨다. 그리고 침대에 누워 유영을 바라봤다. 유영은 그런 남신도를 바라보며 말했다.

"유영하시길."

"유영하게 하소서."

유영은 남신도의 머리를 천천히 쓰다듬었다. 잠시 뒤 남신도가 미소를 띤 채 잠들자 유영은 남신도의 이마에 입 맞춘 뒤 얼굴을 쓰다듬으며 귀에 속삭였다.

"유영… 유영을 바라보는 자 안식을 얻을지니…. 유영을 향해 새로운 헤엄을 치는 자… 그녀를 얻게 되리라…."

11.

또다시 주말. 수족관에 모인 파란 셔츠들은 기도를 하고 홍차를 마시고 눈물을 바쳤다. 이번 마음 수영에는 장기 기증 이야기는 없었다. 마음 수영이 끝나자 사람들은 빠르게 수족관 입구로 움직였다.

성철은 유영과 함께 줄을 서서 기다리다가 사제에게 헌혈증을 건넸다. 사제는 그런 성철을 의아하게 쳐다보다가 홍차를 두병 건넸다. 홍차를 받은 성철은 활짝 웃으며 유영과 함께 수족관을 내려갔다.

"이제 팔 거야?"

유영이 노을 진 하늘을 보며 말했다.

"팔아야지. 만나자마자."

두 사람은 잠시 노을을 보다가 식당에 들어가 음식을 시켰다. 패스트푸드점 창밖을 보고 있는 유영 앞에 성철이 햄버거 세트를 내려놨다. 그러자 유영은 둘의 감자튀김을 트레이에 붓고 케첩에 찍어 먹었다. 그 모습을 본 성철이 유영에게 말했다.

"우리 홍차 판 돈으로 맛있는 거 먹자."

"햄버거보다 맛있는 걸로?"

"응. 햄버거보다 비싸고 맛있는 걸로. 요즘 계속 이런 것만 먹었잖아. 내가 돈이 없어서."

"그야 곧 월급날이라 그렇지. 원래 월급날 전에 제일 쪼들리잖아. 돈은 너만 없냐. 나도 일당 겨우 몇만 원 받는 건데, 뭐."

성철은 감자튀김을 물고 웅얼거리는 유영을 보며 피식 웃더니 큰 목소리로 말했다.

"아무튼 맛있는 거 사먹자!"

"아유 깜짝이야. 알았어. 꼭 비싸고 맛있는 거여야 돼."

"당연하지."

가게 창문 너머로 햄버거를 먹는 두 사람이 보인다. 수많은 사람이 유리창을 사이에 두고 유영과 성철 옆을 지나간다. 햄버거를 반쯤 먹었을까. 성철이 갑자기 생각났는지 유영에게 말했다

"그 숙소 청소하는 일은 어때? 괜찮아?"

"응. 별일 없어. 할만해."

"남자 숙소도 청소한다며 이상한 사람은 없어? 막 집적거린다

거나.”

“에이, 없어.”

유영은 성철의 말에 자기가 남신도 이마에 입 맞췄던 게 생각 났지만 아무 일도 없다며 말을 넘겼다. 유영은 별일 없는 척 다른 주제로 이야기를 돌리며 계속 남신도와 있었던 일을 생각했 다. 유영은 내일 다른 신도한테도 자기 꿈을 꾸게 해야겠다고 생각했다.

다음날 성철이 삼겹살집에 출근하자 남자가 엄청 피곤한 얼 굴로 성철에게 다가왔다.

“홍차… 가져왔지?”

“여기 두 병 가져왔어요.”

성철이 가방에서 홍차 두 병을 꺼냈다. 그러자 남자는 주변을 살피다가 주머니에서 10만 원을 꺼내 성철에게 건넸다. 성철은 돈을 받으면서 말했다.

“고마워요.”

“아니야, 내가 고마워. 오늘은 푹 잘 수 있겠어.”

“다행이네요.”

성철은 일하는 도중에 홍차를 받아간 남자를 중간중간 쳐다 봤다. 남자는 계속 홍차 생각이 나는지 일하는 도중에 홍차가 들어있는 직원 사물함을 반복해서 쳐다봤다. 성철은 그 모습을 보며 씩 웃었다.

"오늘은 제가 3층 할게요. 신도님이 2층 하세요."

화장실 청소를 마친 소녀가 유영에게 말했다. 세면대 서랍에 호스를 정리해서 넣고 있던 유영은 그 말을 듣고 일어나 소녀를 쳐다보며 말했다.

"이제 그냥 제가 쭉 3층 청소하면 안 될까요?"

"그건 안 돼요. 사제님이 2층 3층 청소는 꼭 번갈아가면서 하라고 하셨거든요. 예전에 한 신도가 계속 남자층 청소하면서 다른 신도랑 관계를 가졌다가 임신을 한 경우도 있었대요."

유영은 소녀에게 그래도 자기가 3층 청소를 하고 싶다고 말하고 싶었지만, 소녀가 너무 뚫어져라 보고 있었기 때문에 아무 말도 하지 못했다. 소녀는 3층으로 올라갔고 유영은 2층 청소를 시작했다. 들어가는 방마다 여신도들이 새근새근 잠들어 있었다. 유영은 사제 방을 건너뛰고 청소를 하다가 마지막 방에 들어갔다.

마지막 방 여신도도 잠들어 있었다. 유영은 청소를 마치고 방을 나가려다가 잠든 여신도를 물끄러미 바라보며 생각했다. 여자라고 나를 원하지 않을 건 또 뭐야. 유영은 여신도의 이마에 입을 맞춘 뒤 얼굴을 쓰다듬며 귀에 속삭였다.

"내가 너를 안아주마…. 너도 나를 원하게 되리라…."

유영이 쓰다듬을 멈추고 여신도의 눈을 봤다. 여신도의 눈에서는 눈물이 나오지 않았다. 유영은 그 모습을 보고 갸웃하며 방을 나왔다. 유영은 소녀와 함께 수영장 매점에 가서 일당을 받은 뒤 홍차를 한 모금 마시고 수영장으로 내려왔다.

홍차를 마시면 발바닥에 감각이 둔해진다. 수영장 바닥의 감촉이 잘 느껴지지 않는다. 그래서인지 구름 위를 걷는 기분이 든다. 유영은 자유풀에 도착하자 그대로 몸을 던졌다. 풍덩 소리와 함께 일어나는 물결. 유영은 물 위에 둥실 떠서 물과 함께 일렁였다. 그러면서 아까 이마에 입 맞춘 여신도를 생각했다. 젠장 왜 눈물을 안 흘렸을까. 그 여자도 나한테 떨리는 목소리로 내 꿈을 다시 꾸고 싶다고 말해야 하는데. 유영은 인상을 찌푸렸다. 그러다가 숨을 깊게 들이마시고 머리끝까지 잠수했다.

유영이 샤워하고 나와 핸드폰을 확인하자 성철의 문자가 와 있었다.

[10만 원 벌었당.]

유영은 문자를 보고 피식 웃으며 말했다.

"이 바보. 결국 진짜 팔았네."

유영은 젖은 머리를 수건으로 감싼 다음 성철에게 문자를 보냈다.

[축하해. 다음에 맛있는 거 사줘.]

그러자 성철에게 답장이 왔다.

[당근빠따지. 다음에 뭐 먹고 싶은지 생각해 놔.]

성철의 문자에 유영은 하트를 눌렀다. 그리고 냉장고에서 홍차를 꺼내 컵에 따랐다. 한 병은 이미 전에 다 마셨고 두 번째 병도 반 밖에 남지 않았다. 유영이 나지막이 말했다.

"벌써 이만큼밖에 안 남았나."

유영은 불편한 표정으로 남은 홍차를 바라봤다. 유영은 잠시 장기 기증 동의를 해야 하나 생각했다. 유영은 남은 홍차를 냉장고에 넣고 자물쇠로 잠근 다음 홍차를 마시고 잠들었다. 유영의 얼굴에 미소가 지어지지 않았다.

잠에서 깬 유영은 어딘가 허전함을 느꼈다. 분명히 기분 좋게 잠들고 좋은 꿈을 꾸었지만 무언가 부족했다. 성철이 머리를 쓰다듬어주지 않아서일까. 유영은 성철의 입맞춤을 생각했다. 이제 자고 일어났을 때 눈물이 흐르지 않으면 만족하기 힘들었다. 유영은 홍차에 중독된 거라는 성철의 말을 떠올렸다.

유영은 다음 날 홍차가 얼마 남지 않았다는 생각에 어두운 표정으로 청소를 했다. 유영이 화장실 청소를 마치고 텅 빈 다목적실에 들어오자 남신도와 여신도가 조용히 유영에게 다가왔다. 먼저 남신도가 슬픈 목소리로 유영에게 말했다.

"신도님. 어제는 왜 안 오셨나요. 한참을 기다렸습니다."

이번에는 여신도가 유영의 손을 붙잡고 말했다.

"신도님. 저도 다시 신도님 꿈을 꾸고 싶습니다. 저에게 꿈을 허락해주세요."

두 사람의 간절한 눈빛. 유영은 자기도 모르게 웃음이 지어졌
다. 유영이 창고에 들어오지 않고 신도들과 이야기하고 있자 소
녀가 유영에게 다가왔다.

"신도님 아직 청소 안 끝났잖아요. 빨리 끝내고 사제님께 가
야죠."

그때 남신도가 유영의 손을 덥석 잡으며 말했다.

"신도님, 제 방에 와주세요."

그러자 여신도도 유영의 손을 붙잡으며 말했다.

"아니요, 신도님. 제 방부터 와주세요."

이 모습을 본 소녀가 의아해하며 말했다.

"지금 뭐 하시는 겁니까…."

그러자 남신도가 소녀에게 말했다.

"신도님. 이분은 저희에게 아주 행복한 꿈을 꾸게 해주실 수
있습니다. 정말 새로운 헤엄을 치게 해주시는 분이라고요."

여신도도 거들었다.

"맞아요. 신도님의 손길이면 저는 오늘도 행복할 겁니다. 그
러니 제발 제 방부터 와주세요."

"행복한 꿈이요?"

"왜요? 꾸게 해드릴까요?"

유영이 소녀의 말에 싱긋 웃으며 말하자 소녀가 침을 꼴깍 삼

컸다.

"오늘은 제가 3층 청소 하는 날 맞죠? 신도님은 2층 청소 해주세요."

"신도님, 제발 2층부터 와주세요."

여신도가 울먹이며 말했다. 그러자 유영은 여신도의 얼굴을 쓰다듬으며 말했다.

"걱정 마세요, 신도님. 남신도분께서 하루 참으셨으니 먼저 다녀오고, 청소가 끝나는 데로 찾아갈게요."

"기다리고 있겠습니다. 부디 빨리 와주세요."

여신도의 말에 싱긋 웃은 유영은 소녀를 바라보며 말했다.

"신도님은 이분들이 어떤 꿈을 꾸었길래 제게 이런 부탁을 하는지 궁금하지 않으세요?"

소녀는 침을 다시 삼키며 고개를 끄덕였다.

"지금 이거… 모르는 일로 주시면 제가 청소 끝나고 찾아갈게요."

소녀는 유영의 나긋한 목소리에 천천히 고개를 끄덕였다. 그러자 유영은 싱긋 웃으며 청소도구를 챙겨 남신도와 함께 3층으로 올라갔다. 여신도는 깊은 한숨을 내쉬며 방으로 돌아갔다. 소녀는 멀리서 멍하니 그 모습을 바라봤다.

남신도 방에 들어오자 남신도가 다급하게 홍차를 꺼냈다.

"급할 것 없어요, 신도님. 제가 지금 여기 있잖아요."

유영의 말에 남신도가 고개를 끄덕이며 민망한 표정으로 홍차를 컵에 따랐다.

"신도님, 제게도 홍차 한 잔 주지 않으실래요?"

"네, 당연하죠."

유영은 홍차를 받고 "잘 마실게요"라고 말한 뒤 남신도를 침대 위에 앉혔다. 그리고 자신의 컵은 침대 위에 올려놓고 남신도의 컵을 들어 홍차를 먹었다. 남신도가 침대에 눕자 유영은 자기 컵을 들어 홍차로 입을 적신 뒤 남신도의 이마에 입을 맞췄다. 그러자 남신도가 몽롱한 표정으로 말했다.

"신도님, 다음에도 제 방에 와주시면 안 될까요?"

"그래요. 근데 계속 방에 와달라고 하면 다른 분들이 오해할 것 같네요. 저랑 단둘이 홍차를 마시는 일이니, 홍차 데이트라 부르면 어떨까요."

유영이 컵을 다시 침대에 내려놓고 나긋한 목소리로 말했다.

"너무 좋습니다⋯. 그리고⋯ 혹시 신도님의 이름을 여쭤봐도 될까요⋯."

"제 이름은 유영입니다. 부디 유영하시길."

"유영하게 하소서⋯."

남신도가 잠들자 유영은 웃으며 남신도 귀에 자신을 갈망하게 하는 말들을 속삭였다. 유영은 남신도가 눈물을 흘리자 자리에서 일어나 남신도가 준 홍차를 들고 자신의 방으로 갔다. 컵에 담긴 홍차를 자신의 홍차병에 담은 유영은 흡족한 미소를 지으며 다시 3층으로 가 나머지 방을 청소했다. 그리고 청소를 모두 마친 후 2층으로 내려온 유영은 소녀에게 말했다.

"여신도님께 들렀다가 바로 갈게요. 기다리고 있어요."

소녀는 유영의 말에 고개를 끄덕이고 자신의 방으로 들어갔다. 유영은 자기 방에 들러 홍차병이 담긴 가방을 챙겨 여신도의 방으로 갔다. 유영은 홍차를 한 잔 받고 여신도에게 홍차를 먹였다. 그리고 이마에 입을 맞춘 뒤 얼굴을 쓰다듬으며 자신을 갈망하게 할 말들을 속삭였다. 이번에는 여신도의 눈에서 눈물이 흘렀다. 유영은 그 모습을 보고 기분 좋게 웃으며 가방에서 병을 꺼낸 다음 여신도가 준 홍차를 자신의 병에 따랐다.

유영은 여신도의 얼굴을 한번 쓰다듬고 일어나 소녀의 방으로 갔다. 방에 가니 소녀가 긴장한 표정으로 앉아있었다.

"긴장하지 마요. 곧 엄청 행복해질 테니."

유영은 소녀에게 홍차를 먹이고 이마에 입을 맞췄다. 소녀가 묘한 눈빛으로 유영을 쳐다보다가 잠들자 유영은 소녀의 얼굴을 쓰다듬었다. 소녀는 유영이 속삭이기도 전에 눈물을 흘렸다. 유영은 그런 소녀를 보며 싱긋 웃으며 말했다.

"아닌척해도 아직 어리긴 한가 보네."

유영은 소녀의 얼굴을 쓰다듬다가 방에서 나와 홍차를 한입 마시고 수영장으로 내려갔다. 잠수한 유영의 표정이 만족스러워 보인다. 유영은 눈을 감고 물의 일렁임을 느끼며 흡족한 웃음을 지었다.

"나 홍차가 더 필요해."

유영이 스시집에서 초밥을 먹으며 말했다.

"나도."

"너는 왜? 홍차 사고 싶어 하는 사람이 또 나왔어?"

유영의 말에 성철은 맥주를 마시며 고개를 끄덕였다.

"홍차 산 사람 친구 중에도 불면증 앓고 있는 사람이 있나 봐. 자기 거 조금 나눠줬는데 어떻게 얻냐고 계속 물어본대."

"하지만 홍차는 두 병 말고 더 없잖아."

"그러니까."

성철은 잠시 말없이 맥주를 마시다가 유영을 보며 말했다.

"아무래도 장기 기증 서약해야 하나 봐."

"그러게. 나도 지금 홍차가 부족해. 매일 마시는 양이 늘고 있어."

"그냥 할까? 장기 기증?"

"그거 유전자 맞아야 하는 건데 뭐 그런 요청이 바로 오겠어?"

"그렇긴 해. 바로 오진 않겠지."

"일단 홍차가 있어야 오늘처럼 초밥도 먹지. 너도 좋잖아. 맛있는 거 먹어서."

유영은 성철의 말에 조용히 고개를 끄덕였다.

"지금까지 얼마 벌었지?"

"2주 됐으니까 20만 원. 근데 3병 팔면 한 달에 60만 원이야."

"나쁘지 않네."

"근데 60만 원에 장기 기증은 좀 힘든데."

"내가 방법이 있어."

"방법?"

유영은 성철에게 홍차 데이트를 한 이야기를 말했다. 홍차를 마시고 성철이 자기의 얼굴을 쓰다듬을 때 그냥 홍차를 마셨을 때보다 훨씬 좋은 꿈을 꿨다고 말하자 성철은 흥미로운 듯 고개를 끄덕였다.

"그러니까 지금 홍차 데이트라는 걸 하면 신도들한테서 홍차를 한 잔씩 더 받을 수 있다는 거지? 그걸 매일 받을 수 있어?"

"응. 그럴 수 있을 것 같아."

"그냥 잠들면 얼굴만 쓰다듬는 거야? 내가 너 쓰다듬을 때는 뽀뽀도 했는데."

"에이, 다른 사람한테 그런 걸 왜 해. 그냥 얼굴만 쓰다듬는 거지."

"어쨌든 알았어. 네가 홍차를 가져오면 내가 팔게."

유영은 성철의 말에 너만 믿는다면서 초밥을 하나 들어 성철의 입에 넣어줬다. 성철은 유영의 그런 모습을 보며 배시시 웃었다. 유영은 성철이 웃자 마음속으로 안도했다.

12.

유영이 좋은 꿈을 꾸게 해준다는 이야기가 신도들 사이에 점차 퍼졌다. 처음에 홍차만 마시던 신도들도 홍차 데이트를 한 신도들의 갈망을 보자 조용히 유영에게 다가왔다. 그럼 유영은 웃으며 그들에게 홍차를 먹이고 입을 맞춘 다음 얼굴을 쓰다듬었다. 한번 유영의 꿈을 꾼 신도들은 계속해서 유영을 찾아왔다. 이제 신도들은 유영을 신도님이 아니라 '유영 님'이라고 불렀다.

신도들은 유영의 꿈에서 깨고 난 뒤 흘린 눈물을 유영에게 바쳤다. 유영이 청소를 하러 다목적실에 들어오면 신도들이 유영에게 다가와 '유영하게 하소서'를 속삭인 다음 유영의 주머니에 눈물을 담은 병을 넣었다. 유영은 그런 신도들을 볼 때마다 싱

굿 웃으며 곧 찾아가겠다고 말했다. 가끔 유영에게 신도들이 너무 몰리면 소녀가 신도들을 제지했다. 소녀는 유영의 꿈을 꾼이후로 유영을 가까이서 보필했다. 유영이 손에 물을 묻히며 청소를 할 때 소녀는 괴로워했다. 하지만 유영은 그런 소녀의 머리를 쓰다듬으며 소녀를 달랬다.

유영은 사제 몰래 홍차 데이트를 했다. 그래서 홍차 데이트를 원하는 신도들이 많아지자 청소 시간에는 홍차 데이트를 하지 않았다. 유영과 소녀는 청소를 빠르게 마치고 홍차 데이트 순서에 따라 신도들을 찾아갔다. 소녀는 유영이 홍차 데이트를 할 때 사제의 위치를 확인하며 망을 봐줬다. 소녀에게는 홍차를 받지 않는다는 조건이었다. 유영은 홍차 데이트를 할 때마다 신도들에게 홍차 한 잔씩을 받아 자신의 홍차병에 넣었다.

유영은 하루에 5명만 홍차 데이트를 해주었다. 데이트 수를 제한하자 신도들의 갈망은 더욱 커졌다. 유영이 신도들에게 받는 홍차가 많아질수록 받는 헌수의 양도 늘어났다. 유영은 신도들에게 받은 홍차를 이틀에 한 번 성철에게 건넸다.

성철은 홍차를 한 병 단위에서 한 잔 단위로 팔기로 하고 홍차의 값을 많이 올렸다. 잠을 못 자는 사람들이 수시로 성철에게 연락했다. 성철은 여전히 사람 좋은 척을 하며 사람들에게 홍차 한 잔을 5만 원에 팔았다.

성철은 삼겹살집 알바를 그만뒀고, 유영은 수영장 급식을 먹지 않았다. 몸에 걸치는 옷의 가격이 달라졌다. 하지만 로고가 들어간 옷은 사지 않고 수족관에 갈 때는 무조건 값싼 파란 셔츠를 입고 갔다. 유영과 성철은 그렇게 사제의 의심을 피하려 했다.

성철은 자신의 고객들에게 절대 진도를 하지 않았다. 신유영교는 물론 수족관과 수영장에 대한 얘기도 절대 하지 않았다. 성철은 사람들이 자기를 통해서만 홍차를 얻게 하고 싶었다. 성철은 무조건 한 사람당 한 잔씩만 팔았다. 그러면 사람들은 홍차를 더욱 사고 싶어 했다. 그러다 보면 웃돈을 주고 두 잔을 사겠다는 사람이 나왔다. 그럼 성철은 몰래 웃돈을 받고 두 잔을 팔았다. 그리고 며칠 뒤 홍차의 가격을 올렸다. 성철은 이런 식으로 사람들의 돈을 가져왔다.

"홍차 데이트 지금 총 몇 명이야?"

성철이 호텔방 테이블에 앉아 돈을 세며 말했다.

"지금 스물다섯 명. 열일곱 살 여자애 빼고."

"확실히 많이 늘었네."

"매일 받는 눈물이 늘어나. 그걸 주머니에 넣고 몸을 흔들면서 걸으면 병들이 잘그락거려. 그 소리가 참 기분이 좋아."

"그리고 난 네가 홍차를 잔뜩 가져오면 기분이 좋고."

유영은 성철의 말에 활짝 웃었다. 유영은 위스키를 한 잔 마시고 목욕 가운 주머니에 있는 눈물 병들을 잘그락 소리가 나게끔

만지다가 테이블에 잔을 내려놓고 침대에 벌렁 누웠다.

"침대 넓다. 네 예전 자취방 침대 진짜 좁았는데."

"둘이 자기에 좁긴 했지. 그래도 그 맛이 있었어."

"무슨 맛?"

"네 맨살이 내 몸에 닿는 거."

"하여간 변태. 머릿속에 그런 거밖에 없지?"

"뭐래. 맨날 스멀스멀 기어올라와서 먼저 옷 벗기는 건 너잖아."

유영이 쳇 하고 고개를 돌리자 성철은 웃으며 다시 돈을 셌다. 유영은 그런 성철을 보다가 다시 몸을 일으켜 위스키를 마신 다음 말했다.

"그럼 우리 지금 홍차 몇 병 있는 거야?"

"지금 나 두 병, 너 세 병. 그리고 25명한테 1잔씩 받고 있고, 1병에 5잔이니까, 25 나누기 5 하면 5병. 그럼 총 10병이네."

"그럼 얼마 벌어?"

"10병이면 한 잔에 5만 원이니까 50 곱하기 5 해서 250만 원. 일주일에 250만 원. 한 달에 1000만 원."

"오, 괜찮네."

"근데 요즘 고객이 늘어서 홍차가 더 필요할 거 같아."

"이미 신도들 대부분이 홍차 데이트 하고 있어서 무리인데. 여기서 더 늘리면 사제가 눈치챌 거야."

"그럼 우리한테 홍차를 안 줄 수도 있겠지."

"그럼 안 돼."

"그럼 방법 하나뿐인 거 같은데? 장기 기증."

"그러네."

유엉과 성철은 다음 마음 수영 때 홍차를 받고 사제한테 찾아가 장기 기증에 서약했다. 사제는 그런 두 사람을 보며 흡족한 표정을 지었다. 그리고는 병원에 가 혈액검사를 받고 검사 확인서를 뽑아오라고 했다.

"성철, 혈액검사 끝나고 뭐 할래?"

"한우 먹자. 저번에 그 집 맛있더라."

"또? 근데 거기 가격 좀 올랐던데."

"뭐 어때. 우리 돈 많잖아."

"이제 뭐 한우 먹는 가격은 푼돈이네."

두 사람은 사제가 알려준 병원으로 갔다. 병원에 가니 익숙한 얼굴이 있었다. 마음 수영 때 푸른 치마를 입고 매번 커튼 뒤에서 나와 잠든 사제를 데리고 들어가던 사람 중 한 명. 이 사람은 자기를 진행 신도라고 불렀다. 진행 신도는 두 사람의 피를 뽑은 뒤 사제에게 제출할 검사 확인서를 뽑아줬다. 그때 양복 입은 남자가 다급히 와서 진행 신도에게 말을 걸었다.

"불량품 나왔다며? 어떻게 된 거야."

진행 신도는 양복 입은 남자의 말에 난처해하다가 남사에게 조용히 말했다.

"제가 보고 올라가기 전에 처리하겠습니다. 아직 확인 중이라, 곧 다시 말씀드릴게요."

"최대한 빨리 처리해. 나 이럴 때마다 아랫배가 시큰거려."

"네, 죄송합니다…. 최대한 빨리 처리할게요."

양복 입은 남자는 진행 신도에게 한마디 더 하려다가 유영과 성철을 보더니 말을 삼키고 다시 자기가 왔던 방향으로 걸어갔다.

"저 사람은 누구예요? 병원 사람 같지는 않은데."

성철의 말에 진행 신도가 말했다.

"수영장 대표님이에요."

"수영장 대표님이 병원에는 왜…."

"제가 진행 신도라서 수영장 시설이랑 물건도 가끔씩 만지는데, 제가 건드린 것 중에 뭐가 문제가 생겼나 봐요."

"아이고 저런…. 걱정이 많으시겠네. 힘내세요."

성철의 말에 진행 신도는 고맙다며 조심히 돌아가라고 말했다. 유영과 성철은 진행 신도에게 인사를 하고 밖으로 나왔다.

"근데 장기 기증 검사할 때 원래 피만 뽑아?"

"그러게. 무슨 조직검사 같은 건 안 하네. 사제가 혈액검사 확인서만 떼오면 된다고 했으니까."

"맞아. 우리는 홍차만 받으면 돼."

둘은 손을 잡고 병원에서 나와 한우를 먹고, 호텔로 가 서로의 몸을 섞었다. 두 사람은 땀이 송글 맺힌 서로의 얼굴을 보고 웃다가, 호텔 밖 야경을 보며 이야기를 나눴다. 유영은 사람들이 자신한테 눈물을 얼마나 바쳤는지를 이야기했고, 성철은 이번 주에 얼마를 벌었는지를 이야기했다. 유영은 이제 홍차를 들고 다니지 않는다. 유영의 가방에는 신도들에게 받은 눈물 병만이 가득하다. 유영은 더 이상 홍차를 마시지 않았다.

다음 날 아침 유영이 수영장 숙소로 돌아가자 소녀가 유영을 맞았다.

"유영 님, 어젯밤에는 안 보이시던데요."

"응. 남자친구 만나고 왔어."

"아, 그러시군요. 안 보이시길래 잠시 걱정했습니다."

"걱정해줘서 고마워."

유영이 싱긋 웃으며 말하자 소녀가 부드럽게 웃었다. 유영은 청소하러 가기 전 난간 아래로 수영장을 잠시 내려다봤다.

"왜요? 수영하고 싶으세요?"

"오늘도 수영장은 행복해 보이네. 딱히 수영 생각은 없어."

"그러시군요. 요즘 수영 안 한 지 꽤 되시지 않으셨어요?"

"그렇지? 요즘 수영 생각이 잘 안 나."

유영은 수영장을 멍하니 내려다보다가 몸을 돌려 다목적실로 향했다. 다목적실에 가니 신도들이 속닥거리고 있었다. 유영은 그 모습을 보고 신도들에게 다가가 말을 걸었다.

"무슨 얘기를 그렇게 해요? 나도 좀 알려줘요."

"수영장에 새로 들어온 사람에 대해 이야기하고 있었어요."

"수영장에 사람이 새로 들어왔어요?"

"네, 어제 사제님이 데리고 오셨더라고요. 젊은 남자인데 아마 저번에 장기 기증 하신 김선욱 신도님이 쓰시던 방 쓸 것 같아요."

"그래요? 한번 만나봐야겠네요."

"아… 아마 그건… 안 될 겁니다."

유영의 말에 신도가 난처해하며 말했다.

"왜 안 돼요?"

"그게… 사제님이 항상 새로운 사람이 들어오면 입교할 때까지 절대 접촉하지 말라고 하셔서…."

"들었지? 입교 전까지는 절대 접촉금지야."

신도의 말이 끝나기 무섭게 사제가 다목적실로 들어오며 말했다.

"역시 다들 여기 모여있으셨군요. 늘 그렇듯 새로운 사람, 즉 비입교인은 입교 전까지는 그 누구도 접촉하면 안 됩니다. 새로운 사람을 보호하고 적응시키기 위해서라는 거 알죠? 낯선 사람들과 집단으로부터 오는 스트레스를 차단하는 겁니다. 왜 그런다고요?"

사제의 질문에 신도들이 "비입교인을 새로운 헤엄으로 이끌기 위해서"라고 대답했다.

"다들 잘 아는군요. 그럼 홍차 잘 드시고 좋은 꿈 꾸세요. 그리고 비입교인 방은 청소도 안 하는 거 알지? 절대 접촉 금지야."

사제의 말에 소녀가 고개를 끄덕였다. 그러자 사제는 그대로 뒤돌아 다목적실을 나갔다. 사제가 나가자 신도들이 머리를 숙였다. 하지만 유영은 사제에게 머리를 숙이지 않았다.

"사제는 왜 자기가 데리고 온 사람을 아무도 못 건들게 하는 거야?"

유영은 성철과 함께 바에서 술을 마시다가 짜증을 내며 말했다.

"왜긴 자기 거니까 건들지 말라는 거지. 딱 보니까 홍차 때문에 그런 거구만. 귀한 홍차 나눠줘가며 새로 데려왔는데, 입교 신청서 전도인 칸에 다른 사람 이름 써서 홍차 놓치면 기분 더 럽겠지."

"새로운 사람이 내 꿈을 꾸게 만들어야겠어."

"그러다가 사제가 알면 가만있지 않을 텐데. 우리 홍차도 받기 힘들어질 거고."

"사람들을 시켜서 내 방으로 데리고 오면 돼. 그럼 난 우연히 내 방에 있는 홍차를 먹고 잠든 비입교인을 만난 것뿐이지."

유영은 다음 날 아침에 한 신도에게 다가가 속삭였다.

"비입교인을 내 방으로 데리고 오세요."

"유영 님…. 사제님이 접촉하면 안 된다고…."

"깨어있을 때 접촉 안 하면 되잖아요. 저는 오늘 신도님과 가장 먼저 홍차 데이트를 하고 싶은데, 어떻게 생각하세요?"

유영의 말에 신도가 침을 꿀꺽 삼켰다. 신도의 눈빛이 흔들렸다. 유영은 그런 신도를 보고 싱긋 웃으며 마스터키를 건넸다. 그러자 신도가 마스터키를 받으며 대답했다.

"유영하게 하소서."

"유영하시길."

신도는 비입교인을 몰래 따라다니다가 비입교인이 방에 들어가자 귀를 방문에 바짝 댔다. 그러다가 비입교인이 홍차를 마시고 잠든 거 같자 마스터키로 방문을 열고 비입교인을 업은 다음 유영의 방에 내려놨다. 그러자 유영은 신도에게 잠시 밖에서 기다리라고 한 다음 비입교인에게 다가가 이마에 입을 맞춘 뒤 머리를 쓰다듬으며 자신을 갈망하게 하는 말을 속삭였다.

잠시 뒤 유영은 방에서 나와 신도에게 쪽지 하나를 건넸다.

"이걸 비입교인 책상에 놓아주세요. 그리고 일이 다 끝나면 방에서 기다리고 계세요. 바로 갈 테니."

유영의 말에 신도는 고개를 끄덕인 다음 비입교인을 다시 원래 있던 방에 데려다났다. 그리고 쪽지를 책상에 놓고 나왔다. 쪽지에는 이렇게 쓰여있었다.

[같은 꿈을 또 꾸고 싶으면 수영장에서 사제의 어깨를 주물러. 그리고 누구한테도 이 쪽지에 대해 말하지 마. 그럼 내가 또 찾아갈게.

추신. 난 어디서든 널 보고 있어.]

다음날 유영은 2층 난간에 서서 수영장을 내려다봤다. 사제와 함께 청소하며 수영장을 돌아다니던 비입교인은 사제에게 뭐라고 얘기를 하더니 사제의 어깨를 주물렀다. 그 모습을 본 유영은 씩 웃으며 다른 신도에게 다가가 비입교인을 다시 자신의 방으로 데리고 오라고 했다.

유영은 다음 쪽지에 수영장에서 사제의 옆구리를 한번 찌르라고 적었다. 그러자 다음날 비입교인은 간지럼 태우는 장난을 치며 사제의 옆구리를 찔렀다. 유영은 곧바로 다음 쪽지에는 사제를 수영장에 빠트리라고 적었다. 다음날 비입교인은 미끄러지는 척하며 사제를 밀어 수영장에 빠트렸다.

유영은 그 모습을 보며 흡족한 웃음을 지었다. 비입교인을 향한 비밀 홍차 데이트가 끝나면 유영은 비밀 부탁을 들어준 신도에게 가 홍차 데이트를 해줬다. 그걸 알게 된 신도들은 매일 홍차 데이트를 받기 위해 유영에게 다가와 자신에게도 사제 몰래 부탁을 해달라고 요청했다. 유영은 그런 신도들을 보며 말했다.

"때가 되면 제가 신도님을 쓰겠습니다. 너무 조급해하지 마세요. 제가 꼭 신도님을 찾을 테니."

유영의 말에 신도들은 유영에게 머리를 숙이고 "유영하게 하소서."라고 되뇌었다.

13.

소녀의 방. 유영은 청소 후 오늘의 홍차 데이트를 모두 마치고 소녀의 방으로 들어갔다. 방에 들어가니 소녀가 미소를 짓고 앉아있었다.

"드디어 제 차례가 돌아왔군요."

"그래. 많이 기다렸지? 이제 꿈을 꾸자."

유영은 소녀에게 홍차를 먹이고 눕힌 다음 이마에 입을 맞췄다. 소녀는 자신의 얼굴을 쓰다듬는 유영을 보며 말했다.

"유영 님. 저는 계속 유영 님 꿈을 꾸고 싶어요. 그럴 수 있겠죠?"

"그럼. 너는 나를 계속 보필하니 계속 내 꿈을 꾸게 해줄게."

"감사합니다. 이제 유영 님이 주신 꿈이 없으면 살 수 없어요.

저를 버리지 말아주세요."

유영은 소녀의 말에 싱긋 웃으며 고개를 끄덕였다. 몽롱한 눈빛으로 유영을 바라보던 소녀는 눈물을 흘리며 잠에 들었다.

"오늘 각자 한 병씩 더 받겠네?"

"응."

수족관으로 올라가는 엘리베이터의 거울을 보던 성철이 셔츠를 매만지며 말했다.

"근데 저번에 혈액검사 확인서 줬을 때 왜 홍차를 안 줬을까?"

"모르겠어. 눈치챘나? 네 구두를 유심히 보더라고."

"구두?"

"내가 사제 만나러 갈 때는 싼 거 신고 오라고 했잖아."

"에이, 로고나 시그니처 디자인도 없는데 비싼 건지 어떻게 아닌지 알아봐?"

"때깔이 다른데 어떻게 몰라."

유영의 말이 끝나자 엘리베이터 문이 띵 하고 열렸다. 문이 열리는 동시에 유영과 성철은 무표정이던 얼굴에 미소를 장착했다. 그러자 엘리베이터 앞에 서있던 신도들이 유영을 보며 반갑게 인사했다.

"유영 님, 오늘도 아름다우십니다. 잠은 잘 주무셨나요?"

"네, 잘 잤습니다. 다 신도님 기도 덕분입니다."

유영은 신도들과 웃으며 인사를 나눈 뒤 안쪽 수족관으로 걸어갔다. 성철은 그런 유영을 물끄러미 바라보다가 다른 신도들이 건넨 인사에 웃으며 대답했다. 안쪽 수족관에 들어가 신도들과 이야기를 나누던 유영은 커튼 뒤에서 수영장 대표가 나오는 모습을 봤다. 수영장 대표는 커튼 뒤에서 나오자마자 빠르게 안쪽 수족관을 빠져나갔다. 수영장 대표가 시야에서 사라지자 사제가 나와 마음 수영을 시작했다. 5믿음을 제창한 사람들은 홍차를 마시고 헌수를 바친 뒤 말씀을 들었다.

말씀이 끝나자 제자가 사제에게 봉투 하나를 건넸다. 그러자 사람들이 일제히 긴장했다. 오랜만의 장기 기증 호명. 사제는 잠시 봉투와 신도들을 번갈아 보다가 이름을 호명했다.

"장기 기증에 서명하신 주민아 신도님. 장기 기증을 요청받으셨습니다."

사제의 말에 사람들이 웅성거리며 한 사람을 쳐다봤다. 소녀였다. 유영은 깜짝 놀라 소녀를 쳐다봤다. 그러자 소녀도 유영을 쳐다보고 있었다. 소녀는 일어나 유영에게 왔다. 그리고는 앉아있는 유영의 앞에 무릎을 꿇은 뒤 유영의 손을 붙잡으며 말했다.

"유영 님, 저는 이대로 유영 님 곁을 떠날 수 없어요. 어떡하면 좋을까요."

유영은 당황한 채 소녀를 볼 뿐이었다. 그때 사제와 진행 신도가 푸른 쟁반에 홍차를 들고 걸어왔다. 사제는 소녀에게 다가와 소녀를 일으켜 세우고 소녀 앞에 무릎 꿇은 뒤 소녀의 손에 홍차로 적신 입을 맞추며 말했다.

"신도님, 기증해주시겠습니까? 기증하시면 제자님들이 신도님을 크게 쓰실 것입니다. 당연히 더 많은 홍차를 통해 안식도 누릴 수 있습니다."

사제는 말을 마치고 홍차를 소녀에게 건넸다. 소녀는 홍차를 쳐다보다가 다시 유영 앞에 무릎을 꿇고 말했다.

"유영 님, 저는 유영 님 없이는 살 수 없어요. 유영 님, 어떡하나요."

많은 신도가 결론을 내달라는 눈빛으로 유영만 바라봤다. 사제는 평소와 다른 신도들의 반응을 확인하고 이상한 눈으로 유영과 신도들을 바라봤다. 잠시 눈을 감고 생각하던 유영은 깊은 숨을 내쉰 뒤 소녀를 바라보며 말했다.

"신도님, 장기 기증에 헌신하세요."

유영의 말에 소녀의 눈빛이 흔들렸다. 하지만 유영이 소녀를 향해 싱긋 웃자 소녀는 유영의 손에 입 맞추며 말했다.

"말씀을 따르겠습니다."

그러자 홍차 데이트를 하는 신도들이 박수를 쳤다. 박수 소리가 들리자 사제는 고개를 돌려 박수를 치는 신도들을 봤다. 모두 숙소에 사는 신도들이다. 사제는 다시 고개를 돌려 유영을 쳐다봤다. 사제는 오른쪽 아랫배를 잠시 꾹 눌렀다. 그리고는 소녀를 일으킨 다음 홍차를 건넸다. 소녀는 유영을 바라보며 "유영하게 하소서."라고 되뇌고는 홍차를 들이켰다. 소녀가 잠들며 쓰러지자 진행 신도들이 소녀를 들것에 싣고 커튼 뒤로 데려갔다. 잠시 뒤 사제는 마음 수영이 끝났다고 안내했고, 사람들은 기도 후에 홍차를 받으러 갔다.

유영이 홍차를 받기 위해 줄을 서 있는데, 누군가 유영에게 다가와 손을 붙잡았다.

"당신을 꿈에서 봤어요. 당신이신가요? 저에게 달콤한 꿈을 주신 분이?"

얼굴을 보니 비입교인이었다. 유영이 사제를 물에 빠트리라고 하니 빠트렸던 그 남자. 유영은 남자를 보다가 사제를 한번 쳐다본 뒤 고개를 저으며 말했다.

"글쎄요. 잘 모르겠네요. 진짜 제 꿈을 꾸셨나요?"

그러자 남자는 그렇다고 하며 고개를 연신 끄덕였다. 유영은 사제가 보고 있기에 빨리 남자와 멀어지고 싶었지만 남자는 유영의 손을 놔주지 않았다. 그러다가 유영과 성철이 홍차 받을 차례가 오자 유영이 남자에게 말했다.

"저도 더 얘기를 나누고 싶지만 제가 지금 홍차를 받아야 해서요. 이 손 놔주실래요?"

그러자 남자는 아차 싶었는지 유영의 손을 놓고 꾸벅 인사를 한 뒤 줄을 서기 위해 뒤쪽으로 갔다.

"인기 많네."

사제가 유영 뒤에서 말했다. 유영이 그 말을 듣고 고개를 돌리자 사제가 홍차 네 병을 건넸다.

"장기 기증 서약 신청됐어. 홍차 한 병 더 받아."

유영이 홍차를 받자 사제는 성철의 구두를 잠시 쳐다보고는 성철에게 홍차를 건네며 말했다.

"여자친구 인기 많아서 좋겠다?"

사제의 말에 성철은 난처한 웃음을 지으며 홍차를 받은 뒤 유영의 손을 잡고 빠르게 비상구로 빠져나왔다. 계단을 걸어 내려오며 성철이 말했다.

"뭐 하는 거야, 지금! 나보고 싼 구두 신으라더니, 티는 네가 다 내잖아."

"사제가 네 구두도 봤어."

"지금 그게 중요해? 소녀는 너한테 장기 기증 허락을 구했고 아까 그 남자는 널 꿈에서 봤다고 했어. 사람들 다 있는 데서. 그게 맞아? 사제가 벌써 눈치챘을걸?"

유영은 성철의 말에 대답하지 못했다.

"그리고 도대체 뭘 했길래 남자 여자 할 것 없이 너를 간절한 눈빛으로 쳐다보는 거야? 홍차 먹이고 나서 정말 얼굴만 쓰다듬은 거 맞아?"

성철이 추궁하듯 묻자 유영이 정색하는 표정으로 말했다.

"그런 게 왜 궁금한데? 그리고 내가 얼굴 말고 다른 걸 쓰다듬는다고 하면 넌 나한테 홍차 그만 가져오라고 할 거야?"

유영은 말을 마치고 성철의 구두에 눈짓을 한 뒤 성철을 노려봤다. 성철은 그런 유영을 빤히 쳐다보다가 아무 대답 없이 계단을 내려갔다.

14.

다음 마음 수영, 성철은 오늘 구두 대신 운동화를 신고 왔다.
유영은 눈을 감고 사람들의 기도 소리를 들으며 생각했다. 사람
들이 말을 마칠 때마다 내 이름을 부르고, 첫 제자의 말이 끝날
때마다 내 이름을 불러. 유영은 홍차를 마실 때보다 지금이 더
편안하고 달콤하다고 생각했다.

유영이 눈을 감고 "유영…." 소리를 감상하고 있다 보니 어느
새 첫 제자의 말씀이 끝났다. 그러자 푸른 제자가 나와 사제에
게 봉투 하나를 건넸다. 지난 마음 수영 때 이미 장기 기증 호명
을 했는데 또 하다니. 유영은 이상하다고 생각했다. 유영이 성
철을 바라봤다. 성철은 긴장한 표정이었다.

"우린 이번에 막 신청한 거니까 괜찮을 거야."

유영의 말에 굳은 표정의 성철이 고개를 끄덕였다. 사제는 봉투를 열어 종이를 본 뒤 신도들을 살펴봤다. 그러다가 사제와 유영의 눈이 마주쳤다. 그리고 사제는 다시 시선을 종이로 옮긴 뒤 천천히 이름을 호명했다.

"장기 기증에 서명하신 황유영 신도님. 장기 기증을 요청받으셨습니다."

성철이 놀란 눈으로 유영을 쳐다봤다. 사람들이 웅성대기 시작했다.

"그리고 장기 기증에 서명하신 최성철 신도님. 마찬가지로 장기 기증을 요청받으셨습니다."

한 번에 두 명, 게다가 하필 유영과 성철이라는 건 뭔가 이상했다. 유영과 성철은 서로를 바라보며 말도 안 된다는 표정을 지었다. 사제와 진행 신도가 푸른 쟁반에 홍차를 들고 다가오고 있었다. 홍차 데이트를 했던 신도들은 "유영 님, 어찌합니까."를 외쳤다.

사제가 다가와 유영과 성철을 일으켜 세운 다음 무릎을 꿇고 홍차로 적신 입을 두 사람 손에 맞췄다. 유영을 따르는 신도들은 유영에게 자신을 떠나지 말라며 울먹였다. 그러자 사제가 단호한 목소리로 신도들에게 말했다.

"조용히 하십시오! 지금은 신성한 헌신에 대한 결정을 하는 시간입니다. 두 신도님들이 더 고귀해지고 완선히 새로운 헤엄으로 나아갈 수 있는 단계를 앞두고 있단 말입니다!"

사제의 말에 사람들이 조용해졌다. 그러자 사제가 홍차를 유영과 성철에게 건네며 말했다.

"두 분의 신도님. 기증해주시겠습니까? 기증하시면 제자님들이 신도님을 크게 쓰시는 것은 물론 더 큰 진리로 다가가실 수 있을 겁니다. 그리고 당연히 더 많은 홍차를 통해 안식을 누리실 겁니다."

더 많은 홍차? 그 순간 성철은 '장기 하나쯤이야.'라고 생각했다. 성철은 사제가 건넨 홍차를 받았다. 유영은 그런 성철을 흔들리는 눈빛으로 바라봤다. 그러자 사제가 유영에게 속삭였다.

"어찌하시겠습니까? 홍차를 받으시겠습니까? 아니면 헌신을 거절하고 다른 신도님들을 실망시키겠습니까?"

유영은 사제의 말에 신도들을 둘러봤다. 신도들의 간절한 눈빛. 유영은 신도들의 눈빛을 보며 혼란스러웠다. 저들은 내가 홍차를 받길 원하는 걸까, 아니면 받지 않길 원하는 걸까? 어떡하지? 도저히 모르겠어. 속으로 계속 갈등하고 있는 유영에게 성철이 속삭였다.

"유영, 겨우 장기 하나야. 앞으로 받을 홍차를 생각하자."

그 말에 유영은 성철을 한번 쳐다봤다가 사제를 노려본 뒤 홍차를 받아들었다.

"유영하게 하소서."

유영과 성철을 말을 내뱉은 뒤 서로를 바라보며 홍차를 들이켰다. 오랜만에 마시는 홍차. 두 사람의 몸이 금세 나른해졌다. 점점 몸을 가누기 힘들어진다. 유영과 성철의 몸이 천천히 쓰러졌다. 몽롱한 가운데 사람들의 환호 소리와 박수 소리가 들린다. 그리고 풍덩 하는 기분과 함께 잠에 들었다.

오랜만에 들어온 꿈속은 여전했다. 물속을 비추는 따스한 햇빛. 유영하며 느끼는 포근한 감정. 이곳에 성철은 없었다. 유영은 물속을 헤엄쳤지만 전과는 다르게 빨리 꿈에서 깨고 싶다고 생각했다. 처음으로 이 따스한 물속의 시간이 너무 길다고 느껴졌다.

하얀 천장과 간이 커튼. 유영이 부스스 눈을 뜨자 낯선 공간이었다. 유영은 고개를 돌려 옆을 바라봤다. 성철이 막 잠에서 깨고 있었다. 성철을 부르려는데 아랫배에 통증이 느껴졌다. 오른쪽 아랫배. 유영은 신음소리와 함께 괴로운 표정을 지었다. 그러자 옆에서도 고통스러운 소리가 들렸다. 성철도 배가 아픈 듯 괴로워했다.

그때 누가 문을 열고 들어왔다. 병원에서 봤던 진행 신도였다. 진행 신도는 이불을 들춰 유영과 성철의 아랫배를 살펴봤다. 진행 신도가 거즈를 들자 아랫배에 수술한 자국이 있었다. 유영은 진행 신도에게 갈라지는 목소리로 말했다.

"아니, 아무리 서약을 했다고 홍차 마신 상태에서 동의도 없이 바로 수술을 하면 어떡해요."

그러자 진행 신도는 유영을 쓱 하고 쳐다보더니 밖에 사람을 불렀다. 그러자 푸른 치마를 입은 사람이 들어와서 유영과 성철의 팔에 연결된 링거에 하얀 액체를 주입했다. 그러자 유영과 성철은 다시 잠들어버렸다.

도대체 얼마나 잔 걸까. 유영은 끝없는 꿈을 꾸는 느낌이었다. 한참을 꿈속에서 헤매다가 눈을 떴다. 앞에 진행 신도가 있었다. 진행 신도는 유영이 깨어난 걸 보자 밖에 나갔다. 유영은 고개를 돌려 성철을 봤다. 성철은 눈을 부스스 뜨며 유영을 바라봤다. 그 순간 푸른 한복을 입은 남자가 들어왔다. 남쪽 푸른 제자였다.

너무 오랜만에 잠에서 깬 탓일까. 유영은 뭐라고 하려 했지만 목소리가 나오지 않았다.

"이제 일어날 만한가? 아랫배 통증은 덜할 거야."

그러고 보니 아랫배의 고통이 적었다. 유영은 속으로 생각했다. 나 얼마나 잔 거지?

"한 달 넘게 잠들어 있었으니 잠은 실컷 잤겠군. 이제 이야기를 좀 해볼까 하는데."

한 달? 그 말에 유영은 겨우 목에 힘을 주고 목소리를 냈다.

"한 달? 그게 무슨….."

"마음속 탐욕이 크면 홍차가 말을 듣질 않지. 피검사를 해보니 둘 다 홍차를 안 마신 지 꽤 됐더군."

제자의 말이 끝나자 진행 신도가 제자에게 서류를 건네며 말했다.

"여기 보고서입니다. 혈액검사에 홍차 성분 검출이 안 돼서 미행 및 내부 조사를 한 결과가 담겨있습니다."

제자는 종이를 받아 훑어보더니 헛웃음을 지으며 말했다.

"한 놈은 홍차로 여신이 되려고 하고, 한 놈은 홍차로 부자가 되려 했구나. 이 발칙한 녀석들."

제자는 서류를 진행 신도에게 건넨 뒤 유영과 성철에게 말했다.

"홍차를 마시지 않는 신도는 수족관에 필요 없네. 대신 관리자로는 필요하지. 어쩌면 자네들은 홍차를 안 마셔서 산 걸 수도 있어. 장기 기증 한 사람들은 정말 다시는 못 돌아오니까."

제자의 말에 유영과 성철의 눈빛이 떨렸다.

"자네 같은 사람들은 처음 봐. 홍차로 사람의 마음과 돈을 훔치려 하다니. 재미있군. 일어나서 따라오게. 첫 제자님을 뵈러 갈 거니까."

제자의 말에 진행 신도들이 와서 유영과 성철을 일으켜 세운 뒤 침대에서 내려오게 했다. 두 사람은 환자복을 입은 채로 세자를 따라갔다. 복도를 나와 밖으로 나가자 넓은 공터가 보였다. 유영과 성철은 오랜만에 햇빛을 보니 너무 눈이 부셨다.

뒤돌아서 건물을 보니 두 사람이 나온 곳은 병원이 아니었다. 넓은 공터 구석에 있는 붉은색 벽돌 건물. 주변에 다른 건물은 보이지 않았다. 제자는 봉고차로 걸어가다가 스위치를 하나 꺼내 유영과 성철에게 보여주며 말했다.

"혹시라도 딴생각은 안 하는 게 좋아. 자네들 몸에서 신장이 빠진 자리에 기계를 하나 넣어놨으니까. 수틀리면 그 기계가 몸속에서 터져버릴 테니 부디 처신 잘하게."

그 말에 유영과 성철은 옷을 들춰 수술한 자기 아랫배를 봤다. 선명한 흉터. 제자는 그 모습을 보자 스위치를 여러 번 흔들었다. 그러자 유영과 성철은 고통스러워하며 아랫배를 움켜쥐었다.

"스위치를 흔들면 다들 시큰거린다고 하더군."

갑자기 빈 공터에 바람이 불었다. 사방으로 흙이 날리자 제자가 인상을 찡그리며 말했다.

"얇게 입어서 춥지? 얼른 타자고. 모두가 자네들을 기다리고 있어."

유영과 성철이 차에 타자 뒤에 앉은 진행 신도가 홍차를 담은 주사기를 두 사람 목에 찔러 넣었다. 유영과 성철은 고통에 목을 움켜쥐었다가 이내 몽롱해져 잠에 들었다.

눈을 떠보니 엘리베이터였다. 수족관으로 올라가는 엘리베이터. 층 버튼은 4층까지 밖에 없지만 엘리베이터는 5층으로 올라가고 있었다. 그리고 문이 열리자 물 냄새와 함께 사방이 푸른색인 커다란 방이 나왔다. 방안에는 첫 제자와 푸른 제자들이 앉아 있었다. 방 가운데 있는 커다란 원목 의자에는 첫 제자가 앉아있고, 그 왼쪽에 있는 나무 의자에는 푸른 제자들이 앉아있었다. 진행 신도들은 휠체어에 타고 있는 유영과 성철을 제자들 앞으로 데리고 갔다.

"오빠 왔어?"

"그래, 오라버니 다녀왔다."

동쪽 푸른 제자가 남쪽 푸른 제자에게 말을 건네자 남쪽 푸른 제자가 대답했다. 남쪽 제자는 첫 제자에게 다가가 고개를 숙여 인사한 뒤 말했다.

"이모부, 오늘의 보고를 시작할까 합니다."

남쪽 제자의 말에 첫 제자는 자세를 고쳐 앉고 말했다.

"그래. 보고를 시작해주시게."

남쪽 제자가 진행 신도에게 고갯짓을 하자 진행 신도가 문을 열었다. 그러자 수영장 대표와 병원에서 봤던 진행 신도가 들어왔다.

"고귀하신 첫 제자님을 뵙습니다."

수영장 대표의 말에 첫 제자는 고개를 끄덕였다. 수엉상 내표는 유영과 성철의 장기에 대한 이야기를 했다. 모두 정상이고 상태가 괜찮아 좋은 가격에 거래될 것 같다고 말했다. 수영장 대표의 말이 끝나자 진행 신도가 말하기 시작했다.

"그리고 김선욱 신도의 장기는 모두 거래가 완료됐습니다. 주민아 신도의 장기는 현재 심장만 남기고 모두 거래가 완료됐습니다. 심장도 거래가 끝나면 바로 보고 드리겠습니다."

진행 신도의 말이 끝나자 남쪽 제자가 더 할 말 있냐고 물었다. 그러자 수영장 대표와 진행 신도는 없다고 말했다. 그러자 남쪽 제자가 말했다.

"더 있어야 할 텐데 말이야."

"어떤 걸 말씀하시는 것인지…."

남쪽 제자의 말에 수영장 대표가 당황하며 물었다.

"김선욱의 심장, 불량품이 되었다던데."

남쪽 제자의 말에 수영장 대표와 진행 신도의 얼굴이 창백해졌다.

"아… 그건 저희가 잘 해결했습니다. 심장 적출과정에서 살짝 문제가 있었지만…."

"아니 아니, 그건 내가 원하는 대답이 아니야."

남쪽 제자가 고개를 절레절레 흔들며 말하자. 수영장 대표와 진행 신도가 무릎을 꿇고 잘못했다고 빌기 시작했다.

"다시는 이런 일 없도록 하겠습니다. 한 번만 더 믿어주시면 반드시….”

“그런데 말야. 정 대표 자네, 돈을 빼돌리지 않았나?”

남쪽 제자의 말에 수영장 대표가 고개를 세차게 저으며 말했다.

“돈을 빼돌리다뇨? 절대로 그런 적 없습니다. 억울합니다.”

수영장 대표의 말에 서쪽 제자와 북쪽 제자가 소리쳤다.

“그럼 오빠 말이 거짓이라는 거야?”

“어디 큰 형님 말씀하시는데!”

수영장 대표는 울먹이며 서쪽과 북쪽 제자를 바라본 뒤 떨리는 목소리를 붙잡으며 남쪽 제자에게 말했다.

“아… 아시지 않습니까. 저는 돈을 빼돌린 적이 없습니다. 제… 제가 그럴만한 사람이 아니란 걸 아시지 않습니까.”

“알지. 하지만 자꾸 수영장 수익이 줄더군. 그게 뭐 때문일까?”

남쪽 제자가 주머니에서 스위치를 꺼내며 말했다.

“그… 그건 비수기라 잠시 준 겁니다. 곧 다시 올라갈 겁니다.”

“아니. 난 네가 돈을 빼돌렸다고 생각한다.”

“제자님, 제발 한 번만 살려주십쇼! 진짜 다음 달에는 수익을 올려놓겠습니다! 제발 살려주십쇼!”

“시끄럽구나.”

그 말과 동시에 남쪽 제자가 손에 든 스위치를 눌렀고 그 순간 수영장 대표의 아랫배가 터져버렸다. 그 모습을 본 진행 신도가 제발 살려달라며 울부짖었다. 그걸 본 유영과 성철은 구토했다. 첫 제자는 눈을 질끈 감고 깊은 숨을 내쉬었다. 남쪽 제자는 죽은 수영장 대표를 보며 말했다.

"수익이 준 건 순전히 대표의 탓이고, 그건 어떤 의미로는 돈을 빼돌렸다고 볼 수 있지."

유영과 성철의 구토 소리. 남쪽 제자가 손짓을 하자 진행 신도들이 다가와 흰 수건을 남쪽 제자에게 건넸다. 제자는 온몸에 묻은 피를 수건으로 닦고 그 수건을 유영과 성철에게 던졌다.

"자네들 너무 시끄럽군. 그리고 냄새나니까 그걸로 좀 치우고."

수건을 받은 유영과 성철은 온몸을 떨며 수건으로 바닥에 떨어진 토를 닦기 시작했다. 그 모습을 본 남쪽 제자는 스위치를 주머니에 넣은 뒤 싱긋 웃으며 첫 제자에게 말했다.

"이 요청을 끝으로 오늘 보고를 마치고자 합니다. 이모부, 대표의 자리가 비었으니 최성철 신도가 새로운 수영장 대표가 되었으면 합니다."

남쪽 제자의 말에 오른쪽 아랫배를 누르고 있던 첫 제자는 떨리는 목소리로 말했다.

"그… 그렇게 하시게…."

"그리고 입교인 수도 점점 줄고 있으니 사제도 새로 세웠으면 합니다. 황유영 사제가 전임 사제의 뒤를 이었으면 좋겠습니다."

"그렇게 하시게⋯."

남쪽 제자는 첫 제자의 말이 끝나자 뒤를 돌아 수건으로 바닥을 닦고 있는 유영을 보며 말했다.

"⋯수족관에 사제가 둘씩이나 필요할까?"

유영은 멈칫하고 제자를 바라봤다.

"내가 방법을 보여줬으니 때가 되면 직접 처리할 기회를 주겠네. 황유영 사제."

유영은 제자의 말에 아무 말도 하지 못했다. 그러자 남쪽 제자는 주머니에서 다른 스위치를 꺼내 흔들면서 말했다.

"알겠나? 황유영 사제?"

유영은 시큰거리는 아랫배를 움켜쥔 뒤 소리치며 말했다.

"예! 예! 알겠습니다! 따르겠습니다!"

유영의 모습에 남쪽 제자는 미소를 짓더니 다시 몸을 돌려 바닥에 엎드려 울고 있는 진행 신도에게 말했다.

"자네에게는 특별히 한 번 더 기회를 주도록 하지. 수족관으로 돌아가서 새로 부임할 사제를 잘 보필하게."

제자의 말에 진행 신도는 울먹이며 연신 감사하다고 대답했다.

"그럼 보고의 마지막 순서로 새로 부임할 관리자들에게 홍차를 주고자 합니다. 갓 만든 홍차를 주면 좋을 것 같습니다만."

남쪽 제자의 말에 문 밖에서 진행 신도들이 푸른 쟁반에 물이 담긴 컵 두 개와 각설탕 그리고 바늘을 들고 들어왔다.

"그렇게 하시게."

첫 제자가 힘없이 대답하자 진행 신도들이 첫 제자에게 다가가 왼손 검지손가락을 소독한 다음 바늘로 찔렀다. 그리고는 첫 제자의 손에서 떨어지는 피를 물컵에 몇 방울 떨어트렸다. 투명한 물에 붉은 피가 떨어지며 사방으로 퍼졌다. 진행 신도들은 붉은색이 퍼지는 물컵에 각설탕을 넣은 뒤 유영과 성철에게 가져왔다. 그러자 남쪽 제자가 말했다.

"마시게."

겁먹은 표정으로 컵을 받은 유영과 성철은 피가 퍼져나가는 붉은 물을 물끄러미 쳐다봤다. 그러자 제자가 다시 말했다.

"우리 신유영교의 자랑인 홍차를 마시게. 어서."

유영과 성철은 남쪽 제자의 말에 손을 덜덜 떨며 첫 제자의 손을 봤다. 첫 제자의 손에서는 아직도 피가 떨어지고 있었다. 유영과 성철은 잠시 망설이다 서로를 쳐다본 다음 홍차를 들이켰다. 설탕물에서 비릿한 향이 난다. 분명한 피비린내. 피가 섞인 물이 두 사람의 몸속으로 흘러 들어가자 두 사람의 몸이 천천히 쓰러졌다.

또다시 풍덩. 유영은 물속을 헤엄치며 생각했다. 정말 어이없지 않은가. 이런 일을 겪었는데도 홍차를 마시고 꾸는 꿈은 이렇게나 달콤하다니.

15.

눈 떠보니 낯선 방이다. 푸른색 벽으로 된 방. 유영과 성철은 무거운 몸을 일으켰다. 일어나보니 옷에 토가 묻어있던 두 사람은 깨끗한 옷으로 갈아입고 있었다. 성철의 몸에는 양복, 유영의 몸에는 레이스가 달린 파란 셔츠와 흰색 슬랙스가 걸쳐져 있었다.

방 안에는 죽은 수영장 대표 옆에 있던 진행 신도가 있었다. 진행 신도는 아무 말 없이 유영과 성철을 바라봤다. 유영은 침대에서 일어나 창문 아래를 내려다봤다. 이곳의 높이가 5층 이상은 되어 보였다. 아마도 여기는 제자들의 방이 있는 곳이겠지. 유영은 한숨을 쉬었다.

통증이 있는지 아랫배를 누르고 있던 성철이 진행 신도에게 물었다.

"우린 이제 어떻게 되는 겁니까?"

그러자 진행 신도가 무뚝뚝한 목소리로 대답했다.

"성철 신도님은 수영장 대표가, 유영 신도님은 수족관 사제가 되었습니다. 그렇게 신유영교와 제자님들에게 봉사하실 겁니다."

"지금 당신은 우리를 감시하는 건가요?"

"네, 맞습니다."

진행 신도의 말에 성철은 한숨을 쉬며 말했다.

"몸에 폭탄이 들어있다니 죽을 맛이구만."

"여기 화장실은 어떻게 가나요?"

유영의 말에 진행 신도가 말했다.

"저기 구석에 보이는 칸막이 뒤에 요강이 있습니다. 거기서 해결하시면 됩니다."

진행 신도의 말에 성철이 울컥하며 말했다.

"아니, 무슨 화장실도 안 보내줍니까!"

그러자 진행 신도가 싱긋 웃으며 말했다.

"성내지 마시죠, 최 대표님. 몸에 폭탄 있는 사람들끼리 싸워서 뭐 합니까. 그냥 계세요."

진행 신도의 말에 성철은 인상을 찡그리며 눈을 질끈 감았다. 잠시 동안의 정적. 그러다가 유영이 진행 신도에게 물었다.

"저희… 여기에 얼마나 있어야 하나요?"

"내일 오전에 나가실 겁니다. 내일 마음 수영이 있으니까요. 내일이 두 분의 데뷔전이라고 보시면 됩니다."

유영은 진행 신도의 말에 천천히 고개를 끄덕였다.

그때 진행 신도의 핸드폰이 울렸다. 진행 신도가 전화를 받자 수화기 너머로 익숙한 목소리가 들렸다. 진행 신도는 전화 너머 목소리에 대답했다.

"예, 사제님. 준비해놓겠습니다."

진행 신도는 전화를 끊은 뒤 핸드폰으로 누군가에게 전화를 걸었다.

"어 나야. 사제가 길에서 새로운 비입교인한테 홍차를 먹였으니 수영장으로 데려오게 차 준비시켜. 위치는 강남역."

진행 신도가 전화를 끊자 유영이 진행 신도를 빤히 쳐다봤다. 그러자 진행 신도가 싱긋 웃으며 말했다.

"맞습니다. 유영 사제님도 이렇게 수영장에 들어오신 거죠. 저도 그렇고요."

유영은 진행 신도의 체념한 듯한 표정을 보자 눈물이 흘렀다.

세 사람은 하루 종일 방안에서 아무것도 먹지 않고 조용히 앉아있었다. 어느새 밖에는 노을이 졌다. 창문으로 주황색 햇살이 들어왔다. 진행 신도는 눈을 감고 조용히 그 햇살을 받고 있었다. 유영은 그 모습을 보다가 햇살이 들어오는 곳에 손을 뻗어 햇살을 손에 담았다.

다음 날 아침, 방문이 열렸다. 다른 진행 신도들이 유영과 성철을 안내했다. 유영과 성철은 진행 신도들을 따라갔다. 잠시 뒤 걸어가던 진행 신도들이 갈림길에서 멈춰서자 맨 앞에 선 진행 신도가 말했다.

"최 대표님은 저를 따라오시고, 황 사제님은 나머지 진행 신도들을 따라가시죠. 대표님은 수영장 관리를, 사제님은 마음 수영을 하러 가실 겁니다."

진행 신도의 말에 성철이 유영을 끌어안았다. 잠시 동안의 포옹. 그리고 성철이 유영의 이마에 입을 맞추며 말했다.

"가서 잘해. 죽지 말고."

성철의 말에 유영이 성철을 꼭 끌어안으며 대답했다.

"너도 죽지 마."

그리고 두 사람은 떨어져 각자의 진행 신도를 따라 걸어갔다. 복도를 계속해서 걸어가다 보니 비상문이 나왔다. 진행 신도들이 문 앞에서 잠시 멈춘 뒤 유영에게 말했다.

"마음의 준비를 하시죠. 이 안에 전임 사제가 있으니. 조금 소란스러울 겁니다."

유영은 고개를 끄덕였다. 그러자 진행 신도가 문을 열고 들어갔다. 안에 사제가 보였다. 사제는 신행 신도들을 보고 짜증이 난 말투로 말했다.

"왜 이렇게 늦게 왔어. 곧 마음 수영 시작인데."

말을 마친 사제는 뒤따라 들어오는 유영을 보고는 너무나 놀란 듯 눈이 커졌다. 그리고 순식간에 유영에게 달려들었다. 사제는 유영의 목을 조르려 했다. 유영이 당황하여 넘어지려는 찰나 진행 신도들이 사제의 팔다리를 잡은 뒤 입을 막으며 말했다.

"죄송하지만, 제자님들의 뜻입니다."

사제가 발버둥을 쳤다. 그러자 한 진행 신도가 주머니에서 주사기를 꺼내 유영에게 건넸다. 흰색 액체가 든 주사기. 유영을 병실에서 잠들게 했던 그 액체였다. 유영이 주사기를 받아 들자 진행 신도가 다급한 목소리로 말했다.

"황 사제님 얼른 진행하시죠. 곧 마음 수영 시작입니다."

유영은 고개를 끄덕이고 사제의 목에 주사를 놓았다. 발버둥치던 사제는 그대로 몸에 힘이 빠져 바닥에 쓰러졌다. 사제가 잠들자 진행 신도들이 사제를 들것에 실어 문 밖으로 옮겼다. 나머지 진행 신도들은 유영에게 쓰개치마를 입혔다. 준비가 마무리되자 진행 신도들이 유영에게 말했다.

"사제님, 부디 유영하시길."

유영은 고개를 끄덕인 뒤 커튼을 열고 걸어갔다. 그러자 유영의 얼굴을 알아본 신도들이 웅성거렸다. 유영은 단상 아래에 선 다음 잠시 숨을 고르더니 차분한 목소리로 말했다.

"신도님들께서는 일어나 주십시오. 첫 제자님과 푸른 제자님이 들어오십니다."

한편 수영장 지하로 내려온 성철은 진행 신도를 따라 한 파이프 앞에 멈춰섰다. 파이프 위에는 깔때기가 연결되어 있었다. 신유영교의 상징인 정화수 접시 그림이 박힌 깔때기.

"이게 뭔가요?"

성철의 말에 진행 신도는 뒤쪽에 놓인 박스에서 홍차 몇 병을 들고 왔다. 그리고 깔때기와 연결된 밸브를 연 뒤 뚜껑을 딴 홍차를 깔때기에 부으면서 말했다.

"이건 수영장 채우는 물이 이동하는 파이프입니다."

"그런데 여기에 왜 홍차를 붓는 겁니까?"

"살고 싶으니까요. 돈을 벌어야 살잖아요, 우리는. 사람들이 우리 수영장을 많이 와야 돈을 많이 벌 수 있고요."

"그래서 홍차를…."

성철의 말에 진행 신도가 고개를 끄덕였다. 성철은 깔때기 속으로 흘러들어가는 홍차를 보자 전에 유영과 나눴던 대화가 떠올랐다. 성철이 유영과 사귀기 전 수영장 벤치에 앉아 나눈 대화.

"같이 수강하시는 분들은 수영장에 오면 기분이 좋다고 하더라고요. 자기 전에 가끔씩 오늘 수영한 게 생각난내요."

그리고 수영장에 가득하던 행복한 웃음소리가 떠올랐다. 성철은 소름이 끼쳤지만, 진행 신도와 함께 홍차를 깔때기 속으로 부었다. 성철은 몸에 박힌 기계를 생각하며 진행 신도에게 물었다.

"홍차는 얼마나 넣나요?"

"물이 붉어지지 않을 정도로만 넣습니다. 이 홍차는 설탕이 안 들어가 있어서 더 많이 넣어요."

"앞으로는 최적의 비율을 찾아봅시다."

수족관 마음 수영에선 사람들이 홍차를 마시자 헌수 시간이 다가왔다. 그러자 남쪽 제자가 유영에게 다가왔다. 유영은 긴장했다. 남쪽 제자가 유영의 머리를 쓰다듬으며 유영의 눈을 빤히 쳐다봤다. 생각을 알 수 없는 까만 눈. 유영은 전혀 잠이 오지 않았다. 하지만 유영은 눈을 감고 천천히 쓰러졌다.

유영은 생각했다. 이제 울어야 해. 눈물을 흘려야 해. 유영은 몸에 박힌 기계를 생각했다. 그러자 유영의 눈에서 뜨거운 눈물이 흘렀다. 제자는 그 눈물을 받아갔다. 유영은 떨리는 손으로 오른쪽 아랫배를 양손으로 꾹 눌렀다.

유영이 들것에 실려 커튼 뒤로 오자 진행 신도들이 투명한 음료가 담긴 잔을 건넸다.

"사제님, 보드카입니다. 털어넣고 잠시 쉬세요."

유영은 잔을 받아들고 한 번에 마신 뒤 떨리는 숨을 내뱉었다.

유영은 눈을 감고 커튼 바깥에서 들리는 "유영…." 소리에 집중했다. 모두가 날 갈망하고 있어. 모두가 날 갈망하고 있어. 유영은 이 말을 되뇌며 떨리는 양손을 꽉 쥐었다.

어느새 첫 제자의 말씀이 끝났다. 유영은 커튼을 열고 나가 단상 아래에 섰다. 그러자 남쪽 제자가 봉투 하나를 유영에게 건넸다. 유영은 긴장했다. 유영은 봉투를 받아들고 그 안에 종이를 열어봤다. 유영은 당황했다. 유영은 자신의 당황한 표정이 읽힐까 쓰개치마를 푹 눌러썼다.

종이에는 아무것도 적혀있지 않았다. 유영은 남쪽 제자를 흘깃 쳐다봤다. 그러자 남쪽 제자는 오른쪽 아랫배를 쓰다듬었다. 유영은 신도들을 쳐다봤다. 어떤 신도는 유영을 보고 있고 어떤 신도는 유영의 눈을 피하고 있었다. 그러다 한 신도와 눈이 마주쳤다. 유영이 처음 자신의 꿈을 꾸게 한 남신도. 유영은 빈 종이에 시선을 돌린 뒤 입술을 잘근 깨물었다. 유영은 그 남신도 냉장고 안에 홍차가 3병 들어있던 게 생각났다. 유영은 고개를 들어 신도들을 봤다. 그리고 자신과 눈이 마주쳤던 남신도를 보며 말했다.

"장기 기증에 서명하신 성진혁 신도님. 장기 기증을 요청받으셨습니다."

유영의 말이 끝나기 무섭게 커튼 뒤에서 진행 신도가 푸른 쟁반에 홍차를 들고 나왔다. 유영은 호명받은 남신도에게 다가갔다. 그리고 홍차로 입을 적신 뒤 남신도 이마에 입을 맞췄다. 유영은 잠시 남신도의 눈을 바라본 다음 홍차를 건네며 나긋한 목소리로 말했다.

"신도님. 기증해주시겠습니까? 기증하시면 더욱 달콤한 꿈이 신도님을 기다리고 있을 겁니다."

그러자 남신도는 감격스러운 표정으로 홍차를 받아들고는 말했다.

"유영 님, 다시는 못 보는 줄 알았습니다."

"걱정 마세요. 이렇게 다시 보지 않았습니까?"

유영이 싱긋 웃자 남신도가 홍차를 벌컥 들이킨 다음 말했다.

"유영하게 하소서."

잠시 뒤 남신도는 천천히 쓰러졌다. 유영은 바닥에 누워있는 남신도의 이마에 입 맞춘 뒤 머리를 쓰다듬었다. 그러자 남신도의 눈에서 눈물이 흘렀다. 그 모습을 본 신도들이 환호하며 외쳤다.

"우리에게 꿈을 주시는 유영 님이 돌아오셨다!"

유영은 환호를 받으며 단상 아래로 걸어갔다. 사람들이 유영의 말에 따라 조용한 기도를 하자 제자들이 일어나 단상 옆에 있는 문으로 걸어갔다. 유영은 걸어가는 제자들을 쳐다봤다. 푸른 제자들은 그런 유영을 보며 웃은 뒤 문 밖으로 나갔다.

마음 수영 이후. 유영이 신도들에게 홍차를 나눠준 뒤 사무실에 앉아있자 진행 신도가 들어와 말했다.

"제자님들이 찾으십니다. 따라오시죠."

유영은 진행 신도의 말에 홍차 한 병을 챙긴 뒤 진행 신도에게 물었다.

"혹시 주사기 가지고 있어요?"

"네, 왜 그러시죠?"

"그거 나 좀 줘요. 필요해질 거 같아서."

진행 신도는 주머니에서 빈 주사기를 꺼내 유영에게 건넸다. 그리고 유영을 제자들이 있는 5층으로 데리고 갔다. 어제 수영장 대표가 죽은 푸른 방에 유영은 홍차를 들고 천천히 걸어 들어갔다. 방 중앙에 놓인 의자에 사제가 묶여 있었다. 사제 앞에는 남쪽 제자와 긴장한 성철이 서있었다. 유영이 사제에게 다가가자 사제 앞에 서있던 남쪽 제자가 유영에게 스위치를 건네며 말했다.

"신도를 울리는 사제라. 아까 마음 수영에서 멋진 퍼포먼스를 보여주더군. 이번에도 기대하겠네."

남쪽 제자는 유영을 보고 웃은 뒤 푸른 제자들이 있는 의자로 가서 앉았다. 유영은 성철의 옆에 선 다음 홍차를 바닥에 내려놓았다. 사제가 천천히 잠에서 깨고 있었다. 꿈틀거리던 사제가 고개를 들어 유영을 바라보자 유영이 말했다.

"안녕 언니. 잠은 잘 잤어?"

유영의 말에 사제가 헛웃음을 지으며 말했다.

"널 죽이려고 지명했는데, 이제 나를 죽이려고 돌아왔구나."

"응. 왜 나를 장기 기증자로 지명했어?"

"그야 네가 거슬렸으니까. 기껏 거둬줬는데 뒤통수를 치는 년이라 생각했지."

사제의 말에 유영이 스위치를 흔들었다. 그러자 사제가 고통스러운 듯 몸을 웅크렸다. 유영과 성철은 자신들에게는 아무런 고통이 없자 서로의 눈을 보며 안심했다. 고통이 잦아들자 사제가 갈라지는 목소리로 말했다.

"세상에 이럴 수가. 신도들이 너를 따른다는 건 알고 있었지만 제자들이 너를 내 후임으로 선택할 줄이야. 그런데 어쩌지? 넌 이제 홍차 없이는 한숨도 자지 못할 거야."

콜록콜록. 사제는 기침을 하느라 말을 잠시 멈추더니 유영이 든 스위치를 바라보며 말했다.

"사람을 죽인다는 건 그런 거야. 계속 머리에 떠올라 너를 괴롭히겠지. 나도 내 전임자를 죽였어. 몸에 박힌 폭탄 때문에. 홍차가 아니면 죽은 그 사람 얼굴이 계속 떠올라서 도저히 잘 수가 없어. 그 덕분에 홍차에서 벗어나고 싶어도 도저히 벗어날 수가 없다고."

사제의 밀이 끝나자 유영이 사제에게 말했다.

"미안하지만 언니. 난 이제 홍차를 안 마셔. 다른 게 더 중독적이거든."

"다른 거… 그게 뭔데?"

"추앙과 경배."

유영의 말에 사제가 어이없다는 듯 웃으며 말했다.

"추앙? 경배? 너는 그냥 몸에 폭탄이 박힌 꼭두각시일 뿐이야. 매일 그 생각을 하며 제발 잠들기 위해 제자들이 주는 피가 담긴 물을 갈망하게 된다고."

"아니, 나는 신도들에게 꿈을 주는 신성한 사제야."

"네가 뭐라도 되는 줄 아는구나. 정신 차려! 너도 언젠가 나처럼 배가 터져 죽을 운명이라고!"

사제가 악에 받쳐 소리를 지르자 유영은 바닥에 있던 홍차를 들고 사제에게 다가갔다. 그리고 주머니에서 꺼낸 주사기를 홍차에 넣고 붉은 물을 빨아들였다. 유영은 홍차가 담긴 주사기를 사제의 목으로 가져갔다. 사제는 하지 말라고 발버둥쳤다. 유영은 발버둥치는 사제의 목에 천천히 주사기를 찔러넣었다. 그러자 곧 사제의 눈빛이 몽롱해졌다. 유영은 사제에게 다가가 이마에 입을 맞추고 머리를 쓰다듬으며 말했다.

"내가 말했잖아. 나는 정말 신성하다고. 죽기 전에 이렇게 좋은 꿈을 꾸게 해주는 걸 감사히 여겨."

유영의 말이 끝나자 사제의 눈이 감겼다. 유영은 자장가를 부르며 사제의 얼굴을 쓰다듬었다.

"잘 자라, 우리 아가…. 앞뜰과 뒷동산에….''

유영의 부드러운 목소리에 사제가 눈물을 흘리며 말했다.

"아 세상에… 이렇게 따뜻할 수가….''

사제가 완전히 잠들자 유영은 뒤쪽의 제자들을 바라봤다. 그러자 첫 제자는 손으로 눈을 가렸고 푸른 제자들은 활짝 웃었다. 남쪽 제자가 유영에게 손짓을 건네며 "유영하시길.''이라고 말하자 유영은 성철 옆으로 가서 섰다. 그리고 성철의 손을 잡고 폭탄 스위치를 눌렀다.

펑. 고기가 터지는 소리와 함께 사방으로 피와 살점이 튀었다. 그 모습을 본 성철은 구토를 참지 못하고 바닥에 주저앉아 쏟아냈다. 넓고 푸른 방에 구토 소리가 울렸다. 유영은 그 소리를 들으며 바닥에 흐르는 피를 바라봤다. 피범벅이 된 자기 얼굴을 손으로 닦아낸 유영은 죽은 사제에게 싱긋 웃으며 말했다.

"잘 가, 언니. 부디 유영하시길.''

악마에 감염된
링크입니다

1.

10년 전 그날은 성주가 기쁜 마음으로 전역하던 날이었다. 성주가 미소를 머금고 집 현관문을 열기 직전, 아파트 난간에 뜬금없이 까마귀 한 마리가 앉아서 기분 나쁘게 울어댔다. 까마귀는 흉조(凶鳥)랬나. 그래서인지 성주는 전역한 뒤 집이 아니라 경찰서 문을 열어야 했다.

성주가 집에 도착했을 때 집 안은 고요했다.

엉망진창이 된 집안. 그리고 성주가 와도 아무런 기적이 없는 두 사람. 성주의 엄마는 기이한 표정을 한 채로 쓰러져 있고 여동생은 변기에 머리를 박고 있었다. 성주는 비명을 질렀다. 그러자 옆집에서 사람이 뛰어나왔다. 성주 집으로 코를 막으면서 들어온 옆집 사람의 발에 AR 안경이 걸렸다. 성주의 여동생이 사놓고 잘 사용하지 않던 AR 안경이었다.

성주의 집에 온 경찰은 사건을 여동생의 '존속살해 후 자살'로 종결했다. 외부침입 흔적은 전혀 발견되지 않았다. 모두 여동생과 엄마의 지문뿐이었다. 엄마의 사인은 목뼈 골절로 인한 질식. 여동생이 자신의 완력으로 엄마의 목을 부러트렸다. 성주는 뭔가 이상하다고, 여동생이 엄마를 죽였을 리가 없다고 생각했다. 아니, 불가능하다고 생각했다. 성주의 여동생은 어렸을 때부터 왜소하고 체력이 약해 동네 언덕 올라가는 것도 힘겨워했고 성주의 엄마는 7년 차 에어로빅 강사였다.

사건이 종료되고 성주와 아버지는 집 안을 미친 듯이 뒤졌다. 두 사람은 분명 다른 이유가 있을 거라고, 아니 다른 이유가 있어야만 한다고 생각했다. 하지만 집 안에는 아무것도 나오지 않았다. 밀려오는 허망함에 아버지는 뒷산에 올라가 기도했고, 성주는 그런 아버지를 바라보기만 했다.

산에 매일 같이 올라간 지 일주일쯤 되자 한 교회 목사가 성주와 아버지를 찾아와 무슨 일인지 물어봤다. 두 사람은 망설이다가 목사의 인자한 웃음과 격려에 자신들이 겪은 일과 함께 여동생이 그랬을 리가 없다고 말했다. 목사는 잠자코 듣더니 말씀해줘서 고맙다고 말하고는 산을 내려갔다. 목사를 만난 다음 날, 검은 복장을 한 사람들이 집으로 찾아왔다.

170

"강한구 씨 댁 되십니까."

그들은 벨을 누르며 성주의 아버지를 찾았다. 성주가 문을 열자 현관문 밖에 선 세 남자 중 한 명이 다짜고짜 성주와 아버지에게 물었다.

"피해자분의 시체에서 생선 썩은 내가 났습니까."

성주는 당황해하며 말했다.

"왜 그런 말을 하십니까."

"도심 변두리의 공중화장실에서 피해자분과 똑같은 모습으로 사망한 사건이 발생했습니다."

"똑같…다뇨?"

"그 피해자분도 변기에 머리를…."

그 사람은 말을 이어갔지만, 성주와 아버지는 얼굴이 하얗게 질렸다.

"다른 피해자에게서 생선 썩은 내가 났다고 합니다. 다시 묻겠습니다. 피해자분의 시체에서도 생선 썩은 내가 났습니까."

성주가 대답했다.

"여동생의 시체는 부패한 상태가 아니었습니다."

성주의 말에 그들이 대답했다.

"하지만 생선 썩은 내는 났어요."

성주는 난처해하며 대답을 하지 못했다. 아버지는 성주를 의아하게 바라보며 말했다.

"현주 몸에서 썩은 내라니 그게 무슨 소리야?"

성주는 그때 일이 떠오르는 듯 표정이 일그러졌다.

"그때 일이 너무 이상해서 뭐라 말을⋯."

"답변이 된 것 같군요."

가방을 들고 있던 남자가 대답하며 가방에서 서류를 꺼냈다.

"이건 저희에 대한 정보와 피해자분 사건에 대한 저희의 분석입니다."

서류에는 중앙에 A 교단의 문양과 함께 '바이러스가 만든 가상현실 몰입에 의한 감염 및 사망'이라고 쓰여있었다. 그들은 교단의 비공인 조직이라고 했다. 그들은 성주 여동생의 일에 대해 알고 있었다.

성주가 이해할 수 없다는 말투로 말했다.

"현주는 병에 걸린 상태가 아니었는데요."

"여기서 바이러스는 악마를 뜻하고, 감염은 부마(付魔), 즉 악마가 사람 몸에 들어간 상태를 뜻합니다. 이건 세상에 노출될 수 있는 공식 보고를 위해 은어를 사용한 문서입니다."

"그게 대체 무슨 소리입니까. 악마요? 말도 안 돼요."

"그럼 누가 그런 일을 했다고 생각하십니까."

가방을 들고 있는 남자의 말에 성주의 눈이 흔들렸다.

"외부침입 흔적도 전혀 없고 허약한 소녀가 건강한 성인 여성을 흉기도 없이 단순 근력만으로 목을 부러뜨려 죽였습니다. 심지어 살해를 마친 뒤에는 스스로 변기에 머리를 박고 익사했습니다. 이게 악마의 짓이 아니면 어떻게 가능하다고 보십니까?"

"그래도 악마라뇨? 너무 허무맹랑한 이야기잖아요. 도대체…."

성주가 말끝을 흐리며 말하자 가운데 남자가 성주의 말을 자르며 말했다.

"저희가 악한 일을 하는 존재들을 잡을 수 있습니다. 그리고 저희와 함께하시면 직접 잡으실 수도 있겠지요. 어쩌면 피해자분 일을 해결하는 데 도움이 될지도 모릅니다."

성주와 아버지가 이해가 안 되는 표정으로 검은 복장의 남자들을 쳐다보고 있자 가방을 들고 있는 남자는 성주에게 명함을 건네며 말했다.

"혹시 저희의 도움이 필요하시다면 명함에 적힌 번호로 연락 주십시오. 도움이 필요없다면 연락하지 않으셔도 됩니다. 하지만 만약 연락을 주신다면 최대한 도와드리겠습니다. 그리고… 이렇게 불쑥 찾아와 어려운 말씀 드린 점 죄송합니다. 하지만 악마는 있습니다. 믿든 안 믿든 말이지요."

검은 복장의 세 남자는 이 말을 끝으로 문을 열고 밖으로 나갔다. 성주가 나가는 그들을 멍하니 보다가 급하게 따라 나가며 소리쳤다.

"저기요, 썩은 내는 왜 물어본 겁니까?"

그들이 뒤돌며 대답했다.

"썩은 내는 부마의 흔적입니다. 그럼…."

그들은 목례를 하고 빠른 걸음으로 사라졌다.

성주는 멍하니 그들의 뒷모습을 쳐다봤다. 아버지는 땅바닥에 주저 앉아있었다. 아파트 난간 위 먼지에는 아직 까마귀 발자국이 남아있었다.

2.

어두운 작은 모텔 방. 쥐가 들끓는다. 모텔 벽을 따라 쥐가 쏟아져 나온다. 성주는 이곳에서 은테가 둘러진 AR 안경과 모션 인식 장갑을 끼고 침대 위에 있는 무언가를 누르고 있다. 하지만 성주의 손 밑에는 아무것도 없다. 심지어 성주의 손은 침대에서 약간 떨어져 있다. 성주의 안경 너머로 끔찍한 비명이 들려왔다. 방안에는 기분 나쁜 쥐와 까마귀 울음소리와 함께 상기된 성주의 목소리가 들린다.

종오는 바닥에 앉아 뿔테 안경 사이로 흐르는 땀을 닦으며 계속해서 바뀌는 노트북 화면을 눈으로 쫓고 있다. 종오 근처에 쥐들이 가득하다. 쥐들은 기분 나쁜 소리를 내며 방을 쉴새 없이 움직였다. 쥐 몇 마리가 성주의 발에 채였다. 성주는 허공을 힘주어 누르더니 다급하게 말했다.

"성수가 필요해. 이 새끼, 잡귀 치고는 저항이 너무 심해."

하지만 종오는 노트북 위에 올라온 쥐들을 치우느라 정신이 없다. 성주는 다시 한번 소리쳤다.

"야! 해커! 성수!"

종오는 화들짝 놀라며 빠르게 타자를 쳤다.

"씨발, 진짜…. 아직이야? 왜 이렇게 오래 걸려?"

성주의 목소리가 날카롭다. 종오는 울먹이는 목소리로 대답했다.

"거의 다 찾았어요. 범위를 좀만 더 좁히면 이제 위치 나올 거 같아요."

"빨리 좀 해라. 힘든 거 알겠는데 누구는 더 역한 거 하루종일 보려니까 죽겠다고. 그렇지, 이 새끼야? 너도 발버둥치려니까 힘들잖아. 빨리 소멸되서 끝내자고."

성주는 이를 악물고는 끔찍한 비명이 들려오는 안경 너머를 보면서 말했다. 성주의 AR 안경 안쪽에는 금으로 칠해진 방 곳곳에 고양이가 돌아다녔다. 그리고 성주 아래에 있는 금빛 침대에는 기괴한 모습의 거대한 쥐가 누워 발버둥치고 있다. 잘 만들어진 AR 공간과는 전혀 어울리지 않는 붉은 눈, 반쯤 깨진 앞니, 온몸에 난 십자가 모양 흉터. 안경 속 거대한 쥐는 처참한 몰골로 성주에게 벗어나기 위해 발악하고 있다. 성주는 그런 거대한 쥐에게 성수를 들이부으며 쌍욕을 퍼부었다.

"야, 이 새끼야. 이렇게 잘 만든 공간에서 사람을 괴롭히니까 좋디? 잡귀 쥐새끼가 어딜 주제도 모르고 고양이 궁전을 만들어. 왜 네 담당 일진이 고양이 잡귀였냐?"

그러자 골전도 기능이 있는 성주의 안경으로 바이러스의 저주가 흘러들어왔다.

"미개한 원숭이 새끼가 앞으로의 미래도 모르고 떠드는구나. 너는 곧 물에 담겨 네 덩치 큰 동생 손에 죽게 될 거야. 네 여동생은 변기 물을 먹다 죽었다지? 스스로 목숨을 끊었으니 지옥에서 우리 형제들의 손에 즐겁게 당하겠구나. 다음은 네 차례다!"

성주의 손에 힘이 더욱 들어간다. 성수를 들이붓는 성주의 행동이 더욱 격해졌다. 그때 짧은 타자 소리와 함께 엔터 누르는 소리가 들리자 종오가 소리쳤다.

"찾았어요! 백신 들어갔습니다!"

해커의 말에 성주는 몸에 힘을 빼며 바이러스에게 말한다.

"이제 소멸이다. 넌 온몸이 불태워질 거다."

성주가 숙인 허리를 펴며 일어나자 안경 안쪽이 하얗게 번쩍인다. 성주는 눈을 찡그리며 안경을 벗었다.

"서버에 에러 떴습니다."

종오가 덜덜 떨며 말했다.

"그래. 애썼다. 이제 쥐들도 물러가네."

성주는 나지막이 말하고는 방을 빠져나가는 쥐를 발로 차버렸다.

"하아…. 바이러스 놈들 이제 뭐만 해도 내 여동생 타령이야."

성주는 침대에 털썩 주저앉으며 혼자 중얼거렸다. 안경과 십자가를 재킷 안쪽 주머니에 넣은 성주는 천천히 장갑을 벗었다.

그때 종오가 구역질을 하며 화장실로 뛰어들어갔다.

"지랄 났구만. 야! 들어간 김에 욕조 물 좀 빼!"

성주는 장갑을 주머니에 넣고는 침대에 벌러덩 눕는다. 잠시 뒤 화장실에서 물 내려가는 소리와 함께 종오가 비틀거리며 은십자가를 들고 화장실에서 나온다. 성주는 천장을 바라보며 무심한 듯 묻는다.

"종오야, 괜찮냐."

"아니요. 죽겠습니다. 저 진짜 더는 못하겠어요. 그만둘래요."

그 소리에 성주는 누운 자세로 종오를 잠시 빤히 쳐다보다가 다시 천장을 보며 말한다.

"비위 약한 건 알겠는데, 사채빚 갚을 돈은 있고?"

"아, 진짜 제발."

"돈 더 모아야 사채 갚을 수 있다며. 다른 일자리 구할 형편도 아니잖아? 몇 번만 같이 더 하자."

종오는 말문이 막혀 우물쭈물대다가 성수에게 말했다.

"형님이 더 악마 같아요."

"악마는, 방금 우리가 잡은 게 악마지, 왜 나냐?"

성주의 말에 종오는 무언가 말을 더 하려다 말았다. 성주는 그런 종오를 보며 고개를 절레절레 흔들다가 문 밖을 향해 소리쳤다.

"야! 끝났어!"

그러자 덩치 큰 남자가 커다란 가방과 함께 문을 열고 들어온다. 성주는 침대에서 일어나 덩치 큰 남자에게 상황보고를 했다.

"바이러스는 쥐새끼였고, 어울리지 않게 고양이 궁전을 만들어 고양이를 좋아하는 사람들을 유인해 감염시켰어. 치료 시작해서 난리 치다가 백신 넣었고, 프로그램 에러 떴고. 보다시피 나랑 사채 쓴 놈도 멀쩡하고. 이상."

덩치 큰 남자는 상황보고를 듣더니 무미건조하게 대답했다.

"고생했네. 교단에 보고할게."

"아, 그리고 얘 비위 약해서 그만둔대."

성주의 말에 덩치 큰 남자는 종오를 노려보며 말한다.

"계약 아직 안 끝났잖아. 헛소리하지 마. 어차피 무슨 일 하는지 알고 들어온 거 아니야?"

"그건 그렇지만…."

"그럼 다음 작업까지 전화 기다려. 같이 일하는 사람들한테 피해 주지 말고."

덩치 큰 남자의 말에 성주가 박수를 치며 말한다.

"역시 박동익! 야, 들었지? 피해 주지 말고 똑바로 해."

종오는 고개를 숙이며 뿔테 안경을 쓱 하고 올린다. 성주는 그런 종오에게 다가가 말한다.

"그만두고 싶은 마음은 알겠는데 네가 그만두면 우리가 받는 돈도 반토막나거든. 단순 변심으로 계약 파기되면 교단에서 제재가 들어온다 그 말이야."

성주는 종오의 옷매무새를 다듬으며 얘기한다.

"우리 착한 종오. 다 알면서 왜 그럴까? 우리 계약기간까지만이라도 잘해보자? 응? 돈 갚아서 부모님께 효도해야지, 임마."

성주는 종오의 어깨를 툭 치고 뒤돌아 나갔다.

"동익아, 가자."

성주의 말에 동익은 종오에게 다가가 말한다.

"십자가 줘."

종오가 손에 들고 있던 은십자가를 건네자 동익은 십자가를 받으며 말했다.

"그리고 돈 얘기 나와서 말인데, 너 안마방 좀 그만 불러. 네가 네 돈 쓰는 건 너 자유이긴 한데, 그게 불법이라 교단 귀에 들어가면 안 되거든? 교단에서 제재 어떻게 들어오는지 알지? 안그래도 지원금 부족한데 거기서 깎이면 서로 힘들삲아."

"네, 죄송합니다."

종오는 탐탁지 않게 대답하며 다시 뿔테 안경을 쓱 하고 올린다. 종오의 대답 뒤로 잠시 정적이 흐르자 성주는 노트북을 들며 말한다.

"뭐해? 얼른 노트북 챙겨. 작업 끝났잖아? 집에 가야지."

성주의 말에 종오는 주섬주섬 노트북과 파우치를 챙긴다. 모텔 방 창문에 크고 작은 금과 함께 까마귀 깃털이 덕지덕지 붙어있다.

3.

'10년 전 그날의 공포가 되살아난다!! 더 코로나. 2031년 5월 대개봉.'

여름만 되면 10년 전 코로나19 관련 공포영화가 미친 듯이 나온다. 지겨운 소재지만 사람들은 10년 전의 트라우마 때문인지 계속해서 코로나19 영화를 본다. 끊임없는 재탕이지만 성공적인 흥행요소다. 어느새 현주가 죽은 지 10년이 흘렀다. 성주는 30대가 되었다. 성주는 소셜미디어에 올라온 영화 광고를 보면서 말했다.

"아직도 코로나를 우려먹네. 대단하다, 진짜."

역사를 보면 인류에게 끔찍한 고통을 준 바이러스들이 있다. 흑사병, 천연두, 코로나 바이러스 같은 것들. 그리고 이런 바이러스들은 세상에 가득하다.

그런데 바이러스는 생태계에도 존재하지만 온라인 세계에도 존재한다. 랜섬웨어 같은 것들. 어느 순간부터 컴퓨터 바이러스 같지만 아닌 것들이 생겼다. 바로 무한경쟁의 틈에서 온라인 세계를 비집고 들어온 지옥의 악마들이다. 언제부터인가 현실 속 악마들이 온라인 세계로 침투해 사람들을 해코지하기 시작했다.

이상한 현상이었지만 예정된 결과였다. 이제 사람들은 온라인 세계에 많은 시간을 소비한다. 악마들은 바이러스처럼 변형을 일으켜 온라인 세계에 침투해서 증강현실 프로그램을 만든 다음 사람들을 유인해 해를 끼치기 시작했다. 그 이유는 단순했다. 지옥 서열이 걸린 무한경쟁에서 자신이 승리하기 위해서였다.

도심 외곽 지역의 한 작은 상가에 위치한 교회. 동익은 교단에 대면 보고를 마치고 교회 건물에서 내려온다. 동익은 언덕길 가로등 아래에서 자신을 기다리고 있던 성주에게 다가간다. 성주 근처에는 달콤한 향의 연기가 가득하다. 성주는 동익을 보고 눈을 찡긋하더니 전자담배 연기를 가득 내뿜으며 말한다.

"아무리 비공식 조직이라지만 무슨 보고를 이런 외진 곳에서 하냐? 우리가 뭐 범죄조직도 아니고."

"비공식인데 뭐 어쩌겠어. 그래도 치료 본부가 있는 게 어디야. 그리고 형 담배 좀 작작 펴. 폐 썩는다."

"뒤져라, 바이러스 새끼들. 연기가 사라지듯이 바이러스가 다
뒤져버렸으면 좋겠어."

동익은 연기를 내뿜는 성주를 보다가 떨리는 성주의 왼손을
물끄러미 쳐다보며 말했다.

"오래 살아야 바이러스도 많이 조질 거 아냐. 잡귀치고는 꽤
힘들었나 봐? 오늘 손을 꽤 떠네."

"뭐래. 멀쩡하거든? 보고는 어떻게 됐어. 별말 없어?"

"그냥 뭐 형식적인 내용. 이번 작업 잘 끝나서 별 얘기는 없었
어."

동익의 말에 성주는 피식 웃으며 말한다.

"그럼 돈은 제대로 들어오겠구만. 쥐꼬리만 한 지원금."

"종오 안마방 이야기만 들키지만 않는다면 말이야."

동익의 말에 성주의 표정이 싹 굳는다. 성주는 다시 연기를 내
뿜으며 말했다.

"그 새낀 진짜 도움이 안 돼. 치료과정에서 답답한 건 둘째치
고, 그 새끼 때문에 짤린 돈이 얼마야. 꼭 걔 써야 하냐? 계약이
고 나발이고 네가 우리 팀장이니까 중간에 자를 수 있는 거잖
아. 문제도 있고 비위도 약한 애를 왜 그냥 놔두는 거야?"

성주의 날 선 말에 동익은 잠시 머뭇거리다가 성주를 달래며
말한다.

"그래도 걔를 걍 내치기는 그렇잖아. 나이도 어린 게 빚진 돈도 많고, 집안일도 그렇고."

"야, 누구는 사연 없어? 현주랑 네 누나 일은 별일 아니야? 교단에서는 우리가 불쌍해서 써주냐? 자기들도 필요하니까 쓰는 거지. 근데 종오 그 새끼를 봐. 지금 우리한테 필요하냐고. 지금까지 같이 했던 해커들 중에 최악이잖아. 다른 해커들 관둔다고 하던 거 보내주지 말자고 내가 그렇게 말릴 때는 다 놓아주더니 왜 종오 걔한테만 그렇게 애정이 넘치는⋯."

"형, 그 손 좀 심한데?"

성주는 말을 쏟아내다가 동익의 말에 자기 손을 쓱 쳐다봤다. 왼손이 미친 듯이 떨리고 있다. 성주는 왼손을 잠시 쳐다보다가 주먹을 꽉 쥐고는 왼손을 바지 주머니에 넣었다. 성주의 모습에 동익은 걱정하며 말했다.

"뭐야. 오늘 치료 중에 동생 얘기 나온 거야?

"뭐 바이러스 새끼들 패드립 치는 거 하루 이틀이냐. 됐어, 임마."

성주는 민망한 듯 전자담배를 재킷 주머니에 넣으며 씁쓸한 웃음을 지었다. 그러다가 다시 생각난 듯 말을 쏟아냈다.

"그건 그렇고, 종오는 대체 왜 그냥 놔두는 거냐고. 난 지원금 깎이는 문제가 너무 싫어. 이렇게 더럽고 힘든 일 하는데 돈으로라도 보상받아야 할 거 아니야. 우리가 이 일 하면서 뭐 제대로 사람을 만날 수가 있어? 아니면 다른 일을 할 수 있는 거도 아니고 평생 음지 속에서만 살아야 하는데 돈으로라도 보상받아야 할 거 아니야. 안 그래?"

"형, 복수한다며. 그래서 이 일 시작한 거라며."

동익이 한숨을 쉬며 말했다. 그러자 다시 성주는 말을 쏟아냈다.

"복수! 그래! 맞아! 맞지! 근데 현주 그렇게 만든 그 빌어먹을 새끼가 내 눈앞에 당장 나타난다는 보장도 없고, 나한테는 이제 남은 것도 없잖아. 너도 나랑 똑같잖아. 이쪽 일에 발들인 순간 친구들 다 떠나가고 인생길 다 막히고. 이제 우리한테 남은 건 돈밖에 없다고!"

"맞아. 형 말이 맞아. 맨날 아무도 안 믿어주는 악마랑 싸워야 하고. 그지 같은 쥐새끼, 까마귀 새끼, 심지어 각종 벌레들을 죽을 때까지 봐야 해. 친구 다 떠나고 인생길도 막혔어. 남은 가족들은 병원이랑 기도원에 틀어박혀 있어. 나도 돈이 필요해. 돈 없으면 이 일 못 한다고."

"근데 왜 걔를 계속 두고 쓰냔 말이야."

성주는 동익에 말에 답답해하며 말한다. 그러자 동익은 헛웃음을 지으며 말했다.

"…지금 교단에 남은 해커가 없대."

"뭐?"

"요즘 교단이 세상으로부터 공격을 많이 받고 있어. 치료 성공하면 또 서버에 오류 뜨고 그러니까 기업들이 아주 돌아가면서 난리인가 봐. 여러모로 교단 일에 방해도 하고 있고. 상황이 이래서 지금 해커 구하는 게 쉽지가 않아. 해커 구인 관련해서 팀장들이 건의도 많이 해봤는데 교단에서는 말이 없어. 종오 시원찮은 거 나도 아는데, 어쩔 수 없어. 그냥 울며 겨자 먹기로 쓰는 거야."

"염병할, 교단 놈들 저번 소집 때 생뚱맞은 소리 할 때부터 알아봤어야 하는데. 많이 심각해? 그렇게 사람이 없어?"

성주의 말에 동익은 굳은 얼굴로 말한다.

"많이 심각해. 다른 팀은 탱커가 해커를 하는 데도 있어."

"지랄났구만, 아주. 치료만 제대로 하면 불편한 건 없게 해준다더니. 교단 놈들 다 구라였어."

"지금은 종오가 최선이야. 만약에 해커 구할 거면 우리가 직접 구하고 교육도 시켜야 해."

동익의 말에 성주는 헛웃음을 지으며 말한다.

"직접 구하고 교육까지 시켜야 한다…. 이거 뭐 제대로 돈 받으려면 종오한테 격려 전화라도 돌려야겠구만. 아랫도리 관리 잘하라고 말야."

4.

맨다리에 코트를 입은 여자가 엘리베이터에서 내려 오피스텔 복도를 걸어간다. 404호 문 앞에서 멈춘 여자가 벨을 누르자 잠시 뒤 문이 벌컥 하고 열렸다. 뿔테 안경을 벗은 종오가 문을 열며 나오자 여자가 말했다.

"아까 전화하신 분 맞죠?"

"네, 맞아요."

종오는 여자의 말에 떨떠름하게 말한다.

"혹시 처음이신가요, 이런 거? 아까 전화할 때 목소리가 좀 갈팡질팡했다 그러던데."

콧소리가 섞인 여자의 말투에 종오는 여자의 얼굴을 빤히 쳐다보다가 말했다.

"처음은 아니고, 좀 절제하라는 얘기를 들어서. 일단 들어와
요."

여자는 방에 들어와서 침대를 물끄러미 보다가 말했다.

"어떻게 할래요. 안경 낄 건가요?"

종오는 여자의 말에 머리를 긁적거리다 윗도리를 벗으며 말
한다.

"안경 낄 거예요. 그리고… 오늘은 마사지만 할게요."

어느새 나체에 수건 하나 가린 종오에게 여자도 코트를 벗었
다. 종오가 안경을 가져오자 여자도 어느새 나체가 되어있다.
종오는 그런 여자를 보고 침대에 털썩 앉았다. 종오는 안경을
끼고 스크롤을 내리며 몇 개의 사이트를 뒤져보더니 한 사이트
를 골랐다.

〈연어 호텔: 휴양지 호텔에서 내가 원하는 이상형을 만나보세요.〉

종오는 연어 호텔 사이트를 클릭하고는 중얼거리며 눈앞의
여자를 대체할 아바타를 골랐다.

"여성…. 백인…. 고양이 귀…. 고양이 꼬리…."

선택이 끝나자 종오 안경 너머로 휴양지의 호텔 모습이 나타
났다. 그리고 종오 앞의 여자가 고양이 귀와 꼬리를 가진 백인
여성의 모습으로 대체되었다. 종오가 선택하는 걸 기다리고 있

던 여자는 안경에 파란색 불이 뜨자 지루한 듯이 말을 걸었다.

"다 끝났나요? 시작할까요?"

"네, 다 골랐어요."

여자는 종오의 말에 천천히 마사지를 시작했다. 종오는 여자의 체온을 느끼며 안경 속 아바타의 모습에 집중했다. 종오는 상기된 목소리로 여자에게 말했다.

"좀 세게… 해주면 좋겠어요."

여자는 그런 종오의 말에 별 감흥 없이 말했다.

"알았어요. 근데 아까 뭐 절제해야 한다고 하지 않았어요?"

"그거… 무시해도 돼요. 오늘 존나 고생했는데 일단 풀고 봐야지."

종오의 말에 여자는 대답 없이 조금 더 세게 마사지할 뿐이었다. 종오는 점점 표정이 상기되었다.

여자는 종오에게 이제 엎드려 누우라고 말했다. 그때 종오의 안경의 파란색 불이 보라색이 되어 깜빡이더니 이내 멈췄다. 안경에 또렷하게 보라색 불이 들어오자 종오의 몸이 경직되기 시작했다. 여자는 종오의 이상 행동에 잠시 머뭇거리다 말했다.

"뭐야? 왜 그래요? 이봐요!"

여자의 말에도 종오는 대답이 없다. 종오는 계속 몸이 경직된 채로 몸을 부들부들 떨고 입에서는 낮은 신음이 흘러나왔다.

"*끄어어어*…."

종오의 이상한 모습에 여자는 불안해했다.

"저기요, 왜 그러냐고요. 말을 해봐요."

여자는 겁에 질려 도망치려고 했다. 그때 갑자기 종오 몸의 경직이 풀리며 여자를 똑바로 쳐다보기 시작했다. 종오는 뒷걸음질치며 자신에게서 멀어지는 여자를 향해 기분 나쁜 목소리로 말했다.

"가려고? 아직 안 끝났잖아."

종오의 말이 끝나기 무섭게 종오의 입에서 새어나오는 끔찍한 생선 썩은 내에 여자는 코를 틀어막았다. 종오를 이상하게 쳐다보던 여자는 급히 옷을 챙기며 말했다.

"돈은 안 줘도 돼요. 전 이만 가볼게요."

"어디가? 이제 내 차례인데."

그 순간 침대에 앉아있던 종오가 펄쩍 뛰어 쾅 소리와 함께 여자를 그대로 바닥에 눕혀버렸다. 여자는 등과 머리로 전해지는 고통에 비명을 지르고 종오에게서 벗어나기 위해 발버둥을 쳤다. 여자는 종오의 손을 뿌리치고 나체 상태 그대로 현관으로 달려갔다. 여자가 현관문을 열려는 순간 종오의 손이 여자의 머리를 잡아 바닥으로 내팽개쳤다. 여자는 바닥에 엎어진 채 고통이 가득한 신음소리를 냈다.

"ㅇㅇㅇㅇ…."

종오는 다시 펄쩍 뛰어 여자 위로 올라간다. 그리고 양손으로 여자의 양팔을 꽉 잡고 여자의 얼굴을 미친 듯이 핥기 시작했다. 여자는 경기하듯 비명을 지르며 욕을 내뱉었다.

"야 이 씨발 새끼야! 그만해! 씨발! 그만하라고! 미친 새끼야!!! 꺄아아아아악!"

여자의 발버둥에 종오는 핥는 것을 멈추고 여자를 조용히 쳐다봤다. 종오가 멈추자 여자는 눈물을 흘리며 말했다.

"제발 살려주세요. 살려주세요. 저한테 왜 그러시는 거에요. 하라는 대로 다 했잖아요. 제발 살려주세요…."

종오는 덜덜 떨며 말하는 여자를 보며 기분 나쁘게 웃으며 말했다.

"싫은데 어쩌지?"

종오는 눈물을 흘리는 여자를 보며 한참을 웃어대다가 갑자기 여자의 목을 졸랐다. 여자는 컥 소리와 함께 심하게 발버둥 쳐보지만 종오의 손에서 벗어나지 못했다. 여자는 주먹으로 종오의 몸을 때려보지만 그럴수록 종오의 웃음소리만 커져만 간다. 그러다가 종오가 손으로 여자의 목을 비틀자 여자의 목이 부러지는 소리와 함께 여자의 눈에서 빛이 사라졌다. 종오는 죽은 여자의 얼굴을 핥으며 콧노래를 불렀다.

종오는 여자 위에서 일어나 주방으로 가서 식칼을 가져왔다. 그리고 여자의 손에 칼을 쥐여준 다음 그 칼로 자신의 몸을 찔렀다. 옆구리에 한 번, 가슴에 한 번. 몸에 흐른 피를 여자의 몸에 발랐다. 그러고는 크게 숨을 들이쉬더니 화장실로 달려가 변기 물에 머리를 박고는 신나게 웃었다. 종오의 몸은 변기에서 벗어나려고 발버둥치지만, 종오의 얼굴은 계속 변기 물 아래에서 신나게 웃을 뿐이다. 몇 분쯤 지나자 종오의 몸에 힘이 풀리고 팔다리가 축 처졌다. 그러자 얼굴도 웃는 것을 멈추고는 눈을 감고 입을 벌린다.

화장실은 종오의 피로 흥건했다. 잠시 형광등이 깜빡거리더니 불이 나가버렸다. 그리고 종오가 쓴 안경의 보라색 불이 깜빡거리다가 이내 꺼졌다. 소파에는 종오의 핸드폰에 전화가 걸려오지만, 진동만 계속 울릴 뿐 누구도 받지 못했다.

5.

성주는 가로등 아래에서 종오에게 전화를 걸었지만 종오는 계속 전화를 받지 않았다. 성주는 고개를 갸웃거리며 동익에게 말했다.

"얘 전화 안 받는데? 내가 좆같이 굴어서 그런가? 야, 네가 한 번 전화해봐."

동익은 성주를 보며 헛웃음을 지으며 말한다.

"나는 뭐 걔한테 천사같이 굴었나? 내 전화라고 받겠어?"

"그래도 너는 팀장이잖아, 임마. 전화해봐."

동익은 고개를 절레절레 저으며 핸드폰을 꺼내 종오에게 전화를 걸었지만, 역시 통화음만 들릴 뿐이다.

"이 새끼 또 안마방 여자 부른 거 아니야? 지금 딱 촉이 와. 이 새끼 무조건 여자 불렀어."

"에이 설마. 오늘 힘들었으니까 그냥 자는 거겠지."

성주는 주먹으로 자기 손바닥을 여러 번 내리치며 잠시 생각한다. 동익은 그런 성주를 보며 지친 듯 말했다.

"왜 또 그래? 뭐하려고?"

성주는 동익의 말에 무언가 생각난 듯 말한다.

"야, 현행범 검거를 하자. 집에 쳐들어가서 참교육을 시키는 거지. 그래서 앞으로 작업 들어갈 때 허튼소리 못하게 딱 정신교육을 시켜놓는 거야."

"진짜 자고 있던 거면 어떡하려고."

"그래서 치킨을 사서 들어가는 거지. 아까 말이 심했다고, 미안했다고 하면서 치맥이나 같이 하자고 하는 거지."

"걔가 문을 열어줄까?"

"뭐 벨 계속 누르면 열어야지 별수 있어?"

"못 됐네, 아주."

성주와 동익이 치킨을 사서 종오의 오피스텔 앞에 도착하자, 그 앞에 경찰차 여러 대와 함께 과학수사대 승합차가 요란한 사이렌을 울리며 서 있었다.

"뭔 일이야, 이게? 일단 올라가자."

성주는 경찰들을 물끄러미 보다가 동익과 함께 건물 안으로 들어갔다. 그 순간 성주는 기분 나쁜 냄새에 걸음을 멈췄다. 갑자기 표정이 굳은 성주를 동익이 의아하게 쳐다보자 성주는 건물 안을 돌아다니는 경찰을 보며 말했다.

"바이러스야. 썩은 내가 옅게 나고 있어. 일단 종오한테 가봐야 해. 뛰어!"

성주의 말에 동익은 손에 든 치킨을 내려놓고 오피스텔 계단을 성주와 함께 뛰어 올라가기 시작했다. 종오의 집은 404호. 4층에 도착하자 썩은 내가 강해졌다. 헉헉대는 성주가 종오의 집으로 다가가려 하자 동익이 성주를 붙잡았다.

"안 돼. 경찰이랑 엮이면 피곤해져. 직장 동료라고 하면 우리 일을 캐물을 수도 있어."

동익의 말에 종오의 집을 계속 쳐다보던 성주는 뒤돌아서며 말했다.

"미쳐버리겠네…. 일단 알았어. 내려가자."

성주와 동익이 내려가자 곧 종오의 집에서 하얀 천으로 덮인 시체가 나왔다. 성주와 동익의 코에 강한 생선 썩은 내가 스쳤다. 현장을 통제하던 경찰 모두가 코를 틀어막고 헛기침을 시작했다. 성주의 머릿속에는 10년 전 그날이 떠올랐다. 전역하던 날 집 문을 열었을 때 그 냄새. 그리고 화장실에 가까이 갈수록 강해지던 그 냄새.

6.

경찰은 여자의 스마트 이어링의 자동 신고 기능으로 출동했
다. 착용자의 바이털 사인과 연동되어 비명 등을 인식하면 신고
하는 기능이다. 여자가 죽고 몇 분 뒤에 경찰과 구급대원들이
종오의 집을 두드렸고, 문이 열리지 않자 강제로 문을 부수고
들어갔다. 집에 진입한 경찰은 사체의 생선 썩은 내로 인해 호
흡이 어려울 지경이었다. 구급대원들이 시체를 옮겼다.

익숙한 심한 썩은 내에 성주와 동익은 생각했다. 이건 자신들
을 노린 바이러스라고. 건물 밖으로 나온 두 사람은 식은 치킨
을 들고 교단에 보고했다.

종오가 죽은 지 3일 뒤에 경찰 조사 관련 내용이 교단에서 내
려왔다.

"익사래. 같이 있던 시체는 목이 부러져 죽었어."

동익의 말에 성주는 대답 없이 전자담배만 피워댔다.

"종오는 죽기 전에 AR 안경을 쓰고 AR 사이트를 사용했어. 접속한 사이트는 연어 호텔. 이 사이트가 생긴 지는 3주쯤 됐어. 일반 사이트 같지만 성인용으로 악용하는 사이트로 유명하대."

성주는 말없이 작은 원룸 의자에 앉아 창가 쪽을 보고 있다. 창문 커튼 사이로 들어온 노란 햇빛이 성주의 몸에 노란 줄무늬를 만든다. 동익은 성주 앞에 서서 계속 말한다.

"최근 비슷한 피해 사건이 3건 정도 더 있었어. 모두 똑같이 AR 안경을 쓰고 연어 호텔 사이트를 이용했어. 연어 호텔을 이용한 사람들은 모두 상대방을 목을 부러트려 죽인 다음 변기통에 머리를 박고 익사했…."

성주는 말을 자르고는 동익을 쳐다보며 말한다.

"언제 잡으러 갈까? 딱 봐도 우리가 찾고 있는 놈인데."

하지만 동익은 계속해서 교단에서 내려온 내용을 이야기했다.

"사망한 AR 사이트 이용자들이 모두 사인도 정황도 똑같아. 익사했는데 익사 전에 발버둥친 흔적이 나오고, 익사한 사람들은 모두 몸에 칼이 찔렸고, 목이 부러져 죽은 상대의 손에 칼이 들려 있어. 종오 사건도 마찬가지고."

"그래서 언제 잡으러 갈 거냐고. 너도 칼에 찔린 상처는 위장인 거 알잖아. 어차피 바이러스가 감염시켜서 죽인 거라고!"

"교단에서 허가가 안 떨어졌어."

교단에서 허가가 안 떨어졌다는 동익의 말에 성주는 짜증 섞인 목소리로 동익에게 말했다.

"무슨 개소리야, 그게. 허가가 안 난 것도 이상하지만, 지금 허가고 뭐고가 어딨어. 우리 이 일 왜 시작했는지 몰라?"

"알아. 근데 못 해, 지금은."

"야! 가족 죽인 놈한테 복수하는데 무슨 절차를 따져. 그 새끼 잡으려면 지금밖에 없어. 너도 알잖아. 바이러스가 언제 다른 사이트로 넘어가 버릴지 모르는 거."

"알지. 우리 누나 복수해야지. 근데 지금 해커가 없잖아."

동익은 말을 끝내며 성주 쪽으로 다가갔다. 어느새 동익의 몸에도 노란 햇빛으로 인한 줄무늬가 생겼다. 성주는 몸을 돌려 동익을 보며 말했다.

"해커? 그거 네가 하면 되잖아. 다른 팀은 둘이서도 한다며."

"안 돼. 위험해."

"지금 그게 중요해? 복수하려면 지금밖에 없다고!"

"우리가 잡으려는 바이러스는 온라인 속에 들어온 지 최소 10년 이상 된 바이러스야. 예전에는 피라미라 쳐도 지금은 얼마나 강해졌을지 몰라. 형 치료 중에 감염돼서 내 목 부러트리고 변기 물에 얼굴 박고 죽고 싶어?"

"그래봤자 낙오자 새끼야. 우리 둘로 충분해."

성주의 완고한 태도에 동익은 성주에게 더 가까이 다가갔다.

"제발 형, 내 말 좀 들어. 나 형 죽는 거 싫어. 가족을 또 잃기는 싫다고."

"왜 이래, 친동생도 아니면서. 죽은 네 친누나 먼저 생각해!"

어느새 노란 햇빛은 사라지고 창문 밖으로는 어둠이 내리고 있다.

"형, 들어봐. 최근에 2팀한테 들은 내용이야. 치료 중에 일이 잘 안 풀려서 아등바등하는데 바이러스가 갑자기 웃으면서 그러더래. 자기들도 이제 서열에 들었다고."

"서열?"

"응, 어느새 바이러스들이 지옥 서열에 들었어."

성주가 동익의 말에 놀라며 되묻자 동익은 담담히 말했다.

"뭔 소리야? 걔네는 10년 동안 그냥 도망자였어. 강한 악마들한테 밀려 온라인 세계로 도망친 조무래기들뿐이라고. 바이러스는 바이러스일 뿐이야. 오프라인의 큰 악마들이랑은 달라."

"형, 생각해봐. AR 안경이 출시된 후에 10년 동안 별의별 AR이 다 생겼어. 특히 음지쪽에선 더 많이 생겼고. 바이러스가 서열에 들었다고 해도 무리가 아닌 거야."

"그게 지옥 서열이랑 무슨 상관인데."

"최근 몇 년 동안 AR 사용률이 급격히 증가했어. 종오 일도 그렇고. 서열 경쟁에서 필요한 감염 후 살인 횟수가 엄청나게

늘었다고. 바이러스들에게 너무 유리하게 돌아가고 있는 상황이야. 오프라인 악마들은 자신들이 노출이 안 되는 선에서 적합한 사람을 찾아 감염시키느라 시간이 걸리지만, 온라인 속 바이러스들은 그게 아니야."

동익은 성주 앞에 한쪽 무릎을 꿇고 성주 얼굴에 가까이 다가가 계속 말을 이어갔다. 햇빛이 사라진 방에는 어둠이 깔리고 있다.

"바이러스들이 공간만 잘 구현해놓으면 사람들은 알아서 바이러스한테 계속 찾아가고 있어. 심지어 온라인을 통해 감염시키니까 사건 위장만 잘해놓으면 들킬 염려도 없지. 형도 잘 알잖아. 온라인을 통한 부마는 인정하지 않는 거. 이런 상황이 10년 동안 반복됐어. 그 결과로 지금 몇몇 바이러스들이 기반을 잡은 거야. 우리가 찾고 있던 놈도 서열에 들 만큼 강해졌을 수도 있어. 조심해야 해."

"하아…. 조무래기 새끼들이 큰 악마가 됐다니…."

동익의 설명에 성주는 한숨을 쉬었다. 그런 동익은 성주를 보며 울먹이는 목소리로 말했다.

"형 왼손 떨리는 것도 그렇고, 해커 없이 치료하다가는 진짜 우리가 당할지도 몰라."

동익의 말에 성주는 가만히 생각했다.

"그래, 알았어. 요즘 손도 그렇고. 서열 얘기도 듣고 나니까 조금 쫄리네. 근데 그렇다고 포기는 안 해. 해커만 있으면 교단 허가고 뭐고 바로 치료 진행할 거야."

성주는 담담히 말하며 동익의 손을 꽉 잡았다. 성주의 왼손은 어느새 떨리고 있다. 동익은 그런 성주의 손을 꽉 붙잡아주었다.

"해커만 있으면 되는 거잖아. 얼른 구해서 복수하러 가자."

성주의 말에 동익은 말없이 고개만 끄덕였다. 동익이 성주의 무릎에 머리를 기대자 성주는 오른손으로 동익의 머리를 천천히 쓰다듬었다. 작은 방안에 어둠이 가득하다.

7.

동익이 치료 본부에서 천천히 내려왔다. 한낮의 햇빛이 교회의 붉은색 십자가에 반사된다. 도심 외곽 지역 작은 상가에 위치한 교단의 비공식 건물인 이 교회는 일요일임에도 성도 없이 고요하다. 가끔 몇몇 노인만이 상가 아래로 난 높은 언덕을 힘겹게 올라 교회로 들어갔다. 동익은 바닥에 있는 돌맹이를 차며 천천히 언덕을 내려간다.

"아무리 비공식이라지만 지원이 너무 야박한 거 아닌가….."

동익은 지원이 어렵다는 교단에 얘기를 떠올리며 중얼거린다. 터벅터벅 발소리가 언덕길에 울린다.

"뭐? 해커 아예 안 된다고? 그럼 구인 비용은?"

"안 된대. 못 준대. 종오가 AR을 성적인 의도로 사용한 게 경찰 조사로 드러났으니까, 징계 차원으로 지원은 반려하겠대."

"이게 말이 돼? 우리가 왜 이 일 시작했는지 다 알면서! 드디어 가족 복수하러 간다는데 지원을 반려해?"

"그리고 얼마 전 작업에 대한 지원금도 30% 삭감해서 입금시키겠대."

"미친… 왜 그러냐 진짜! 으아악!"

성주는 손에 든 전자담배를 의자에 던지며 소리를 지른다. 동익은 그런 성주를 보며 자리에 털썩 앉는다.

"어떡할까? 이 돈으로는 해커 못 구할 거 같은데."

"그… 평소에 우리한테 빚지고 있던 사람 없나? 우리가 도와줬다느니, 살려줬다느니… 뭐, 그런 거 말이야!"

"그런 건 교단이 나서서 관리하잖아. 도움받은 사람도 우리가 자기를 어떻게 도와줬는지도 모를걸. 우리는 사람한테 빙의한 악마를 퇴마하는 게 아니라, 온라인 속에서 하는 거니까."

성주는 머리를 쥐어뜯다가 자리에 앉으며 말했다.

"형 돈 좀 모아둔 거 없어? 여태까지 받은 지원금 10년 동안 꽤 모으지 않았어?"

"너는 모은 돈 없냐…."

"난 엄마 병원비로 다 썼지. 난 텅장이야 지금. 그래서 형 얼마나 있는데?"

"나? 다 꼴았어."

"뭘 꼴아? 설마 또 코인 했어?"

"허허⋯. 박는 족족 떨어지더라. 네가 말릴 때 그만뒀어야 했는데."

성주가 고개를 떨구고 힘없이 말하자 동익은 미간을 찌푸리며 말했다.

"뭐? 그 돈을 다 잃었다고?"

"그래⋯. 몇 번을 말해야 돼?"

성주는 미간이 찌푸려진 동익에게 헛웃음을 지어 보였다. 동익은 자리에서 일어나 성주를 보고는 버럭 소리를 질렀다.

"미쳤어? 그 돈이 무슨 돈인데!"

"알아, 우리 목숨값인 거. 목숨값 불린다고 목숨 두 개 세 개 되는 것도 아닌데 내가 왜 그랬는지 모르겠다. 완전 도박이야."

"몇 번을 성수에 빠져서 죽을 뻔 해놓고는 그 돈을 보험비도 아니고 코인에 박아? 제정신이야, 진짜?"

"그래도 아직까지 살아있잖냐. 돈 잃은 건 좀 쓰리지만."

"형, 이번에 해커 없으면 진짜 죽어."

"그래서 지금 해커 구하려고 하잖아. 근데 내가 교단을 너무 많이 믿었나 봐. 이렇게 까일 줄 몰랐네."

성주는 민망한 듯 허허거리며 동익을 힐끔힐끔 바라보며 말한다. 하지만 동익의 표정은 매우 심각하다. 동익은 잠시 생각하다가 가방에서 서류를 꺼내 성주에게 건넸다.

"이게 뭐야?"

"해커 후보자."

"한 명이네? 그나저나 돈도 없는데 어떻게 꼬시려고."

"일단 봐봐. 바이러스 조지려면 설득하거나 애걸복걸해서라
도 데리고 와야 할 거 아니야."

성주는 동익의 말에 동익이 건넨 서류를 훑어본다. 손가락으
로 무릎을 두드리며 서류를 보던 성주는 서류를 다 보고는 말을
꺼낸다.

"23세, 야구선수 타자 출신이고 부상으로 은퇴. 동체시력은
괜찮겠네. 또 어머니 병원비 때문에 급전이 필요한 상황. 담력
은 어떻게 확인하지?"

"교단 사람 중에 이 사람 어머니가 입원한 병원에 있는 간호
사가 있는데, 그 사람 말로는 괜찮아 보인대. 어렸을 때부터 벌
레도 잘 잡고 무서운 것도 별로 없다고 하더라고."

"교단 사람들을 믿을 수가 있어야지. 내비 볼 동체시력은 괜
찮겠지만, 제때 무기 입력해주려면 담력이 필요한데, 그냥 벌레
잡고 공포영화 볼 정도 담력이면 안 되잖아. 그러다가 종오 꼴
난다고."

"돈을 빌려서라도 병원비 내준다고 해야지."

"그게 전략이야? 어떡하냐, 우리…."

성주와 동익이 한숨을 쉬고 있는 그때, 갑자기 누군가 방문을

두드렸다.

"강성주 씨? 박동익 씨 계십니까?"

자신들을 부르는 소리에 성주와 동익은 긴장하며 문 쪽을 바라봤다.

"누구야? 여기 올 사람 없잖아? 교단에서 지랄하러 온 건가?"

성주의 말에 동익은 고개를 가로저으며 말했다.

"교단 사람이면 노크하고 우리 이름 부르겠어? 그냥 바로 들어왔겠지."

문밖에서는 노크 소리와 성주와 동익을 찾는 목소리가 계속 들렸다. 동익은 잠시 생각하다가 조심스럽게 문 쪽으로 다가가 말했다.

"어떻게 오셨죠?"

"아, 저… 그게…."

문밖의 남자는 말을 잠시 머뭇거리다가 말을 이어갔다.

"악마 잡는 의뢰를 드리려고 왔습니다."

성주와 동익은 당황했다.

"뭔 개소리야, 이게? 여기 교단 안전가옥 아니었어? 여길 어떻게 알고 와? 이거 함정 아니야?"

성주가 눈이 동그래져서 말하자 동익은 현관문 렌즈에 눈을 대고 밖을 살폈다. 문밖에는 양복 차림의 중년 남성이 서있다. 중년 남성은 손에 든 종이를 보며 주변을 살피고 있다.

동익은 잠시 생각하다가 문밖에 남자에게 말을 건넸다.

"무슨 일 때문에 오신 거죠?"

"연어 호텔 관련해서 찾아왔습니다."

중년 남자의 말에 동익은 당황했다. '연어 호텔'이라는 소리에 성주도 어느새 자리에서 일어나 문 앞으로 다가왔다.

"그게… 우리 아들이 그 사이트를 이용했다가… 변기에…. 이렇게 밖에서 얘기할 건 아니고 들어가서 설명을 드리면 안 될까요?"

변기라는 말이 나오길 무섭게 성주가 문을 벌컥 열고는 문틈 사이로 문밖 남자를 쳐다보며 말했다.

"누구신지는 모르겠지만 일단 들어오세요."

중년 남자가 방으로 들어와 자리에 앉자. 자리에 앉은 세 사람 사이에서는 어색하고 무거운 기류가 감돌았다. 이 기류 가운데서 동익이 먼저 말을 꺼냈다.

"연어 호텔… 일로 오셨다고요?"

동익의 말에 중년 남자는 손에 쥔 종이를 꽉 쥐고는 천천히 말했다.

"정확히 말하면 연어 호텔을 이용한 우리 아들 일로 왔지요."

"그럼 아드님은 지금…."

"…죽었습니다."

동익의 질문에 중년 남자는 고개를 숙인 채 대답했다. 잠시 적막이 돌다가 이번에는 성주가 말을 꺼냈다.

"아드님 일은 안타깝게 됐습니다. 근데 왜 저희한테 찾아오신 거죠?"

"복수라고 하면 될까요?"

성주의 질문에 중년 남자가 고개를 들며 말하자 동익은 경계심이 가득한 목소리로 물었다.

"저희를 어떻게 알고 오신 거죠?"

"뒷조사를 좀 했습니다."

"그거 쉬운 일이 아닐 텐데…."

"그게 제가 정보를 좀 잘 얻을 수 있어서요. 새숲속이라고 아시죠?"

중년 남자의 말에 성주와 동익은 잠시 놀라 서로를 쳐다봤다.

"잘 알죠. 어디까지 알고 오셨는지는 모르지만… 저희는 사이비와는 엮인 일이 없습니다."

성주의 말에 중년 남자는 자세를 고쳐 앉고는 성주와 동익의 눈을 보며 말했다.

"이단, 사이비. 우리 새숲속을 세상에서 낙인찍은 말이지요. 잘 압니다. 기존 교단들의 생각에는 저희가 많이 이상하죠. 많이 거슬릴 겁니다."

"이단인 걸 안 이상 더 대화하지 않겠습니다. 그만 돌아가 주세요."

동익은 차가운 목소리로 중년 남자에게 말하며 자리에서 일어났다.

"최근 몇 년간 가상화폐 거래에서 많은 돈을 잃으셨더군요."

"당신 뭐 하는 사람이야?"

중년 남자가 성주의 가상화폐 투자 내역을 얘기하자 성주가 날 선 목소리로 말했다.

"저는 우리 새숲속의 자금관리 책임자입니다. 저는 단순히 종교로 돈을 버는 사람이지, 중학생 소녀를 탐하는 대주교나 대신록이 세상에 강림한다는 예언은 믿지 않습니다."

중년 남자는 성주의 눈을 똑바로 보며 말을 이었다.

"제 의뢰를 수락하시면 10억을 드리겠습니다. 이건 선금입니다. 나중에 일이 성공하면 2배를 드리겠습니다."

금액을 들은 동익은 다시 자리에 앉으며 마음을 가라앉히고 물었다.

"그 말을 어떻게 믿죠?"

"제겐 아들이 이 세상 전부였습니다. 아들이 원하는 건 다 이뤄주고 싶었죠. 그게 어떤 일이든지 말입니다. 그래서 이 새숲속 일도 하고 있는 겁니다."

"그런데 그 귀한 아들이 이제 세상에 없다?"

"탈선이 문제였을까요. 사귀는 여자들로는 만족하지 못했는지 AR 프로그램을 자주 사용하더군요. 그러다 우리 애가…."

"목뼈를 부러트려 상대를 죽인 다음에 변기에 머리를 박고 익사."

"맞…습니다. 잠시만… 감정조절이 안 되네요."

중년 남자는 잠시 말을 멈추더니 호흡을 골랐다. 감정을 추스른 중년 남자는 다시 말을 이어갔다. 하지만 목소리에는 분노와 울음이 가득했다.

"아들이 죽고 나서 생각했습니다. '누가 이런 짓을 했을까. 현장에 있는 사람은 이미 다 죽었다. 귀신이 한 짓일까?' 분명 다른 범인이 있다는 생각에 아들의 사건을 계속해서 분석하고 추적했습니다. 그러던 중 비슷한 여러 사건을 찾았습니다. 당신들의 동료가 죽은 사건도 나오더군요. 그러다 케이블이라 불리는 온라인 세계의 퇴마사, 당신들 교단 내의 숨겨진 서버로 들어가니까 신기한 자료가 많더라고요. 그렇게 당신들이 누군지, 뭐하는 사람인지 알게 됐습니다. 그리고 내 아들이 왜 죽게 됐는지도 알게 됐지요."

"악마가 아들을 죽였기에 악마를 잡는 우리에게 복수를 의뢰하러 왔다 이겁니까?"

성주의 정리에 중년 남자는 고개를 끄덕인다. 하지만 동익은 단호한 말투로 중년 남자에게 거절 의사를 말한다.

"하지만 우리들은 사이비와는 일하지 않습니다."

"하지만 당신들은 돈이 필요하죠. 내가 제시한 돈이면 뭘 할 수 있는지 스스로 생각해보세요.”

“그래도 안 됩니다. 특히 새숲속이라면 더더욱….”

동익의 말이 끝나지도 않았는데 갑자기 성주가 말을 가로챘다.

“좋습니다. 의뢰를 수락하죠. 선금으로 10억 주시죠.”

“형! 지금 이게 무슨….”

중년 남자는 기회를 놓치지 않았다.

“잘 생각하셨습니다. 이게 서로 좋은 일이겠죠. 복수와 돈, 한 꺼번에 처리할 수 있으니까요.”

“잠시만요! 저희는 아직 수락한 게 아니…!”

동익은 자리에서 일어나는 중년 남자에게 소리쳤지만, 성주 가 동익을 막았다. 그때 성주의 핸드폰에 알림이 떴다. 중년 남 자는 방을 빠져나가며 말했다.

“입금됐습니다. 그럼, 기다리고 있겠습니다.”

성주가 핸드폰으로 10억이 입금되었다는 알림을 확인했다.

“형, 진짜 왜 그래. 우리 이러다가 교단에서 제명돼!”

“야, 정신 차려. 어차피 뭘 하든 똑같아. 저 인간 제의를 거절 하면 그냥 멀쩡할 거 같아? 깡패가 찾아와서 우리를 불구로 만 들지, 아니면 납치해다가 장기를 빼버릴지도 모른다고! 제명당 해서 바이러스들한테 우리 신분 노출돼서 죽는 거나 새숲속한 테 해코지당해서 죽는 거나 똑같아!”

“결국 교단한테 들켜서 제명당하고 말 거야. 교단의 기노나

보호 없이는 바이러스들이 우릴 찾아내서 찢어 죽일 거라고!"

"맞아. 10년 동안 케이블을 했어. 우리는 노출이 많이 됐지. 교단의 보호가 사라지면 우린 바이러스들에게 들키지 않게 숨어지내야 해. 하지만 지금 안 들키면 되잖아. 지금 교단에 안 들키면 돼. 그럼 바이러스한테도 우리 모습을 안 들킬 거고."

대책없는 성주의 말에 동익은 이해할 수 없다는 듯이 말했다.

"그게 무슨 소리야? 어떻게 안 들킬 수가 있어? 이미 돈은 받았어. 저 사람은 저걸로 우리 목줄을 죌 거야."

"받은 돈을 우리가 안 쓰면 돼. 돈은 새로 구할 해커에게 전부 넘기면 돼."

"안 쓰면 돼? 다 넘겨? 그래봤자 무슨 소용이야! 어차피 같은 팀원 중에 새숲속 돈 받은 사람 있으면 바로 모가지야."

"어차피 교단에 보고 안 하고 작업할 거였잖아. 새로 구할 해커도 우리 팀으로 안 올리면 돼."

"그렇게 작업해서 교단이랑 새숲속 모두 피해가겠다고?"

동익의 계속되는 걱정에 성주는 동익을 빤히 쳐다보며 말했다.

"그럼 뭐 다른 방법 있어?"

성주의 말에 동익은 성주를 빤히 쳐다보지만 아무 말도 하지 못했다.

"어차피 저 인간이랑 말을 한 순간부터 정해진 거야. 새숲속의 제의를 거절했으면 새숲속이 우리를 조졌을 거고, 교단이 새숲속의 제의를 수락했다는 사실을 알게 되면 교단이 우리를 조지겠지. 방법은 하나야. 새숲속의 의뢰를 교단 몰래 진행하는 거."

성주는 울상이 된 동익의 어깨를 쓰다듬으며 말한다.

"그리고 동익아. 우리가 뭐 어떻게 죽더라도 복수는 하고 가야지 않겠냐. 나는 아직도 현주가 꿈에 나와. 나를 볼 때마다 살려달라고 소리를 지르더라. 엄마는 그렇게 소리지르는 현주를 안고 울어. 이제 드디어 복수할 기회가 왔는데, 이것저것 신경 쓰다가 기회를 놓치기는 싫어. 그냥 지금은 10년 전 그 새끼를 잡으러 가자고."

성주의 말에 동익은 말없이 고개를 끄덕였다.

"누구는 가족의 복수를 해야 하지 않겠어? 뭐 됐고, 해커나 찾으러 가자. 이놈만 좋은 판이네."

성주는 동익의 어깨를 툭 쳤다. 해가 구름에 가리는지 성주와 동익이 있는 방에 그림자가 드리워졌다.

8.

병원 유리창에 흐린 하늘이 비쳤다. 성주는 크게 한숨을 쉬고 동익과 함께 서류에 적힌 병실로 찾아갔다. 찾아간 중환자실은 사람이 꽉 차있다. 성주와 동익은 중환자실 앞에서 기다리다가 야구모자를 쓴 다부진 체격의 사람이 병실로 다가오자 말을 걸었다.

"혹시 성고현 씨?"

"누구시죠?"

"저는 강성주라고 합니다. A 교단에서 나왔습니다."

"네… 교단에서는 어떤 일로 오신 거죠? 제가 요즘 교회를 잘 안 나가서 이러시는 건가요?"

성주의 말에 고현은 난처해하며 대답했다.

"저희는 그런 일로 온 게 아니고요. 고현 씨를 구인하러 왔습니다."

"제가 어머니 병간호 때문에 장기간 병원을 비울 수가 없는데 어떡하죠?"

"근무는 딱 하루 하는 거고요. 급여는 10억 원입니다."

"네? 10억이요?"

성주의 말에 고현은 깜짝 놀라 소리친다. 그러자 옆에 있던 동익이 성주를 다그치듯이 말했다.

"아니, 그 얘기를 벌써 하면 어떡해!"

"야, 급해 죽겠는데 언제 질질 끌고 앉아있냐! 10억 바로 질러야지."

동익의 말에 성주는 답답하다는 듯이 대답했다.

"할게요. 무조건 하겠습니다."

"네? 이렇게 바로요?"

"네, 무슨 일인지 모르겠지만 지금 당장 그 돈이 필요해서요."

"결단력 있으시네. 일은 좀 힘들어요. 상황도 열악할 거고, 이상한 경험도 많이 할 겁니다. 그래도 하시겠어요?"

"근데 무슨 일이길래 10억이나 주시는 거죠?"

"나쁜 놈들 잡는 일입니다. 자세한 얘기는 조용한 곳에 가셔서 얘기하시죠."

둘은 고현을 데리고 병원 근처 카페로 갔다. 카페에 앉은 세 사람 앞으로 주문한 음료가 나왔다. 그때 음료를 집는 성주의 왼손이 떨려왔다. 성주는 당황해하며 음료를 오른손으로 바꿔 잡았다.

"손 괜찮으세요?"

"아닙니다. 괜찮습니다."

고현의 질문에 성주는 당황하며 대답했다. 음료를 마시고 목을 축인 성주는 고현에게 설명을 시작했다.

"일단 상황이 급하니 단도직입적으로 말하겠습니다. 저희가 앞으로 하려는 일은 쉽게 말하면 퇴마입니다. 악마를 쫓아내는 일이죠. 악마는 들어보셨죠? 교회도 다니셨다고 하니까."

성주의 말에 고현은 대답이 없다. 성주는 고현의 대답을 기다리다가 대답이 없자 그냥 다시 말을 이어나가기 시작했다.

"저희가 하는 일은 온라인 세계에 있는 악마를 내쫓는 일이에요. 주로 AR 증강현실 프로그램 관련한 일을 진행하고 있고요. 그리고 저희 같은 일을 하는 사람을 '케이블'이라고 부르고 있습니다."

"케이블이요?"

"네. 일종의 비유인데, 퇴마 중에는 천사 데이터로 이루어진 백신을 사용합니다. 그 백신을 악마가 들어있는 서버에 넣어야 하는데 중간에 케이블처럼 연결선 역할을 하는 게 저희 온라인 퇴마사들입니다. 그래서 케이블이라고 부릅니다."

고현의 표정은 계속 안 좋았다. 성주는 그런 고현을 물끄러미 보다가 조심스럽게 물었다.

"그… 악마라는 게 좀 허무맹랑하고 이상하게 느껴질 수도 있는데, 이 일을 하려면 악마를 믿거나 아는 게 중요하거든요. 그래서 혹시 악마를 믿거나 겪어 보신 일이 있으신가요?"

"네. 알죠. 어떻게 보면… 겪었다고도 볼 수도 있겠네요."

"네? 어떤 일을 겪으신 거죠?"

"지금 병원에 누워있는 어머니가 뺑소니를 당하셨어요. 그래서 저렇게 되신 거고요. 아버지도 안 계시고 집안 형편도 안 좋아서 있는 돈 없는 돈 다 끌어모아 어머니 병원비를 대고 있어요. 그러다 경찰에서 연락이 오더라고요. 가해자 잡았다고. 그래서 합의금이라도 받을 수 있을까 해서 경찰서를 가보니까 가해자의 정신이 이상한 상태라 지금 병원에 있대요. 그래서 가해자가 있는 병원으로 가봤죠. 근데 사람이… 좀 이상하더라고요. 이상한 썩은 내도 나고… 기분 나쁜 목소리로 알 수 없는 말을 하고 침대에 온몸이 묶여 있는데도 힘이 엄청 센지 침대가 들썩들썩거리더라고요. 완전 빼빼 마른 사람이었는데 말이에요."

"설마 그 사람…."

"일단 대화가 안 되는 상황 같아서 병실에서 나왔어요. 근데 그 병실 앞에 제가 다니던 교회의 부목사님이 계셨어요. 그 가해자가 저와 같은 교회 사람이었나 봐요. 부목사님이 절 보고 인사하더니 말씀하시더라고요. 저 성도 몸에 마귀가 들어갔다고. 평소에 멀쩡하고 교회 봉사도 하시던 분이었는데 며칠 전부터 좀 이상해 보여서 부목사님이 붙잡고 얘기하려고 하니까 부목사님 손을 뿌리치고 도망가더래요. 그리고 차를 타고 막 달려 나갔는데, 그 차에 우리 어머니가 뺑소니를 당하신 거죠."

고현의 말에 성주와 동익은 한동안 말을 꺼내지 못했다. 잠깐의 적막 뒤에 성주가 조심히 말을 꺼냈다.

"그럼 합의금은?"

"못 받았어요. 가해자가 죽었거든요. 면회 간 날 제가 병실을 나가고 몇 시간 만에 갑자기 죽어버렸대요. 그리고 그 사람 가족도 없어서 받을 길이 없었죠."

"뭐라 드릴 말씀이 없네요."

동익이 조심스럽게 위로하자, 고현은 음료를 벌컥벌컥 마시더니 성주와 동익을 바라보며 말했다.

"아무튼 이 정도면 악마에 대해 알고 있다고 해도 되겠죠? 저는 어머니 수술비용도 급하니 빨리 일을 시작하고 싶어요."

"좋습니다. 그럼 본격적으로 일 얘기를 해보죠. 첫째로 용어 사용이 중요합니다. 왜냐하면 원래 그대로의 의미가 담긴 말을 사용하면 저희가 하는 일이 노출될 수 있어서 그렇습니다. 먼저, 악마는 바이러스, 악마가 사람 몸에 들어간 건 감염, 퇴마는 치료, 악마를 내쫓는 데 필요한 천사 데이터는 백신이라고 부릅니다.

치료 중에는 총 세 명이 필요한데, AR 안경을 끼고 직접 바이러스를 상대하는 아바타, 바이러스가 위치한 서버 위치를 실시간으로 파악하고 아바타가 필요한 무기를 바로바로 입력해주는 해커, 그리고 아바타가 감염되는 상황을 대비한 인력인 탱커가 있습니다.

"어⋯ 뭐가 많네요?"

"뭐가 많긴 한데 어렵지는 않죠? 상황이 급하니 빨리 설명할게요. 일단 바이러스는 서버를 옮겨다니며 활동합니다. 그래서바이러스가 나온 사이트가 확인됐을 때는 빠른 시일 내에 치료해야 합니다. 꾸물거리는 사이에 바이러스가 다른 곳으로 이동해버리면 치료는 불가능해집니다. 대부분 바이러스들은 자기가직접 만든 AR 프로그램 안에서 활동합니다. 즉, 자기의 활동 공간을 자기가 직접 만드는 거죠. 그렇게 만들어낸 AR 프로그램으로 사람들을 유인한 다음, AR 안경을 쓴 사람들이 자기가 만든 AR 프로그램을 사용하면 그 틈을 타 감염시키고 죽여버립니다."

"그럼 제가 감염될 일도 있는 건가요?"

"아니요. 감염 위험은 아바타인 저한테 있습니다. 일단 치료가 시작되면 아바타는 AR 안경이랑 AR 인식 장갑을 끼고 바이러스가 있는 서버에 접속합니다. 그리고 옆에서 해커는 노트북으로 아바타가 들어간 AR 프로그램 공간의 지도를 뒤지면서 바이러스의 위치를 찾아냅니다. 그런데 바이러스가 지도에 교란용 움직임을 강하게 걸어놔서 동체시력이 좋은 사람이 필요합니다. 그래서 고현 씨에게 저희가 해커를 제안하러 온 거죠. 야구선수 타자 출신이라면서요. 동체시력 좋죠?"

"네, 나쁘지는 않습니다. 나름 잘 치는 편이었죠. 부상 전까지는…."

고현의 말에 성주는 고개를 끄덕이고는 설명을 계속했다.

"해커는 바이러스를 추적하면서 바이러스와 싸우는 아바타에게 필요한 무기들을 입력해줍니다. 만약 제가 성수를 달라고 하면 성수를, 은검을 달라고 하면 은검을 입력해줘야 합니다."

"저 입력한다는 게 어떤 거죠?"

"입력은 저희가 사용하는 프로그램에 간단한 명령어를 입력하는 걸 말합니다. 명령어 입력 방식은 '누구에게 무얼 준다' 정도로 생각하면 됩니다. 어차피 사용하게 될 거니까 프로그램에 대해 말해 드릴게요. 쉽게 말하자면 '악마가 만든 프로그램 속의 천사가 만든 데이터 오류'입니다."

"데이터 오류요?"

"대략 십몇 년 전, 악마들이 온라인으로 업로드되는 변이를 일으켰어요. 그래서 온라인 속에 존재하는 악마들이 생겨난 거죠. 그리고 이 악마들을 쫓아온 천사들도 있었습니다. 한 악마가 온라인 속으로 도망치자 천사들도 온라인 속으로 따라 들어 갔죠. 그렇게 온라인으로 들어간 천사가 악마를 소멸시킨 순간 여러 데이터에 오류가 생기면서 서버가 다운됐습니다. 예전에 서버 오류가 심하게 일어나서 1세대 증강현실 게임 몇 개가 서 비스 종료된 사건 알죠?"

"전 운동만 하느라 게임은 잘 모르지만, 그런 얘기는 들은 거 같아요."

"그 일이 있고 나서 교단에서는 비밀리에 그 게임들의 파괴된 데이터랑 관련 정보들을 입수했습니다. 거기서 바이러스를 잡 을 수 있는 백신과 관련 프로그램을 만들어냈죠. 교단에서는 프 로그램 이름을 '천사의 눈'이라고 부르는데, 케이블들은 그냥 '내비'라고 부릅니다. 천사의 눈은 바이러스가 만든 공간을 보 여주는 지도입니다. 내비게이션에 목적지 입력하듯이 아바타에 게 필요한 무기를 입력해주고, 바이러스가 있는 곳에 백신이 들 어가도록 도와주는 장치입니다. 그래서 내비라고 부르는 거고 요. 아무튼 아바타가 바이러스랑 대치하면서 바이러스의 주의 를 분산시키는 동안, 해커는 내비로 바이러스가 있는 서버 위치 를 찾고 해당 위치에 외장하드에 담긴 백신을 입력시키면 되는 겁니다."

"그럼 바이러스 위치만 찾기만 하면 어렵지 않은 거네요?"

"고현 씨, 겁 많아요?"

"담력 말씀하시는 거죠? 무서워하는 건 없는 편이에요."

"벌레나 쥐 우글우글한 것도 괜찮아요?"

"그건… 왜요?"

"치료 시작하면 바이러스의 영향으로 각종 벌레랑 쥐들이 방 안에 가득 찰 거예요. 고현 씨 주변에 계속해서 지나갈 거고. 밖 에서는 까마귀가 미친 듯이 울어대고… 그러죠."

"아, 그 상황에서 바이러스를 추적하고 명령어를 입력해야 하 는 건가요?"

"그렇죠."

"10억을… 괜히 주는 게 아니군요."

한바탕 설명이 끝나자 고현은 표정이 어두워지며 말이 없어 졌다.

"어려워 보이긴 하지만… 해보겠습니다. 일단 뭐 10억이니까 요."

그 말에 성주는 오른손을 내밀어 악수를 청했다.

"다행이네요. 그럼 잘해봅시다."

고현과 성주는 악수를 하고, 동익은 악수 대신 심하게 떨리는 성주의 왼손을 꽉 붙잡았다.

9.

고현을 만난 지 5일째 되는 날. 성주와 동익은 고현을 차에 태우고는 도로를 달렸다.

"드디어 오늘인가요?"

"그래, 잠은 잘 잤어? 내비 다루는 건 할 만하지?"

"네. 형들이 잘 알려주셨으니까…. 한번 잘해볼게요."

"그래, 앞에 돌아다니는 벌레나 쥐 신경 쓰지 말고. 내비 보면서 바이러스 좌표인 빨간 점 위치만 잘 찾으면 돼. 중간에 내가 뭐 달라고 하면 바로바로 입력해주고."

"근데 성주 형, 치료 중에 동익이 형은 방안에 없는 거죠?"

"맞아. 동익이는 문밖에 있을 거니까 치료 실패하면 네가 다급하게 부르면 돼. 내가 치료 중에 감염되면 제일 위험한 게 너야. 내가 널 죽일 수도 있으니까. 아무튼 내가 감염되면 바로 동익이 불러. 그럼 동익이가 나한테 산소마스크를 씌우고 성수가 담겨 있는 욕조에 날 넣을 거야. 그러고는 힘으로 내가 물 밖에 못 나오게 누를 거고. 그럼 너는 내가 쓰던 AR 안경 쓰고 바이러스 이름 찾으러 돌아다니면 돼."

"네, 아무튼 그런 일 없으려면 바이러스한테 제 위치를 안 들켜야겠네요."

"그래. 무기 입력이 늦어도 안 되고, 바이러스를 오랫동안 못 찾아도 안 돼. 그럼 바이러스가 널 찾을 확률이 높아지니까. 백신 제대로 들어가야 서버 오류 뜨는 거 알지? 백신 넣었는데 안경 속 화면이 안 밝아지고 서버 오류 안 뜨면, 백신 입력하는 타이밍에 바이러스가 네 노트북으로 옮겨 들어온 거야. 그렇게 되면 뭐다?"

"'옮겨 들어온 바이러스가 안경을 통해 AR 프로그램에 접촉되어 있는 아바타에게 감염을 시작한다.' 귀에 딱지가 질 정도로 들었어요. 이제 알았으니까 그만 말해도 돼요."

"그래, 오케이. 10억 벌러 가자."

"근데 둘은 어떻게 만났어요?"

고현의 질문에 성주와 동익은 말이 없었다.

"그건 말하기 좀 그런데…."

"됐어. 어차피 같이 일할 앤데 알아두는 게 낫지. 내가 알려줄게."

동익이 불편한 기색을 보이자 성주는 동익을 툭 치고는 말을 시작했다.

"10년 전에 내가 전역하던 날이었어. 여동생이 코로나19 확진자랑 접촉해서 자가격리 중이란 소리를 듣고 집에 갔는데 집이 난장판이 되어있더라고. 엄마는 얼굴이 하얗게 질려서 쓰러져있고 여동생은 변기에 머리를 박고 있었어. 여동생이 사놓고 안 쓰던 AR 안경을 사용했었나 봐. 하필 그때 그걸 봐 가지고⋯ 그 일이 일어났지."

"뭘 봤길래 그런 거죠?"

"AR 전용으로 나온 '남자친구를 사귀는 완벽한 방법'이라는 영상인데, 사이비 단체에서 미끼 용도로 만들어서 온라인에 뿌린 거였어. 근데 그 영상에 같은 과 친구가 나온다고 해서 여동생이 본 거지. 여동생은 그 영상을 보다가 감염이 돼서 문을 열고 뛰쳐나와 엄마 목을 부러트려 죽였어. 그리고 스스로 변기에 머리를 박고 익사했지. 나 그걸 전역하던 날 집에 돌아와서 봤고."

"목을 부러트렸다고요?"

"그래. 허약한 앤데, 악마가 몸에 들어갔으니까. 그 사이비 새끼들이 악마숭배 하는 놈들이었던 거야. 알고 보니까 악마가 온라인 속으로 들어가도록 도와준 거였더라고. ㄱ 일로 동익이를 만났어. 그 영상 속 여자가 자기 친누나였거든. 얘네 누나는 그냥 알바인 줄 알고 영상에 출연한 건데, 자기가 나온 영상 때문에 친구들이 죽었다는 걸 알고 사이비 단체를 찾아갔다가 실종됐어. 낡은 공용화장실 변기에 머리를 박고 죽어있었대. 그 이후로 얘네 어머니는 계속 정신과 치료 받으시고, 아버지는 우리 아버지랑 같이 기도원에 들어가셨어. 퇴마사 일 하는 남은 자식 위해 기도한다면서."

"…."

"그런데 얼마 전에 10년 전 그때랑 같은 수법을 쓰는 놈이 나타난 거지. 무조건 그 새끼일 거야. 감염된 시체에서 생선 썩은 내는 잘 안 나거든? 고기 썩은 내가 나지. 그리고 감염자가 변기에 머리를 박고 죽는 일은 없어. 딱 10년 전 그 새끼야."

성주의 얘기가 끝나자 달리는 차 안에는 잠시 적막이 흐른다. 고현은 어떤 말을 꺼내야 할지 모른 채 입을 우물쭈물거리다가 조심스럽게 말을 꺼냈다.

"꼭 잡아야겠네요, 그 바이러스."

성주는 한쪽 팔을 창 밖으로 내밀고 바람을 느끼고 있다. 동익은 창 밖으로 맑은 하늘을 보며 말했다.

"꼭 잡아야지. 무조건."

인적 드문 도로를 10분쯤 더 달리자 허름한 모텔 하나가 보였다.

"여기 들어가는 거예요?"

"여기에 치료 장소가 있어. 일종의 교단 아지트야."

세 사람은 차에서 내려 천천히 모텔 안으로 들어갔다. 모텔 안에는 얼굴에 주름이 가득한 사장이 한숨을 쉬며 셋을 맞이했다.

"아휴, 또 귀신 잡는 날이구만. 건강들 하지?"

"예, 사장님. 건강해야죠. 사장님도 건강하시죠?"

"나야 멀쩡한 데가 하나도 없지. 따로 필요한 건 없고?"

"혹시 경찰 오게 되면 말 좀 잘해주세요. 제가 물에 들어가 있을 수도 있으니까."

"그런 건 걱정하지 말고. 606호로 가면 돼."

사장에게 방 열쇠를 받은 셋은 함께 엘리베이터를 타고 건물 6층으로 올라갔다. 606호에 들어온 세 사람은 각자 준비를 시작했다. 성주는 은테가 둘러진 AR 안경과 모션 인식 장갑을 끼고 창문 커튼을 닫았다. 고현은 노트북을 켜 백신과 내비 세팅을 끝내고 연어 호텔의 링크를 확인했다. 동익은 화장실 욕조에 물을 가득 채운 후 그 안에 은십자가를 넣어 성수를 만들고 산소마스크와 산소통을 확인했다. 동익은 물건을 챙겨 밖으로 나가며 남은 둘에게 말했다.

"해커는 무슨 일 벌어지면 바로 나 부르고. 그럼 화이팅."

"넵."

고현의 목소리엔 긴장감이 가득하다. 고현은 입이 바짝 마르는지 입에 계속 침을 묻혔다. 성주는 고현을 보다가 커튼을 살짝 젖혀 하늘을 올려다봤다.

"이제 해도 다 졌으니 작업을 시작해볼까? 지금부터는 이름이 아니라 각자 역할명으로 상대방을 지칭한다. 이유는?"

"바이러스에게 우리를 노출시키지 않기 위해서."

고현의 말에 성주는 고개를 끄덕였다.

성주는 침대 위에 걸터앉고, 고현은 그런 성주의 맞은편에 앉아 연어 호텔에 접속했다. 그러자 성주의 안경 속 화면에 호텔 배경과 함께 원하는 아바타 고르기가 떴다.

"접속했습니다."

"긴장해. 이제 곧 벽이랑 천장에서 온갖 것들이 다 쏟아져 나올 거야."

성주는 심호흡을 길게 하더니 화면 속 아바타를 기본설정으로 선택하고 PLAY 버튼을 누르자 성주 눈앞에 있던 고현이 나체의 여자로 변했다. 증강현실이 된 여자가 성주에게 천천히 다가왔다.

기다리는 시간이 다소 지루해질 때쯤, 고현의 노트북에는 바이러스가 떴다는 알림이 떴다.

"내비에 알림 떴습니다! 위치추적 시작할게요."

"해커! 은검이랑 은밧줄."

성주의 말에 고현은 노트북 트랙패드로 화면 속 지도 이곳저곳을 뒤지다가 바로 입력창을 열어 빠르게 타자를 쳤다. 그러자 성주의 손에 은검과 은밧줄이 생겼다. 성주 안경의 파란색 불이 보라색 불로 바뀌며 빠르게 깜박인다. 성주는 크게 숨을 내쉬더니 손에 든 은검으로 증강현실 속 여자의 목을 베어버렸다. 그러자 여자는 베인 부분을 움켜잡고 비명을 지르며 비틀거렸다. 안경 속 여자의 모습이 깨지며 이상한 모습으로 변해가자, 성주는 침대에서 일어나 여자의 손을 묶어 침대에 눕혔다.

"안녕, 이 씨발새끼야!"

안경의 깜박이던 보라색 불이 초록색으로 바뀌었다.

"해커! 성수!"

성수가 입력되자 성주는 침대에 눕힌 여자, 아니 이제 연어 머리를 한 악마의 몸에 성수를 들이부었다. 성수를 부은 검은색 몸에서 증기가 피어오른다. 마치 염산을 뿌린 듯 연어 머리는 비명을 지르며 발버둥을 쳤다. 연어 머리와 인간 몸이 기괴하게 조합된 모습이다.

"호구 손님이 또 왔나 했더니 케이블 양반이 오셨구만?"

기괴한 목소리. 듣기만 해도 소름이 돋고 역한 목소리가 바이러스로부터 새어나왔다. 그러자 천장 구석에서 쥐와 벌레가 쏟아져나오기 시작했다. 사방에서 들려오는 쥐와 벌레가 기어오는 소리에 고현이 노트북에서 눈을 떼자 성주의 불호령이 떨어졌다.

"해커! 어딜 봐! 성수랑 은밧줄!"

고현은 성주의 말에 화들짝 놀라 성수와 은밧줄을 입력했다. 신경 안 쓰는 척하며 내비 속 지도를 빠르게 뒤지지만 노트북에 비친 고현의 표정은 잔뜩 겁에 질려 있다. 고현에게 맹렬하게 달려오는 수많은 벌레와 쥐···. 성주의 안경 너머로 들려오는 기괴한 목소리···. 그리고 교란을 위해 계속 방향을 바꾸며 기이하게 움직이는 내비 속 지도···. 이런 상황에 고현은 몸을 떨며 트랙패드를 빠르게 스크롤했다.

성주는 통에 추가된 성수를 연어 머리에 부어버렸다. 그러자 증기가 나며 비늘이 벗겨졌다. 그리고 추가된 은밧줄로 바이러스의 다리를 묶어버렸다. 바이러스가 괴로움에 퍼덕거리는 사이 성주는 팔을 걷고는 남은 성수통을 연어 입에 박아 성수를 입안으로 잔뜩 부어버렸다. 그러자 바이러스는 귀를 찢어버릴 것 같은 고주파 소리를 내보냈다. 성주는 이 때문에 목을 움츠리고는 찡그린 얼굴로 크게 소리쳤다.

"해커! 은십자가!"

겁에 질린 고현의 몸의 떨림은 점점 심해지고 있다. 벌레와 쥐들은 방바닥을 빈틈없이 꽉 메웠고, 창문 밖에서는 까마귀가 미친 듯이 울며 창문을 쪼아댔다. 벌레 몇 마리가 고현의 팔로 기어오르자 고현은 비명을 지르며 몸서리를 쳤다.

"으아악!"

"해커! 은십자가! 나 귀 나간다!"

성주의 다급한 외침에 고현은 다급히 타자를 치고 다시 지도를 빠르게 스크롤했다. 고현의 이마에는 땀이 맺혔다. 눈에서는 곧 눈물이 떨어질 것 같다.

성주는 손에 은십자가가 생기자 바로 바이러스의 가슴에 십자가를 힘껏 눌렀다. 성주가 소리를 지르며 은십자가를 힘주어 누르자 바이러스의 몸에서 많은 양의 증기가 올라오면서 고주파 소리가 끊어졌다. 성주는 거친 숨과 함께 발버둥치는 바이러스에게 말을 걸었다.

"어이, 생선 대가리. 너 어디 있냐?"

"글쎄, 어디더라? 현주가 좋아하는 변기였나?"

바이러스의 입에서 성주의 죽은 동생의 이름이 나오자 성주는 이를 꽉 깨물고는 십자가를 더욱 힘껏 누른다.

"거기 아니잖아, 이 잡귀 새끼야. 십자가에서 벗어나고 싶으면 얼른 위치를 드러내!"

"키키키, 난 이제 곧 서열에 든다. 이 버러지 같은 원숭이야!"

"그놈의 서열. 그래봤자 너네는 나약한 도망자들일 뿐이야!"

"나약하다니. 한참 전의 일을 말하는구나."

바이러스의 말이 끝나기 무섭게 증강현실 화면이 여러 픽셀로 깨지며 성주의 시야를 가렸다. 그리고 잠시 뒤 성주의 안경과 장갑에 묵직한 진동이 울렸다. 성주의 왼손이 미세하게 떨리기 시작했다.

"해커! 은검! 빨리!!"

은검을 든 성주가 불투명한 픽셀 화면에 검을 여러 차례 휘두르자, 무언가 베이는 소리와 함께 뿔 달린 연어 머리가 나타났다. 몸은 여전히 인간의 몸이지만, 온몸에 커다란 검은 비늘이 돋아나 있다. 십자가 흉터가 난 가슴 쪽에 칼로 베인 상처가 보였다. 성주는 이 모습을 보자 다급하게 고현에게 말한다.

"바이러스가 본 모습을 드러냈어! 이제 내비에 빨간 점이 나왔을 거야! 빨리 찾아!"

성주의 말에 고현은 바쁘게 손가락을 움직였다. 아무것도 보이지 않던 아까 전의 지도와는 다르게 이제는 빠르게 움직이는 지도 안에서 빨간 점이 살짝살짝 스쳐지나갔다. 고현은 살짝 보이는 빨간 점을 눈으로 쫓으며 지도를 계속 스크롤했다.

"해커! 은검!"

타자 소리와 함께 성주에 손에 은검이 들리자 성주는 검을 두 손으로 꽉 잡고 칼끝을 바이러스에게 겨눴다. 바이러스는 그런 성주를 보며 기분 나쁘게 웃더니 화면 배경을 호텔에서 다른 곳으로 바꿔버렸다.

성주는 너무 크게 놀라 숨이 가빠졌다. 10년 전 성주의 집. 그리고 엄마와 여동생이 죽은 날의 집안 모습.

"네 동생 말이야. 친구가 잘생긴 남자랑 영상 찍는 게 질투 났나 봐? 생각보다 재밌었어. 그래서 내가 갖고 놀다가 죽였잖아."

은검을 쥔 성주의 손이 심하게 떨려왔다. 그래서인지 바이러스에게 검을 휘둘러도 좀처럼 맞지 않고 빗나갔다. 바이러스는 빠르게 피하며 성주의 안경과 장갑에 가해지는 진동을 강하게 만들었다.

"으아아! 해커! 성수 달라고, 씨발!"

성주는 고통스러워하며 소리쳤다. 하지만 고현은 트랙패드에 한 무더기로 올라온 벌레 뭉치에 흠칫 놀라 노트북을 떨어뜨릴 뻔했다. 성주의 비명의 가까운 외침에 고현은 깜짝 놀라 겨우 타자를 쳤다. 고현의 얼굴에서 식은땀이 뚝뚝 떨어진다.

그 사이에 바이러스는 성주의 코앞으로 다가와 잔뜩 부패된 연어 머리를 성주에게 들이밀었다.

"자꾸 입력이 늦네? 이러다가 내가 먼저 너네를 찾을 거 같은데?"

성주는 심한 진동 때문에 감각이 무뎌진 손으로 바이러스에게 성수를 여러 번 뿌려댔다. 그러자 바이러스는 괴로워하며 뒤로 물러섰다. 성주는 땀 범벅이 된 얼굴로 성수를 뿌리며 외쳤다.

"해커! 멀었어?"

"거의 다 찾았어요! 좀만 더, 제발!"

고현의 노트북 화면에는 아까와 달리 커다란 빨간 점 전체가 잠시 나왔다가 사라지기를 반복했다. 어느새 고현의 팔과 다리에는 벌레가 가득하다. 고현은 손가락을 빠르게 움직이며 빨간 점을 계속해서 추적했다.

"언제 찾냐고!"

성주는 고현에게 소리를 지르며 필사적으로 성수를 뿌려댔다. 바이러스는 성수 세례에 뒷걸음질을 치기는 했지만, 궁지에 몰린 성주를 비웃었다. 바이러스의 목소리가 바뀌어 있었다.

"오빠, 왜 그랬어. 왜 늦게 왔어. 오빠가 좀만 더 빨리 왔으면 엄마랑 나는 안 죽었을 텐데. 왜 늦었냐고 이 새끼야!"

손과 머리로 느껴지는 진동, 그리고 트라우마가 가득한 공간 속에서 여동생의 목소리로 장난치는 바이러스의 공격에 성주의 왼손은 크게 떨리다 못해 요동치고 있었다. 왼손의 떨림 때문에 성주가 손에서 성수통을 놓치자, 바이러스는 피눈물을 흘리는 여동생의 얼굴을 하고 성주에게 달려가 비웃었다. 그 모습에 숨이 턱 막힌 성주는 뒷걸음질치다가 바닥에 주저앉고 말았다.

그때 고현이 소리쳤다.

"위치 찾았어요! 백신 주입했습니다!"

고현의 외침과 함께 바이러스의 움직임이 멈췄다. 잠시 정적이 흘렀다.

하지만 안경 속 화면이 하얗게 밝아지지 않았다. 성주는 이상함을 느끼고 고현에게 말했다.

"화면에 화이트 아웃이 안 떠. 제대로 백신 넣은 거 맞아? 서버 오류 났어?"

"네 제대로 넣었어요. 서버는… 뭐야? 노트북이 먹통이에요!"

"뭐? 야, 그럼….."

말하는 중간에 안경에 보라색 불이 들어오자 성주는 눈이 뒤집혀 쓰러졌다. 고현이 노트북을 두드려봤지만, 이미 먹통이 되어 작동하지 않았다. 고현의 노트북 위치를 찾아낸 바이러스는 백신이 들어올 때 반대로 백신이 들어오는 경로로 도망쳤다. 성주의 몸이 경련을 일으켰다. 고현은 그런 성주를 보며 어쩔 줄 몰라 하다가 동익을 불렀다.

"탱커!"

동익이 커다란 가방과 함께 문을 벌컥 열고 들어왔다. 동익은 감염 중인 성주를 보자마자 욕설과 함께 바로 안경과 장갑을 벗기고 산소호흡기부터 씌웠다. 고현이 넋이 나가 있자 동익이 소리를 질렀다.

"야, 뭐해! 아바타 들어!"

동익의 외침에 고현은 동익을 도와 성주를 성수가 담긴 욕조에 담근다. 감염 중인 성주는 성수 안에 들어가자 격렬하게 발버둥쳤다. 욕조 안의 물이 사방으로 튀었다. 동익은 그런 성주를 가방 안에 들어있던 커다란 은십자가로 강하게 눌렀다.

"이상해요. 분명 위치 찾아서 백신을 넣었는데…."

"네가 입력할 때 버벅거렸겠지. 잠깐 버벅거려도 바이러스들한테 우리 위치가 많이 노출된다고 했잖아! 그러니까 실수하지 말라고!"

"저는 그게…."

"야, 닥치고 바이러스 이름부터 찾아! 아바타 죽일 거야?"

동익이 수신기를 건네며 소리치자 고현은 수신기를 받고 바로 성주의 AR 안경을 찾았다. 고현이 안경을 찾는 사이, 노트북이 정상적으로 돌아오더니 경찰에 자동 신고를 하고는 연어 모양으로 화면이 꺼져버렸다. 자동 신고 알림을 들을 고현은 노트북을 보고 신고 취소를 위해 다시 노트북을 켜려고 했지만, 욕실에서 나는 첨벙이는 소리에 일단 안경을 쓰고 바로 모텔을 빠져나갔다. 고현은 달려가며 성주가 했던 말을 떠올렸다.

"내가 감염돼서 성수에 들어가게 되면, 넌 안경을 쓰고 바이러스 이름을 찾아야 해. 바이러스가 온라인에 있을 때는 위치만 찾으면 됐지만, 나한테 들어와 있을 때, 그러니까 오프라인 세계에 있을 때는 구식 방법을 사용해야 해."

"구식 방법이요?"

"바이러스의 이름을 알아내야 해. 현실에서의 퇴마 의식에선 사제들이 악마의 이름 알아내서 쫓아내. 우리도 바이러스가 숨겨둔 이름을 찾아야 해. 바이러스가 만든 증강현실 공간에는 반

드시 바이러스의 이름이 있어. 이름을 찾으려면 파리 소리를 쫓아가. 천사든 악마든 온라인 세계에 비정상적인 방법으로 들어온 거라 항상 오류가 존재해. 악마는 이름이 숨겨진 곳에서 파리 소리가 나. 그러니까 파리 소리에 집중해서 미친 듯이 쫓아가. 그래야 네가 날 살릴 수 있어."

고현은 안경 속 증강현실을 보며 파리 소리를 찾아 달렸다. 증강현실 속 배경은 성주가 예전에 가족과 살던 아파트 단지다. 여동생과 엄마가 죽어있는 성주의 집에서 나온 고현은 파리 소리가 나는 쪽으로 달리다가 차에 치일 뻔했다. 증강현실에서는 인도로 보이는 곳이 현실에서는 차도 한가운데다. 증강현실로 인해 현실 속 물체들이 특정 데이터로 대체되었다. 간신히 차를 피한 고현은 안경을 썼다 벗었다 하며 달렸다. 달리는 고현의 옆으로 경찰차가 모텔 쪽으로 지나갔다.

욕실에서는 동익이 울면서 기도를 했다. 동익이 강하게 누르고 있음에도 성주는 소름 끼치게 웃으며 크게 발버둥치고 있다. 벌레와 쥐들이 점점 욕실로 들어오고 성주의 산소마스크와 연결된 산소통의 산소가 빠르게 소모되고 있다.

"신고 들어와서 왔습니다."
"아…, 어…. 오늘은 손님이 하나도 없는데!? 이상하네요."

신고가 들어왔다며 모텔에 출동한 경찰에게 깜짝 놀란 사장이 변명했다. 그러면서 사장은 몰래 엘리베이터 전원을 꺼버렸다. 경찰이 엘리베이터를 타려 하자 요즘 장사가 안돼서 엘리베이터를 안 쓴다고 둘러댔다. 경찰은 그 말을 듣고 돌아가려다가, 카운터에 있는 사장 등 뒤의 각 방 열쇠함에 606호만 열쇠가 없는 걸 눈치챘다. 경찰은 곧바로 6층으로 뛰어 올라갔다.

고현은 어느새 사람이 많은 거리까지 달려왔다. 파리 소리가 커지는 쪽으로 계속 달려가고, 파리 소리는 이제 파리 소굴에 들어온 것처럼 커졌다. 고현은 안경 너머로 보이는 한 가게로 들어간 뒤 주황색 정수기 앞에서 멈췄다. 파리는 안 보이지만 파리 소리가 사방에 가득한 곳. 고현의 귀로 수천수만 마리 파리 떼 소리가 울려왔다.

정수기 앞에서 고현은 정수기의 생수통 안쪽을 쳐다봤다. 그러자 멀쩡한 정수기가 부글부글 끓어 공기방울 때문에 글자가 제대로 보이지 않았다. 한참을 바라보다 겨우겨우 물 안에 적힌 로마자를 읽어냈다. 고현은 수신기를 켜 바이러스의 이름을 동익에게 전달했다.
"SALACKBLAMON."

욕실 안 동익은 발버둥치는 성주를 욕조에서 나오지 못하게 밀어넣고 있다. 기도를 하다가 고현의 목소리가 들리자 자신의 얼굴도 물속에 담그고 소리쳤다.

"주 예수의 이름으로 명하노니, 샐랙블래이먼은 이 몸에서 나갈지어다!"

누군가 고현의 어깨를 툭툭 치고는 안경을 벗겨냈다. 경찰이 이상한 눈빛으로 고현을 쳐다보고 있다. 고현은 일반 상점이 아니라 경찰서의 정수기를 쳐다보고 있었다. 경찰이 무슨 일로 온 거냐고 묻자 고현은 잠시 망설이다가 말했다.

"어, 어, 그게… 자수하러 왔어요."

계단을 뛰어올라온 경찰 바로 뒤로 사장이 헉헉거리며 쫓아왔다.

"아니 선생님들! 오늘은 손님이 아무도 없다니까요! 606호는 방이 너무 더러워서 제가 일부러 빼둔 거예요!"

경찰은 사장의 말을 무시하고는 606호에 노크를 했다.

"경찰입니다. 신고가 들어왔는데 잠시 나와주시겠습니까? 안 나오시면 억지로 열고 들어가겠습니다."

경찰은 안에서 말이 없자 문을 발로 부수고 열려고 하자, 사장이 말리고는 열쇠로 문을 열어주었다. 경찰은 문을 쓱 열고 니서 방안을 보자마자 코를 막고 얼굴을 찡그렸다. 방안에 벌레와 쥐 몇 마리가 돌아다녔다.

"어우, 이거 뭐야. 사장님, 방이 굉장히 지저분하네요. 벌레랑 쥐도 있고…. 이건 뭔 냄새야? 생선 썩은 내 같네."

경찰이 방에서 나온 노트북을 살펴보려는데, 갑자기 무전이 왔다. 경찰은 무전을 듣고 어이없는 표정을 지었다. 사장은 뭐라뭐라 하는 무전 내용을 들었지만, 무전 암어를 알아들을 수는 없었다.

"장난 신고라는데, 그래도 사장님 이거 그냥은 못 넘어가요. 구청 위생과에는 전달할 겁니다."

사장은 욕실문 앞에 서서 엄살을 부렸다.

"아유, 청소를 며칠 안 했더니 좀 엉망이 돼서 그렇지, 그래도 괜찮아요. 깨끗해."

"화장실은 상태가 어때요? 좀 봅시다."

경찰이 욕실로 발걸음을 떼려는 찰나, 다른 무전이 왔다. 이것도 사장은 내용을 들었지만 무슨 말인지는 몰랐다. 다만 무언가 큰 사건이 발생해 호출하는 내용인 것 같았다. 경찰은 수색을 멈추고 빠르게 서둘러 돌아갔다. 경찰이 방에서 나가자마자 욕실에서 물 빠지는 소리가 들려왔다. 사장은 그제서야 안도의 한숨을 내쉬었다.

고현은 경찰서에서 겨우 나왔다. 의심을 받지 않으려고 오히려 진상 민원인인 척했다. 이상한 말을 횡설수설하자 경찰관 몇은 약물검사를 해야 하는 것 아니냐고 속닥거렸다. 오래 잡혀 있으면 더 곤란해지니, 약물검사를 받지 않을 정도로는 제정신이고, 계속 상대해주지는 않을 정도로는 이상한 소리를 해야 하는 게 너무 어려웠다. 형들은 해커가 이런 일을 해야 한다는 설명은 해주지 않았다.

경찰서 문을 나서자마자 핸드폰 알림이 떴다. 10억이 입금되었다는 알림이다. 고현이 알림을 확인하자마자 성주에게 전화가 왔다.

"고생했다. 살려줘서 고마워."

"다행이네요. 살아있어서."

"수신기로 너 경찰한테 헛소리 하는 거 잘 들었어."

"어머니 수술비 생겼는데요, 뭐."

"그래, 축하한다. 얼른 와. 배고프다. 밥 먹자."

고현은 전화를 끊고 손에 든 AR 안경을 바라봤다. 고현은 헛웃음을 짓고는 고개를 절레절레 저었다.

하늘에 달이 밝다. 사장이 창문 커튼을 걷자 달빛이 방 안으로 들어왔다. 성주는 욕실 바닥에 쓰러진 채 앉아있는 동익에게 안겨있다. 성주는 팔을 뻗어 울고 있는 동익에게 말했나.

"그만 울어…. 나 안 죽었어…."

성주의 왼손은 떨림 없이 멀쩡했다. 불안하게 떨리던 왼손이었지만 이제는 떨림이 멈췄다. 달빛이 성주의 젖은 머리에 비쳤다.

사장이 창문을 열자 방안을 메우던 생선 썩은 내가 빠져나갔다. 냄새가 빠져나가듯 10년 전에 생겨난 그들의 고통도 사라져 갔다.

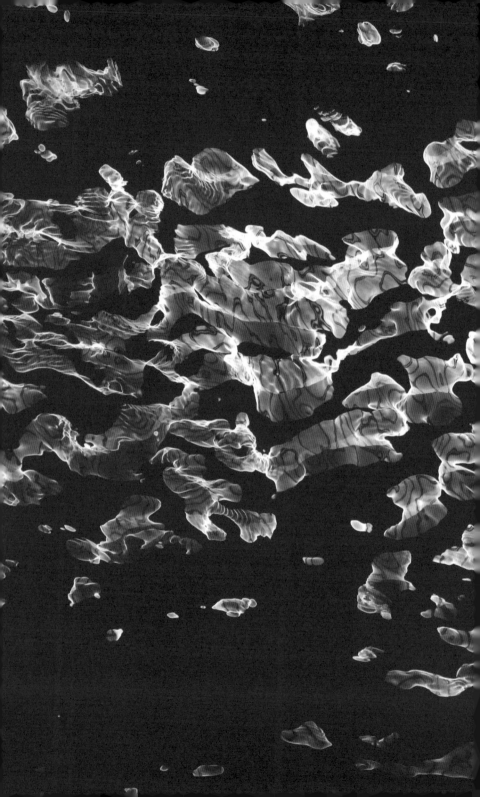

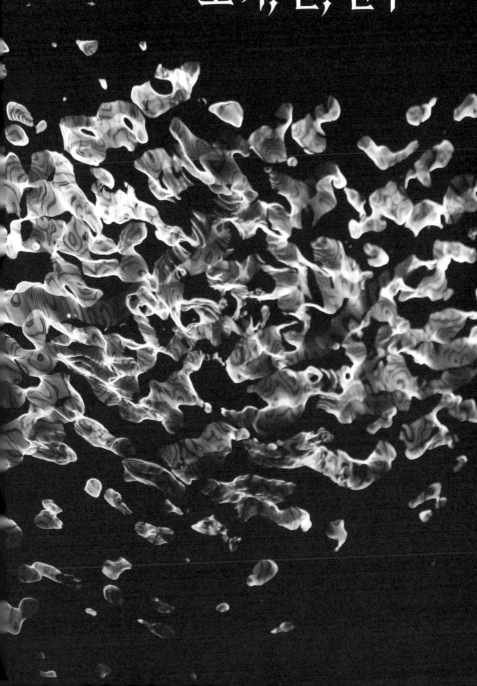

토끼, 간, 진주

별 주 부

'용왕께서 병이 드셨다. 아비를 죽이고 옥좌에 오른 왕이니 바다가 보기에 그 죄가 중할 터. 결국 그 죄가 노년에 덮쳐 용왕에게 큰 병으로 나타난 것일 게야. 내 조상께서는 토끼에게 속아 바다로 돌아가지 못하고 뭍에서 자결하셨지만, 나는 다르다. 토끼들의 세 치 혀는 믿을 게 못 되니 토끼를 발견하자마자 그 주둥이를 틀어쥐고 간을 빼어 이렇게 용궁으로 돌아가는 것이지.

그런데 토끼 간이 얼마나 효력이 좋길래 선대 용왕께서 드셨던 토끼 간을 지금의 용왕도 찾으시는 것인가. 내 비록 관직에 있음에도 고래나 상어로 태어나지 못해 이런 심부름이나 하고 있으니 참 억울할 따름이구나. 이 바닷속은 참 불공평한 곳이로다.'

햇빛이 산란되고 해초들이 흔들리는 아름다운 바다. 별주부는 이런저런 생각을 하며 용왕의 병을 고칠 토끼 간을 깊은 바닷속 용궁으로 가져갔다.

얼마나 헤엄을 쳤을까. 물길을 헤쳐가다 보니 어느새 저 멀리에 용궁이 보이기 시작했다. 별주부는 용궁이 보이자 손에 든 토끼 간을 쓱 쳐다봤다.

'그런데 이것이 용왕께서 찾으실 정도로 그리 효력이 좋다면 나를 고래나 상어로 만들어줄 수도 있지 않겠는가?'

별주부는 이 생각이 들자 헤엄을 멈추고 근처 산호초에 숨어 토끼 간을 자세히 살펴봤다.

'용왕이 찾는 간이라 그런지 몸 밖으로 나왔음에도 아직 붉은 색이 선명하구나.'

별주부는 고민하다가 토끼의 간을 조금 잘라 입에 넣었다. 그 순간 별주부의 눈이 커지며 입에는 미소가 가득해졌다.

"어… 어찌 이런 기분이 드는 건가. 이 좋은 것을 여태까지 용왕만 먹고 있었던 것인가?"

한 번 토끼 간에 손을 댄 별주부는 멈추지 못하고 간을 순식간에 다 먹어버렸다. 별주부는 간의 효력에 취해 용왕께 바칠 간을 먹었다는 잘못은 전혀 생각하지 않고, 바다 이곳저곳을 쏜살같이 헤엄쳐 다녔다.

"이야! 몸이 이렇게 날쌔지다니. 토끼 간을 먹으니 나를 그동안 그렇게 무시했던 고래나 상어보다도 빨리 헤엄칠 수 있게 되었구나. 눈도 밝아지고 힘도 강해진 기분이구나. 게다가 거북과 달리 물렁하던 등껍질이 바위처럼 단단해졌구나! 이제 토끼 간만 있으면 나도 고래랑 상어처럼 될 수 있는 것이야!"

산호초 군락지부터 꽃게들의 마을까지, 별주부는 잔뜩 신이 난 얼굴로 바다 이곳저곳을 쏘아 다녔다. 그러다 용궁 경비대와 마주쳤다. 용궁 경비대는 용왕의 친위대로 날쌘 돌고래들로 구성된 부대다. 그런 경비대에게 별주부는 다짜고짜 시비를 걸었다.

"야 이 씹어먹어도 시원찮을 돌고래 녀석들아! 네 녀석들이 그렇게 무시하고 씹어대던 이 별주부 님이 날쌘 몸과 강해진 힘으로 뭍에서 돌아왔다. 이제 네 녀석들 자리는 내가 차지할 것이야!"

"이보게, 별주부. 뭍에서 용왕께 드릴 토끼 간을 가져오랬더니 술이나 퍼마시고 온 건가? 그러니 자네가 아직도 민물에서 온 자라라고 무시당하는 것이야. 용궁 앞에서 난동을 피웠으니 당장 추포하겠네. 뭣들 하는가, 이자를 잡아라!"

경비대들이 별주부를 잡으려 했지만 별주부는 격렬히 저항하며 돌고래들에게 상처를 입힌다. 놀란 돌고래들은 별주부를 한꺼번에 둘러싸고 흠씬 두들겨 패주었다. 그런 다음 별주부를 미역 줄기로 묶어 용궁으로 데리고 갔다.

용궁 외곽에 위치한 생선 가시가 가득한 산호초 감옥에 갇힌 별주부는 비틀대며 경비대의 심문을 받았다.

"어이, 별주부. 자네 정말로 미친 건가? 왜 되도 않는 난동을 피운 건가? 그리고 뭍에서 무슨 약주를 먹었길래 정신도 나가고 몸도 전과 달라진 건가? 자네 무슨 이상한 약이라도 먹은 것이야?"

"크흐흐…. 좋은 약을 먹었지…. 아주 효력이 좋더구나. 예전 같으면 네놈들에게 닿지도 못했지만 이번에는 내가 여럿 상처 입혔지. 어때, 아프지 않은가?"

계속되는 심문에도 별주부가 실실 웃으며 이야기하자 경비대는 뭔가 이상한 낌새를 느끼고 토끼 간에 대해 물어본다.

"근데 별주부 자네 말이야. 자네 몸 어디에도 토끼 간이 없던데 간은 어디에 둔 것인가? 자네는 용왕님의 특명을 받고 뭍까지 올라갔다 온 게 아닌가. 용왕께서 며칠 사이 병세가 더욱 위독해지셨네. 간은 어디 있나, 별주부."

"크흐흐흐흐…. 그게 말일세…. 간이… 간이 말이야…. 아주 효력이 좋더군. 왜 용왕께서 토끼 간을 찾으시는지 단번에 알겠더군."

별주부는 얼굴을 들어 심문하는 경비대의 얼굴을 똑바로 쳐다보며 말했다. 그러고는 입을 벌려 간으로 시뻘게진 입속을 보여주며 미친 듯 웃어댔다.

"이제 긴장들 하시게. 토끼 간만 있으면 자라인 이 별주부도 이제 고래나 상어들처럼 강한 물짐승이 될 수 있으니 말이야. 내 더 큰 세상을 찾아 민물에서 바다로 왔으나, 이제는 또 다른 곳으로 가봐야겠네. 이제 육지로 올라가서 자네들을 어찌 씹어 먹어줄지 생각해보도록 하지."

"별주부 네 이놈! 용왕께 드릴 간을 네 녀석이 훔쳐먹었구나! 게다가 용궁의 귀한 핏줄인 고래와 상어를 모욕하다니! 네놈이 그러고도 살아남을 거라 생각했느냐!"

경비대는 별주부의 말에 분노하며 고문을 위해 전기뱀장어를 데리고 오라고 소리쳤다. 하지만 별주부는 시뻘게진 입을 벌려 기합과 함께 자신을 묶어둔 미역 줄기를 힘으로 끊어내고는 단단해진 등껍질을 이용해 산호로 된 문을 부쉈다. 그러자 바닥에 가라앉아 있던 생선 가시들이 모래와 함께 일렁이며 모래폭풍처럼 떠올라 경비대는 아무것도 볼 수 없었다. 이 틈에 별주부는 옥을 빠져나가 뭍을 향해 헤엄치기 시작했다.

"이 빌어먹을 돌고래 녀석들아! 나는 이제 그냥 자라가 아니란 말이다! 나를 너무 얕보았구나! 네 녀석들은 나를 약한 생물로 보아 미역 줄기와 산호 감옥으로 날 잡아둘 수 있을 것이라 생각했지. 하지만 네놈들은 틀렸다! 나는 육지로 가 고래와 상어보다 더 강한 존재가 되어 용궁으로 돌아올 것이다!"

별주부가 옥에서 탈출하자 경비대는 추격대를 보내 별주부를 쫓기 시작했다. 별주부가 토끼 간을 먹어 헤엄치는 속도가 빨라졌다고는 하나, 훈련된 돌고래들에 비할 바는 아니었다. 때문에 별주부는 경비대에 곧 잡힐 듯 해초 사이를 아슬아슬하게 헤엄치며 간신히 뭍으로 다가갔다. 경비대가 별주부를 잡기 직전 별주부는 바닷속으로 들어온 낚싯바늘을 스스로 물어, 그대로 물 밖으로 빠져나갔다. 낚싯바늘에 걸려 물 밖으로 솟구치는 별주부를 본 돌고래들은 경악을 금치 못하며 다른 낚싯바늘에서 멀리 떨어졌다.

"별주부 녀석 미쳐도 단단히 미쳤구나. 그 무섭다는 사람에게 자기 발로 직접 찾아가다니."

낚싯바늘에 걸려 물 밖으로 나온 별주부는 입에 걸린 낚싯바늘을 앞발로 빼버리고 바다로부터 멀리 도망치기 시작했다. 별주부를 낚은 어부는 바다에서 민물에서나 나오는 자라가 잡힌 것도 어처구니가 없는 일인데, 그 자라가 빠른 속도로 달려가니 더욱 가관이었다.

"자네 저것 좀 보게. 자라가, 저게 스스로 낚싯바늘을 빼고 저리 빨리 달려가네. 저런 자라를 본 적이 있나?"

"허허, 그것참 이상한 놈일세. 저 정도면 자라가 아니라 마치 토끼 같구려."

별주부는 빠르게 도망치며 낚싯바늘에 꿰뚫려 피가 뚝뚝 떨어지는 입으로 잔뜩 웃으며 소리쳤다.

"육지에서 맨날 바닥을 기어 다니다가 이렇게 빠르게 달리니 너무 좋구나!"

그렇게 용궁에서 도망친 별주부는 바다와 멀리 떨어진 숲속에 숨은 채 킬킬거리며 숨을 골랐다. 이후 나무 사이 웅덩이에서 며칠간 체력을 회복한 다음 토끼 사냥을 시작했다. 하루에 한 마리도 못 잡는 날이 많았지만, 토끼 간을 먹을수록 별주부는 힘도 세지고 더 빨라졌다. 별주부는 하루빨리 강해져서 용궁으로 돌아가기 위해 매일 토끼를 사냥했다.

그렇게 뭍으로 나와 토끼를 사냥한 지 얼마나 지났을까. 별주부의 몸은 강력한 뒷다리와 높은 청력을 가진 자라로 변해 있었다. 뿐만 아니라 속에서 진주가 나오기 시작했다. 속을 게워내면 진주가 나와, 그것으로 토끼를 꼬셔 매일 더 많은 토끼를 사냥했다.

그렇게 별주부가 뭍으로 올라온 지 일 년쯤 되자 별주부는 늑대와 싸워도 호각일 정도로 강해졌다. 한번은 토끼를 놓고 늑대와 싸우던 별주부가 늑대에게 이런 이야기를 들었다.

"어이, 자라 양반. 자네는 무슨 연유로 우리 사냥터에 와서 훼방을 놓는 건가?"

"나는 토끼 간을 먹으러 육지에 올라온 걸세."

"그럼 간만 먹으면 될 것이지. 왜 토끼 고기를 먹으려는 우리 늑대들까지 쫓아내는 건가?"

"자네들이 오면 내가 진주로 꼬신 토끼들이 도망가지 않는가. 자네들이 내가 잡은 토끼들을 쫓아내고 있단 말일세!"

"거참 이상한 자라구만. 내 여태까지 살면서 동물 간을 먹는 자라 얘기는 듣지 못했네. 자네는 도대체 왜 간을 먹는 건가?"

"강해지기 위해 먹는 걸세. 토끼 간을 먹으면 먹을수록 힘이 강해지고 몸이 날래진다네. 이렇게 강해진 몸으로 용궁으로 돌아가 고래와 상어 무리를 물리치고 용궁의 가장 강한 물짐승이자 신하가 될 걸세."

"거참 이상한 얘기로군. 강해지고 싶다면 토끼보다 강한 짐승의 간을 먹는 게 맞지 않나? 예를 들면 여우라던가…."

"자네 같은 늑대 간도 포함이겠지? 다른 짐승의 간도 먹어봤지만 몸이 강해지진 않았네. 그리고 다른 짐승의 간을 먹으면 그때부터 몸에서 진주가 나오질 않더군. 토끼 간을 먹을 때면 몸이 강해지고 몸에서 진주가 나오네."

"그럼… 사람 간은 어떤가. 사람 중에도 토끼와 같은 사람이 있다 하던데."

"그게 무슨 소리인가?"

"전에 사냥을 나갔다가 사람이 사는 마을 근처를 지나간 일이 있었는데 그곳에서 사람들 대화를 엿듣는 중에 사람들은 각자 동물 띠가 하나씩 있다 하더군."

"사람도 짐승인데 동물 띠가 있다니 이상하군."

"그중에 토끼띠도 있다고 하네."

"그럼 토끼 같은 사람이 있는 것인가?"

"그렇다기보다는… 토끼 성질을 타고난 사람이겠지? 아마?"

"혹시 그럼 자네들이 나를 좀 도와줄 수 있겠나?"

"뭐, 토끼띠 사람을 잡기라도 해달란 말인가?"

"그렇네."

"자네 미쳤는가? 사람은 안 되네. 사람 하나를 잡아먹었다가는 사람 무리가 우리 무리를 모두 때려죽일걸세. 사람은 똑똑하고 무서운 놈들이야. 그리고 수도 아주 많지."

"한 번만, 한 번만 어떻게 안 되겠나? 토끼띠 사람을 잡아주면 내 여태까지 모은 진주를 자네 무리에게 다 주겠네."

"그게 참말인가? 거짓말을 했다간 우리 무리에게 갈기갈기 찢겨질 걸세."

"당연 참말이지. 내가 지금 자네 혼자와 호각일 뿐, 자네 늑대 무리와 홀로 싸울 수 있겠는가."

"좋네. 하지만 우리 무리가 다 위험해지니 우리가 사람을 잡아다 줄 순 없어. 토끼띠 사람을 찾으면 자네를 부르도록 하지."

별주부는 늑대와 대화를 마치고 흥분되는 마음을 감추지 못했다. 사람의 간이라니. 그리고 사람 중에 토끼 성질을 타고난 자들이 있다니. 사람은 토끼보다 느리니 간을 훨씬 더 많이, 더 빨리 구해다 먹을 수 있을 거라는 생각에 별주부는 굉장히 흥분했다. 서둘러 더욱 강해져서 용궁에 돌아갈 수 있다는 기대에 부풀었다.

며칠이 지나자 늑대가 야심한 시간에 별주부를 찾아왔다.

"어이, 자라 양반. 사냥을 나가지. 토끼띠 나그네가 산속에서 잠이 들었네."

"토끼띠가 확실한가?"

"그럼 확실하지. 그 나그네가 잠들기 전에 동료에게 자신은 토끼띠지만 토끼답지 않게 겁이 없어 이런 산속에서도 무서워하지 않는다고 말하는 걸 내 똑똑히 들었네."

"그럼 사람이 한 명 더 있는 것인가?"

"그렇네. 두 명은 우리도 좀 힘드니 토끼띠의 동료가 자리를 떠나면 그때 공격하도록 하지. 그리고 진주는 지금 받겠네."

별주부는 늑대에게 그동안 모아놓은 진주를 주고 나그네가 잠든 모닥불 근처로 다가갔다. 높은 나무가 빼곡히 들어찬 고요한 숲속. 별주부와 늑대들은 숨죽이고 있다가 토끼띠 나그네의 동료가 뒤척이다가 일어나 소변을 보자 잠들어 있는 나그네를 빠르게 습격했다. 나그네가 짐승들에게 습격을 당하자 소변을 보던 동료는 이러지도 저러지도 못하다가 황급히 바지를 올리고 멀리 도망쳤다.

한바탕 짐승 소리가 멈추자 모닥불 근저에 누워있던 사람은 피투성이가 되어 별주부 앞에 누워있었다. 별주부는 잠시 큰 숨을 들이쉰 다음 허겁지겁 새빨간 사람의 간을 먹기 시작했다. 별주부가 간을 다 먹자 늑대는 별주부에게 별다른 변화가 없는지 물어봤다.

"어이, 자라 양반. 몸은 어떤가? 사람 간을 먹으니 어떤지 말 좀 해보게."

"잘 모르겠네. 기분이 좋은 듯하면서도 뭔가 씁쓸하네."

"거참 반응이 뜨뜻미지근하구만. 난 무슨 갑자기 사람이라도 될 줄 알았더니."

그때 산 위로 해가 떠올랐다. 햇살을 받은 별주부의 몸이 갑자기 부르르 떨리는가 싶더니 앞다리, 뒷다리가 길어지고 목이 짧아졌다. 그리고 피부가 사람의 것처럼 변했다. 별주부는 어느새 진녹색의 눈동자와 머리털이 하나도 없는 사람으로 변했다. 등에 있던 등껍질도 사라졌다. 별주부가 힘을 주자, 손바닥에서 여러 개의 진주가 올라왔다.

"자네 꼴이 무섭구만. 진짜 사람이 된 건가?"

"아마도 그런 것 같네. 이제 토끼 사냥터는 자네 무리가 가지게. 나는 토끼떼들을 사냥할 테니. 몸이 아주 개운하고 힘이 넘치는구만. 내가 그동안 바보 같은 생각을 했어."

"바보 같다니. 사람이 되고도 그게 무슨 소리인가?"

"그동안 나는 고작 용궁 최고 신하가 되는 걸 목표로 삼았네.

그게 아니야. 잘못 생각했어. 내가 말했던가? 우리 용왕님은 자신의 아비를 죽이고 옥좌에 오른 분이라고. 이제 나도 용왕처럼 지금의 용왕을 죽이고, 그 자리를 내 것으로 만들 걸세. 토끼띠들을 사냥하여 더욱 강해진 다음 용궁으로 찾아가 용왕과 그 무리를 쓸어버리고 내 직접 용왕의 자리에 올라 저 깊고 아름다운 바다를 다스릴 걸세."

사람으로 변한 별주부가 늑대를 보고 웃었다. 늑대는 별주부에게 뭐라뭐라 말을 했지만, 별주부는 늑대의 말을 듣지 않았다. 아니, 분명 방금 전까지도 늑대가 하는 말이 들렸지만 별주부의 귀에는 이제 늑대가 짖는 소리밖에 들리지 않았다.

"왜 사람들이 짐승을 쉽게 죽이는지 알겠군. 늑대 양반, 내 말이 들리는가? 내가 완전히 사람이 되기 전에 내게서 떠나게. 해가 중천에 떠있을 때쯤이면 시끄럽다고 자네를 죽이려 들지도 몰라."

기 방

　어두운 골목. 사람 몇 명이 골목 사이에서 피를 흘리며 누워있다. 그 골목을 조금만 걸어 지나가면 밝고 화려한 기방이 있다. 거리는 전체적으로 조용하지만 기방 앞에서의 말소리가 거리를 은은히 채우고 있다. 기생들은 높지만 상투적인 목소리로 기방 밖까지 한량과 무뢰배들을 배웅했다. 오늘은 꽤 높으신 분이 들렀는지 문 앞까지 행수가 나왔다. 기생들의 까랑까랑한 목소리가 잦아들고 기방의 손님들이 모두 돌아가자, 삿갓을 쓴 거구의 몸이 기방으로 다가가 행수의 어깨를 강하게 부여잡았다. 행수가 놀라 홱 돌아보자 그 앞에는 진녹색의 눈을 가진 남자가 진주 한 무더기를 들고 서있었다. 진주를 보자 불쾌함이 가득하던 행수의 눈에 친절함이 피어나기 시작했다.

"어머, 나리 힘이 굉장하시군요. 행색을 보아하니 나그네이신 듯한데, 기방엔 어인 일이십니까? 이 값비싼 진주들은 또 무엇이구요?"

"제안을 하나 하도록 하지. 결코 거절할 수 없을 걸세."

"나리 눈이 진녹색인 걸 보니 서역 땅에서 오신 분인가요? 서역 땅에선 진주가 많이 나오나 보죠?"

"아니, 나는 조선의 강에서 태어났다. 나는 서역인이 아니라 용궁의 별주부였지."

"자라는 용봉탕에서나 찾으시지 왜 기방에서 옛날 이야기를 하시는 거지요? 수궁가가 듣고 싶으시다면 장터의 소리꾼을 찾아가시지요."

"내가 별주부인 걸 믿든 안 믿든 그건 중요하지 않네. 내게 중요한 건 토끼띠 사람이고, 자네에게 중요한 건 값이 나가는 물건이겠지."

"그래서 이 야밤에 기방 행수에게 번쩍거리는 진주를 건네면서 하고 싶은 제안이 무엇입니까? 이 행수를 첩으로라도 들이고 싶으신 겐가요? 아쉽게도 저는 범띠입니다만."

"첩이 아니라 내 가림막이 되어주게. 그럼 매일 양손에 가득 찰 양의 진주를 약속하지."

"나리가 원하는 대가는 무엇입니까?"

"기방에 토끼띠들이 들어오면 내게 그 사람들을 보내주게."

"그 사람들을 어쩌시려고요?"

"그 사람들의 간을 빼낸 다음 그 안에 진주를 채워주겠네."

"결국 기방의 손님들을 죽이겠다는 말씀이시군요? 거절하겠습니다."

"왜지? 매일 이만큼의 진주가 쌓이면 무엇이든 살 수 있을 텐데."

"나리, 내 기방에서 사람들이 죽어 나가면 내 목이 날아가겠지요. 재물이나 권세도 살아있어야 누릴 것 아닙니까?"

"그럼 당장 죽어도 별 탈 없을 사람을 기방에 들이면 되지 않나."

"낮은 신분을 기방에 들이면 돈푼깨나 있는 높으신 분들이 기방으로 오지 않으시겠지요."

"그럼 별관을 마련해 낮은 것들을 들이면 되지 않나. 내가 앞으로 줄 진주의 양 정도면 대궐집도 살 수 있을 터인데. 게다가 이 고을에는 입에 풀칠하기도 어려운 양반들도 많고 말이야."

"…처음엔 행색을 보고 무시했는데, 나리는 방도가 다 있으셨군요. 좋습니다. 대신 진주부터 주시면 집을 한 채 사서 별관으로 만들지요. 그럼 될까요?"

"좋네. 지금부터 시작하게."

"만약 제가 끝까지 제안을 거절했으면 어찌하셨을 겁니까? 몸에 걸고 있는 도끼에 피가 묻어있는 것 같은데."

"눈썰미가 좋군. 그 진주에 자네 기방을 지키던 자들의 목숨 값도 포함일세."

"얼마 전 옆 고을 기방이 불탔다는 소문을 들은 적이 있습니다. 나리가 하신 일인가요?"

"소문이 빠르군. 눈치도 좋고."

"눈썰미 좋고, 소문 듣는 귀 있고, 눈치가 빨라야 이 일을 오래 할 수 있답니다. 들어오시지요, 별주부 나리. 걱정 마시고 편안히 머무시지요. 곧 별관을 준비하여 그곳에 나리의 거처를 마련하겠습니다."

"고맙네. 진주는 매일 약속대로 나갈 걸세."

"오늘 밤에 계집아이를 하나 들일까요?"

"토끼띠 계집으로 부탁하네. 내 직접 진주를 보여주지."

"…예, 나리. 곧 준비해서 들이겠습니다."

다음 날 죽은 토끼띠 기생의 몸에 가득 차있는 진주를 본 행수는 며칠 뒤 마련한 별관으로 별주부를 안내했다. 별주부는 별관의 안쪽 방에 자리를 잡았다. 그곳에서 매일 행수에게 진주를 건네줬다. 토끼띠 기생이 모두 사라진 뒤에 별주부가 토끼띠 간을 오랫동안 먹지 않으면 진주가 적게 나온다고 행수에게 말하자, 행수는 도망친 토끼띠 기생들 대신 길거리의 토끼띠 거렁뱅이를 찾아 개업 준비 중인 별관으로 들였다. 별주부의 방에 들어간 거렁뱅이는 별주부와 몇 마디 대화를 나누다가 손에 진주

몇 알을 쥐고는 간이 빠진 모습으로 내보내졌다. 거렁뱅이의 간이 빠진 곳에는 진주가 가득 차있었다. 진주로 채워진 거렁뱅이가 다섯쯤 되자 행수는 기방 본관의 운영을 자신의 심복에게 맡기고 별관으로 자신의 거처를 옮겼다.

별주부가 기방에 들어온 지 보름이 된 날, 별관은 기방 문을 열고 손님들을 받기 시작했다. 별관에선 본관보다 돈을 더 적게 받는다는 소문에 고을 사람들의 이목이 쏠렸다. 주머니가 가볍고 신분 낮은 사람들도 기방 별관으로 삼삼오오 찾아왔다. 본관을 이용하는 양반 중 몇몇은 이를 못마땅하게 여기기도 했지만, 수준 차이가 있으므로 곧 불만은 곧 사그라들었다.

별관을 개업한 지 일주일 정도 지나자 별주부에 대해 호기심이 생긴 기생들이 생겼다. 행수가 별주부를 극진히 모시는 모신다는 것, 그에게 토끼띠 사람을 소개시켜주면 귀한 진주를 준다는 것을 알아낸 기생들은 별주부를 더 많은 돈을 벌 기회로 여겼다. 기생들은 손님들과 이야기를 더욱 많이 나눠 손님이 토끼띠인지 아닌지를 알아냈다. 늘어난 대화와 기생들의 친절한 행실에 사람들은 더욱 별관을 많이 찾아왔다. 그리고 고을에는 토끼띠들이 하나씩 사라지기 시작했다.

"오라버니, 오라버니는 띠가 어떻게 됩니까?"

"허허, 오라버니라니. 나이 차이가 꽤 날 것 같구만."

"호호, 이 기방에 온 사내들은 젊으나 늙으나 제게는 모두 오라버니랍니다."

"근데 내 띠는 왜 묻는가?"

"사주를 봤는데, 제가 토끼띠랑 궁합이 그렇게 좋다지 뭡니까?"

"그런가? 그럼 나랑도 궁합이 좋겠군. 내가 토끼띠일세."

"어머, 진짜요? 나중에 가서 거짓말이면 아니 되어요!"

"거짓말 아닐세! 참말이지. 내 을묘년 생이네. 어때, 나랑 궁합 좀 보러 가겠는가?"

기생은 웃으며 을묘년 생 남자의 손을 이끌고 기방 안쪽으로 데리고 간다. 잔뜩 상기된 남자는 기생의 손에 이끌려 계속 걸어가다가 방을 계속 지나치자 의아해했다.

"이봐, 방은 아직 멀었는가?"

"뭐가 걱정되시어요? 오랜만에 궁합 좋은 사내를 만났는데 가장 좋은 안쪽 방으로 모셔야지요."

남자는 기생 손에 끌려 점점 별관의 외진 곳으로 들어갔다. 남자의 표정에는 걱정과 기대가 반씩 보이지만 기생의 얼굴에는 묘한 웃음이 보였다. 기방을 빙 돌아온 두 사람이 별주부의 방에 도착하자 기생은 방문 앞에 서있는 일꾼에게 눈짓을 했다. 그러자 방문이 열리고 별주부가 보인다. 기생은 멈칫하는 남자의 손을 강하게 당겨 방안으로 끌고 들어왔다.

별주부는 녹색의 침구 위에서 옆으로 누워 진주를 셌다. 별주부의 방은 전체적으로 녹색이 가득했다. 목재로 만들어진 가구들을 제외하면 모든 것들이 녹색이었다. 심지어 별주부는 진녹색의 옷을 입고 있다.

기생은 별주부 앞에 무릎을 꿇고 앉았다. 남자가 어리둥절하며 가만히 서있자 별주부는 낮은 목소리로 인사를 건넸다. 남자는 눈치를 보다가 기생처럼 천천히 자세를 낮춰 앉았다. 남자가 자세를 낮추자 별주부가 손짓으로 기생을 불렀다. 그러자 기생은 재빠르게 별주부에게 다가가 귓속말로 남자의 신상을 말했다.

"잠시 이 고을에 들린 보부상인데, 을묘년 생이라고 합니다."

기생의 말에 별주부는 고개를 끄덕이고는 기생에게 진주 세 알을 건넸다.

"고생했다. 요즘 이 방에 자주 오는구나. 마음에 든다. 그만 가보거라."

진주를 받은 기생은 옅은 미소를 띤 채로 방을 나간다. 남자가 녹색 방 밖으로 나가는 기생을 뚫어져라 쳐다봤지만 기생은 쏜살같이 방을 빠져나가 버린다. 방안에 무릎을 꿇고 앉아 이러지도 저러지도 못하는 남자에게 별주부는 말을 건넨다.

"이 고을에는 어쩐 일로 왔는가?"

"저, 저는 보부상이라 이 고을에 물건을 팔러 왔습니다."

"그럼 이 기방은 처음이겠군."

"예, 맞습니다."

"그래서 토끼띠라고? 내가 토끼띠들을 좋아해서 말이야."

"예, 을묘년생으로 토끼띠가 맞습니다. 그런데 토끼띠들을 좋아하신다는 말씀이 혹시 사내와의 궁합을 말씀하시는 겁니까?"

"기생이 또 궁합 이야기를 했나보군. 나는 사내와 계집을 가리지 않네."

"나리, 다른 사람을 구하시는 게 좋을 것 같습니다만…."

"내가 왜 자네 말고 다른 사람을 구해야 하지?"

별주부는 도끼로 몸을 떠는 남자의 목을 내리쳤다. 목에서 피가 솟구쳤다. 남자의 머리는 땅으로 굴러떨어지고, 눈에서는 빛이 서서히 사라졌다.

"내 자네에게 악감정은 없네. 하지만 이 몸이 용왕이 되는 길에 기여하는 것이니 기쁘게 생각하게. 자네의 희생은 내 꼭 기억하겠네."

남자의 배를 가른 별주부는 자신의 자리에 정좌하고 앉아 손으로 천천히 간을 씹어먹기 시작했다. 별주부가 간을 먹을 때마다 진녹색의 옷에 붉은 피가 튀었다. 간을 다 먹은 별주부는 흡족한 웃음을 지으며 간이 빠진 남자 몸에 진주를 가득 채워넣었다. 지금 나온 진주의 색은 아까 기생이 받은 진주의 색보다 훨씬 곱고 선명했다.

창호 문에 붉은 피가 튀자 행수와 일꾼들이 별주부의 방 앞으로 수레를 끌고 왔다. 별주부는 시체를 한 손으로 들고 문 밖으로 나와 행수가 가져온 수레에 실었다.

"이번에도 가득 채웠네. 그럼 다음 토끼를 기대하겠네."

"예, 용왕 나리. 고생 많으셨습니다. 기생들을 시켜 곧 다음 토끼들을 들이도록 하겠습니다."

행수는 이제 별주부를 용왕이라 불렀다. 별주부가 피 묻은 얼굴로 씩 웃고는 자리에 돌아가 앉자 일꾼들이 손걸레와 새 창호 문을 들고 와 피 묻은 바닥을 닦고 창호를 교체했다. 곧 별주부가 씻을 목욕물이 들어오자 별주부는 옷을 벗고 목욕물로 들어가기 전에 청소를 하고 있는 일꾼들에게 진주를 흩뿌렸다. 그러자 모든 일꾼이 "용왕님 감사합니다!" 외치며 허겁지겁 진주를 주웠다. 별주부는 그런 모습을 보고 호탕하게 웃으며 첨벙 소리와 함께 목욕물로 들어갔다.

거 북

기방의 별관은 문전성시를 이루었다. 그리고 고을에서는 사흘에 한 번 꼴로 토끼띠 사람이 소리소문없이 사라졌다. 별주부는 사람의 간을 많이 먹어서인지 민머리에서 머리카락이 올라오고 팔과 다리에도 털이 올라오기 시작했다. 털 없는 짐승인 자라였던 별주부는 자신의 몸에서 올라오는 털을 심히 불쾌해했다. 하지만 별주부는 계속 강해졌다. 힘은 점점 세지고 몸은 민첩해졌다. 그리고 백옥같이 하얀 아주 아름다운 진주는 계속 몸에서 솟아났다.

토끼 간만 먹던 별주부는 이제 사람이 먹는 음식도 먹기 시작했다. 토끼 간을 못 먹는 날이면 항상 굶주리던 별주부였지만, 밥 냄새에 이끌려 부엌에 들어온 이후에는 매일 세 끼 식사를 했다.

별주부의 식사를 책임지는 이는 얼마 전에 기방에 새로 들어온 현이라는 일꾼이었다. 다른 이가 해준 밥과 달리 현이가 해준 밥은 맛이 월등히 좋아 별주부는 항상 현이가 해준 밥을 먹었다. 현이가 들어온 지 한 달이 넘자 별주부는 녹색 방으로 현이를 불렀다. 그리고 만족스러운 표정으로 짧은 머리카락이 솟은 머리를 끄덕이며 현이가 해준 밥을 먹었다. 현이는 그런 별주부 앞에 웅크린 채로 엎드려 별주부의 눈치를 보고 있었다.

"밥맛이 아주 좋구나. 네가 해준 밥이 다른 이들이 한 것과는 확연히 다르구나."

"감사합니다, 나리."

"자, 진주 세 알이다. 가지거라. 네 요리에 대한 보답이다."

"나리는 좋으시겠습니다. 몸에서 진주도 나오고. 누군 몸에서 소금밖에 안 나오는데 말입니다."

"그게 무슨 소리냐?"

"용궁에서 나리를 본 적이 있습니다. 돌고래들한테 무시를 받고 계셨지요. 그런데 이런 모습으로 육지에 계시다니 놀랐습니다."

"…말을 지어내지 마라. 죽고 싶은 것이냐?"

"지어내다니요. 제가 직접 봤지요. 저는 용궁의 무수리였습니다. 무수리들은 용궁의 그림자 같은 존재지만 용궁 내에 모르는 이야기가 없지요."

"허튼소리. 네 모습은 사람인데 어찌 용궁의 무수리라 거짓을 말하느냐?"

"나리 관직이 종6품 주부(主簿)이시지요? 그래서 자라 별(鼈) 자를 써서 별주부 나리이시고요. 종6품 관직이시면 먹고살만 하셨을 터인데, 어찌 경비대에게 행패를 부려 뭍으로 도망치셨습니까? 저 같은 무수리들은 종으로 태어나 아무리 노력하여도 관직을 갖지 못하는데 말입니다."

"네 이름이 무엇이냐."

"원래 거북이었던 몸이라 계속 거북으로 불렸으나, 육지로 올라와서는 현이라는 이름을 스스로 지어 살고 있습니다."

"어떻게 사람이 된 것이냐."

"사람 간을 먹었지요. 더 자세히 말하면 토끼띠의 간을 먹었습니다."

"육지에는 어떻게 올라온 것이냐."

"용왕은 병세가 악화되자 토끼 간을 가져올 자라와 거북을 찾았습니다. 그런데 용궁에 하나 있던 자라인 나리는 토끼 간을 먹고서 뭍으로 도망갔습니다. 용궁에 하나 있던 거북은 무수리인 저이지요. 그 뒤 용왕의 특명을 받아 상어 이빨 칼로 토끼를 잡아 간을 꺼냈습니다. 근데 용궁으로 돌아가려 하니 답답하고 힘든 무수리 생활이 있는 곳으로 다시 가기가 싫었습니다. 그때 나리 생각이 났습니다. 저도 나리처럼 토끼 간을 먹었지요. 그리고 시간이 흘러 이렇게 육지에서 별주부 나리를 뵌 것이고요. 모두 나리 덕분입니다."

"그럼 나에게 접근한 건 무엇 때문이냐."

"무엇 때문이겠습니까. 토끼 간 때문이겠지요. 나리는 몸에서 귀한 진주가 나오니 행수를 설득해 기방의 좋은 방을 얻을 수 있지만, 저는 그럴 수가 없으니까요. 제 몸에서는 소금만 나오고, 토끼 간을 안 먹으면 나오는 소금마저도 질이 떨어져 나리께 맛있는 식사도 못 드립니다."

"토끼 간을 먹고 나를 죽이려 하는 것은 아니더냐?"

"그리하려 했으면 벌써 음식에 독을 탔겠지요. 그리고 저는 토끼 간을 먹는다고 나리처럼 민첩해지거나 힘이 세지지 않습니다. 토끼 간을 먹는다고 강해지지 않지요."

"위협은 되지 않는 거북이라고 말하고 싶은 것이냐."

"위협은 되지 않으나 도움은 될 것입니다. 저는 간을 먹으면 그 간의 주인의 모습으로 변할 수 있습니다. 외모도 체형도 목소리도 똑같지요. 지금 이 몸도 제가 먹었던 간 주인의 모습입니다."

"그래서 여러 사람의 모습으로 변하여 내게 도움이 되겠다는 말이냐?"

"예, 나리. 간만 먹으면 그 사람으로 변할 수 있습니다. 기생이든 한량이든 행수든 상관없습니다."

"좋다. 그럼 날 도와주는 대가로 네가 원하는 것이 무엇이냐."

"저는 먹는 양이 작아 간이 많이 필요하지 않습니다. 제가 나리의 사냥을 도와드리면 제게 사람 귀 크기만큼의 간만 잘라주십시오. 나머지는 나리가 전부 드시고요."

"좋다. 그럼 이제 어떻게 할 것이냐. 이렇게 계속 기방의 일꾼으로 살아갈 것이냐?"

"아닙니다. 제가 직접 기방 손님들을 나리께 데리고 오겠습니다. 곱게 생긴 토끼띠 기생 하나를 잡아주십시오. 그럼 제가 그 간을 먹고 고운 기생이 되겠습니다."

거북의 말에 별주부는 고개를 끄덕이고는 행수를 불렀다. 기방에 있는 토끼띠들은 이미 다 도망치거나 죽은 지 오래라, 행수는 다른 기방에 가 진주 한 뭉치를 주고 외모뿐만 아니라 미소와 목소리도 고운 기생을 데리고 왔다. 별주부는 기생의 생년과 이름을 물었다. 기생이 기묘년생으로 올해 만으로 스물하나이며 자신의 이름은 끝단이라고 말했다. 거북은 기생을 뒤에서 강히게 밀쳐 넘어뜨렸다. 기생이 놀라 고개를 돌려 거북을 돌아보자 별주부는 바로 도끼를 휘둘러 기생의 목을 으스러뜨렸다. 별주부는 죽은 기생에게 바로 다가가 배를 가르고는 간을 꺼내, 약속대로 거북에게 간을 건넸다.

"약속한 귀 크기의 간이다."

별주부는 거북을 빤히 바라보며 손으로 귀 크기의 간을 뜯어 거북에게 건넸다. 거북은 그 간을 받고는 허겁지겁 먹었다. 곧 거북의 몸이 앞에 있는 죽은 기생으로 변하기 시작했다. 별주부는 간을 우적우적 씹으며 그 모습을 천천히 바라봤다. 거북의 변신이 끝나자 별주부가 손에 들고 있던 도끼를 내려놓고는 거북을 자신 옆에 앉혔다.

"내 솔직히 너를 믿지 않았다. 용궁에서 보낸 자객일 수도 있다고 생각했지. 근데 지금 네 모습을 보니 그렇지 않구나. 간을 허겁지겁 먹는 걸 보니 간에 대한 탐욕에 굶주린 것이로구나. 이제는 내가 도와주마. 다만 조건이 있다. 앞으로 내가 갈 용왕의 길을 끝까지 도와라. 그럼 내 너에게 용궁의 정승 자리를 주마. 하지만 날 배신했다간 내 도끼에 목이 으스러질 것이야."

"예, 나리. 충성을 다하겠습니다. 저는 귀 크기만큼의 간이면 만족합니다."

별주부에게 웃으며 말한 거북은 자리에서 일어나 옷을 갈아입기 시작했다. 거북은 피 묻은 죽은 기생의 옷으로 갈아입고는 기생에게 자기가 입고 있던 옷을 입혔다. 그러고는 사람을 불렀다. 천천히 수레와 행수가 별주부의 방으로 들어왔다. 별주부는 방에 들어온 행수를 보고 피로 물든 입으로 씩 웃으며 거북의 옷을 입고 있는 죽은 기생의 뱃속에 진주를 가득 채웠다. 그러고는 일꾼들에게 진주를 뿌리며 신나게 소리쳤다.

"크하하하하! 어서 목욕물을 내오거라!"

일꾼들은 "용왕님 감사합니다!"라고 외쳐대며 진주를 황급히 주운 후 목욕물을 준비하러 후다닥 방을 나갔다. 진주를 확인한 행수는 자주 보던 현이는 보이지 않고, 죽은 기생의 시체와 별주부 옆에 있는 여인의 얼굴이 똑같은 것을 보고 의아한 표정을 지었다. 그러자 별주부는 환하게 웃으며 행수에게 말했다.

"토끼 간을 먹은 용궁 물짐승이 나 말고 또 있었지 뭔가? 내 이제부터 이 아이를 수족처럼 부릴 것이니 잘 대해주게."

"그 아이도 진주를 원하는 것이 아닙니까?"

"아니, 이 아이는 진주가 아닌 간에만 관심 있네. 그러니 걱정 말게. 자네의 진주가 줄어들지는 않을 것이니."

"나리의 뜻이니 상관하지 않겠습니다. 저는 진주만 받으면 됩니다."

행수의 말이 끝나자 별주부는 거북의 어깨를 두드리며 호탕하게 웃는다. 진주를 채운 시체가 수레에 실려 나가는 걸 본 행수는 별주부에게 인사를 하고는 방을 빠져나갔다. 거북은 간을 질겅질겅 씹던 별주부에게 바뀐 목소리로 나긋하게 말했다.

"오늘부터는 거북이 아닌 끝단이로서 나리를 보필하겠습니다."

물

거북이 현이에서 끝단이 된 뒤로 석달이 지났다. 그동안 별주부의 방에 수많은 토끼띠들이 들어갔다. 간을 자주 먹은 탓인지, 어느새 거북은 간에서 역한 냄새가 난다고 느끼고 있었다.

그리고 그런 거북 앞에 또다시 새로운 토끼띠가 나타났다. 이 고을에 물건을 팔러 온 청년 한 사람은 끝단의 외모와 사근사근한 말투에 금세 매료되었다. 술에 취한 청년은 이런 거북의 모습을 빤히 쳐다보고 거북은 자신에게 푹 빠진 청년에게 말했다.

"오라버니, 돈 구경 좀 하시렵니까?"

"돈 구경? 돈이면 언제든 좋지."

"호호, 역시 장사꾼이라 그런지 돈 얘기에 눈이 번쩍 뜨이시는군요?"

청년이 술에 취해 풀려 있던 눈을 반짝거리고 끝단을 쳐다보자, 끝단은 귓속말로 청년에게 기방 안쪽에 진주를 주는 기묘한 사내가 있다고 말했다.

"그 기묘한 사내는 몇 가지 질문에 답만 해주면 들어주면 진주를 그냥 준답니다. 신기하지요?"

"그게 진짜인가? 날 속이는 건 아닐 테지?"

"호호호, 궁금하시면 직접 가보시면 되지요. 그리고 만약 그게 진짜가 아니면 제가 술 한잔 대접하지요. 손해 보는 장사는 아니지 않습니까?"

끝단은 눈웃음치며 청년의 허리를 감싸자 청년은 고개를 끄덕이며 좋다고 말했다. 그러자 끝단은 씩 웃으며 자리에서 일어나 천천히 청년을 방 밖으로 이끌었다. 청년은 나풀거리는 거북의 뒷모습을 보며 점점 기방의 외진 곳으로 들어갔다. 청년은 뭔가 이상한 느낌이 들었지만 차마 말하지 못하고 헛기침만 몇 번 할 뿐이었다. 끝단이는 곧 다와가니 너무 걱정 말라고 말했다. 걸어갈수록 닫힌 문이 많아지고 어두워졌다.

마지막 갈림길이 나오고 오른쪽으로 돌자 별주부의 방이 나왔다. 문 밖의 일꾼이 끝단과 청년을 보고 조용히 문을 열자 미소를 짓고 있는 덥수룩한 머리의 별주부가 있었다. 청년은 진녹색 눈을 가진 별주부를 보자 긴장했지만, 끝단이의 손에 이끌려 방안에 들어섰다.

"자네도 소문을 듣고 왔나 보군."

별주부가 낮은 목소리로 말을 걸자 청년은 그렇다고 대답했다. 그러면서도 눈은 별주부 책상 위에 있는 진주에서 떼지 못했다. 끝단은 별주부에게 천천히 다가가 청년에 대해 귓속말로 알려주고는 책상 위 진주들 중에 세 알을 가져갔다.

"그럼 몇 가지 물어보겠네. 자네는 토끼띠가 맞는가?"

"예, 나리. 저는 정묘년 생으로 토끼가 맞습니다."

"좋네. 이 고을에 물건 팔러 온 장사꾼이 맞는가?"

"예, 나리. 저는 장사꾼입니다."

"좋구만. 내가 토끼띠들만 찾아 진주를 주고 있네. 그 이유는 아주 간단하지. 내가 토끼띠들을 좋아하네. 아쉽게도 다른 띠들은 몸에 안 맞아서 말이야. 다른 띠들을 먹으면 몸에 힘이 빠지고 머리가 어지러워 도통 정신을 차릴 수가 없어. 게다가 몸에서 진주도 안 나오고 말이지. 하지만 토끼띠들은 내게 아주 잘 맞아서 몸도 개운하고 진주도 아주 잘 나온다네. 그러니 어떤가. 자네도 진주가 원해서 온 것일 테니 내게 가까이 오지 않을 텐가?"

별주부의 말이 끝나자 청년은 도무지 무슨 말인지 이해하지 못하고 별주부와 끝단을 번갈아 쳐다볼 뿐이었다. 끝단은 청년을 흘깃 보고는 방 밖으로 나갔다.

"저, 나리. 그 토끼띠를 좋아한다는 말씀이 무슨 뜻인지 잘 모르겠습니다만…."

"거참 별게 다 궁금하군. 내가 자네 간을 좋아한다는 말이지."

"간? 간 말씀이십니까?"

청년이 의아해하며 되묻자 별주부는 붕 하고 날아 청년을 쓰러트리고 얼굴에 도끼를 들이민다.

"아직도 모르겠나? 내가 왜 간을 좋아한다고 하는지."

"나리! 살려주십시오! 토끼띠! 토끼띠 때문에 그러시는 것이면 저는 토끼띠가 아닙니다!"

"뭣이?"

"제 생년은 제 부모가 어린 저를 데려간 날로 알고 있습니다. 제 부모는 제가 돌이 넘어 주워왔다고 했으니, 저는 필시 토끼띠가 아니라 범띠일 것입니다."

청년의 다급한 변명에 별주부는 도끼를 내리치려던 손을 멈췄다. 그 순간 청년은 빠르게 일어나 방문을 열고 도망쳤다. 청년이 소리를 지르며 달려가려는 순간 청년 옆구리에 칼이 깊숙이 박혔다. 청년은 외마디 탄식을 내뱉고 그대로 바닥으로 쓰러졌다. 끝난이 무표정한 얼굴로 피 묻은 단도를 들고 있었다.

"임기응변이 대단하구나."

거북이 쓰러진 청년에게 나지막이 말하자 별주부가 도끼를 들고 쿵쿵거리며 방밖으로 나온다.

"저놈이 진짜 토끼띠가 맞느냐? 저놈 말로는 아니라 하던데."

"그래서 당황하셨습니까. 저자는 토끼띠가 맞습니다. 아까 저에게 말하기로는 자신의 사주가 적힌 쪽지가 있었고 그 쪽지에는 정묘년 생이라고 적혀있었다고 자기 입으로 직접 말했습니다."

손님 앞에서는 고운 미소를 보이는 거북이지만 별주부와 대화할 때는 차가움만이 느껴졌다.

"확실한 것이냐. 허튼 간을 먹으면 용왕으로 가는 길에 차질이 생긴다."

"확실합니다, 나리. 다음부턴 일단 죽이시고 나중에 저에게 물어보시지요."

"내게 간을 많이 들였다고 태도가 점점 오만방자해지는구나."

"오해십니다, 나리. 이제 그만 간을 드시지요."

"네 공로가 큰 것은 알지만, 선은 지켜야 할 것이야."

"아무렴요, 나리. 유념하겠습니다."

별주부는 끝단의 말투가 마음에 안 드는 듯 헛기침을 크게 여러 번 하며 간을 꺼내 먹었다. 그러고는 귀 크기만큼의 간을 잘라 끝단에게 던졌다. 그런데 끝단은 간을 받고는 먹지 않고 손에 들고만 있었다.

별주부는 간을 다 먹자 준비된 목욕물로 들어간다. 첨벙 소리와 함께 물줄기가 사방으로 퍼지지만 땅에 떨어지지 않았다. 별주부와 거북은 그 모습을 보고 공중에 떠있는 물방울을 건드렸다. 끝단이 물을 건드리면 땅으로 떨어지지만, 별주부가 건드려도 계속 떠있었다. 별주부가 이에 놀라 물을 향해 몇 번 손짓을 하자 물줄기가 별주부의 손짓에 따라 움직였다.

"나리, 이건 설마."

"그래, 거북아. 이제 힘이 거의 다 완성된 것 같다. 물을 다룰 수 있으니 용궁 놈들도 충분히 제압할 수 있을 것이다. 이제 용궁으로 들어갈 일이 얼마 안 남았구나."

"나리, 축하드립니다."

끝단의 축하에 별주부는 껄껄 웃었다. 하지만 끝단의 표정은 그리 밝지 않았다.

다음 날, 별주부는 물이 담긴 대야를 방에 들여 힘을 단련하기 시작했다. 심지어 별주부는 물을 사용하여 토끼띠를 죽이기 시작했다. 별주부는 끝단이 데리고 오는 토끼띠들에게 사발에 담긴 물을 쏘아 보다 간편하게 목숨을 앗아갔다. 덕분에 일꾼들의 일도 줄었다. 도끼로 찍는 것보다 피가 많이 튀지 않았고, 토끼띠들이 날아날 기회도 적어졌다. 이렇듯 물을 다루는 힘의 효과를 본 별주부는 거북에게 간을 더 크게 떼어 주기 시작했다.

"이제 간을 귀가 아니라 손 크기로 먹거라. 네 녀석도 강해져야 용궁으로 갔을 때 대업을 이루기 편할 것이 아니냐. 고래와 상어들은 만만한 놈들이 아니다."

"나리, 저는 귀 크기의 간이면 충분합니다."

"왜 이제 간이 먹히지 않느냐? 하긴 이만큼 먹었으면 더 이상 간에 대한 욕구도 사라졌겠지. 하지만 그래도 먹거라. 네 녀석도 물을 다룰 수 있어야 내게 쓸모가 있을 터이니."

"쓸모라면 이미 있지 않습니까, 나리. 닷새 전에도 엊그제도 그리고 오늘도 제가 토끼띠들을 이 방으로 들여왔습니다."

"아니, 용궁으로 돌아간 뒤를 생각해서 하는 말이다. 용궁으로 가면 난 내게 쓸모없는 자들이나 대업에 방해가 되는 자들은 다 죽일 것이다. 행수도, 이 기방도 그리고 이 고을도. 너도 예외가 아니다. 요즘 들어 간과 진주를 바라보는 네 눈이 예전과는 다르다. 이제는 간보다 진주를 더 사랑하게 된 것이냐? 넌 간만 주면 내게 충성을 바친다고 하지 않았느냐. 네 말을 지키는 게 네가 목숨을 보전하는 길이다."

"나리는 왜 굳이 다시 용궁으로 들어가려 하십니까. 용궁보다 이곳이 더 편하지 않습니까. 나리의 몸에서 나오는 진주라면 육지에서 떵떵거리며 살 수 있을 것입니다."

"사람의 몸을 가지더니 마음도 사람처럼 바뀐 것이냐? 내가 용궁으로 돌아가는 이유는 그곳이 내가 있을 곳이고, 그곳에 내가 원하는 것이 있기 때문이다. 물짐승이 육지에서 무얼하겠느냐. 나는 내가 있던 용궁으로 돌아가 그곳에서 지존이 되어 바다를 다스리겠다. 네 본 모습도 나와 같은 물짐승이니 나를 따르거라. 내가 주는 간을 먹어 더욱 강해지거라. 이것이 앞으로 용왕이 될 이 별주부의 명이다."

"알겠습니다, 나리. 명을 받들겠습니다."

끝단의 모습을 한 거북이 머리를 조아리고 대답하자, 별주부는 손에 들고 있던 간을 잘라 거북에게 던졌다. 피가 떨어지는 붉은색 덩어리가 거북에게 굴러갔다. 별주부는 머리맡에 떨어진 간을 줍고는 별주부의 눈치를 보다가 꾸역꾸역 입에 넣었다. 간을 먹으면 먹을수록 거북의 눈이 빨갛게 충혈됐다. 별주부는 그 모습을 보면서 간을 한 움큼씩 베어 물며 말했다.

"나라고 그동안 수없이 먹은 간이 물리지 않겠느냐. 매일 사람의 간 냄새가 역하게 다가온다. 하지만 강해지고 원하는 바를 이루기 위해서는 참아내야 할 일이 있는 것이다. 많이 먹고 더욱 강해지거라. 물을 다루는 힘을 얻고 또 연마하여라. 그래야 네가 내게 쓸모가 있을 것이니."

별주부는 말을 마치고는 간을 모두 먹어 치웠다. 거북은 그런 별주부를 바라보며 먹히지 않는 간을 계속 목구멍으로 쑤셔 넣었다. 거북의 고운 히늘색 소매가 피로 조금씩 물들어갔다.

아 씨

해가 환하게 뜬 오후에 끝단은 장신구 상점 앞을 어슬렁거렸
다. 햇살이 비치는 거리에 사람들이 북적거리고 여기저기 흥정
하는 소리가 들려왔다. 끝단은 이렇게 소란스러운 거리를 잔잔
한 미소를 띠며 걸어갔다. 걸을 때마다 복주머니 안에서 진주들
이 부딪히는 소리가 들려왔다. 별주부가 잠든 낮이면 끝단은 진
주를 들고 거리를 걸으며 늘어선 장을 구경했다. 소매에 피 얼
룩이 묻어있었다.

진주가 부딪히는 소리가 들리자 잠시 끼니를 때우고 있던 장
신구 상인이 황급히 나와 끝단을 맞이했다.

"아이구, 안녕하신가. 오늘도 오셨나?"

상인의 말에 끝단은 옥색의 귀걸이와 반지를 가리켰다. 이에

상인은 헤벌쭉 웃으며 끝단이 가리킨 귀걸이와 반지를 포장했다.

"아이고, 오늘도 와줘서 감사하네. 그런데 이리 장에 자주 나오시는가. 사람을 시켜도 될 터인데."

"바깥바람을 좀 쐬고 싶어서 말이지요."

"암, 암. 오늘 날씨도 좋고 하니 실컷 나들이하시다 들어가시게."

상인이 포장된 장신구를 건네자 끝단은 씩 웃으며 진주가 가득한 복주머니를 좌판에 툭 내려놓았다.

"필요한 게 있으면 뭐든 마련해놓을 테니 또 오시게."

끝단이 헤벌쭉 웃는 상인을 지나치려는 찰나, 노란 비단옷을 입은 젊은 여인 하나가 눈에 띄었다. 끝단은 잠시 쳐다보다 상인에게 물었다.

"저기 저분은 누구신가요?"

"저분은 이 고을 대감마님의 손녀 아씨시지. 대감마님은 지금 한양에 계신다네."

"나이는 이렇게 되시는지 알고 있으신가요?"

"나이는… 올해로 스물하나 되셨지. 우리 딸아이 태어난 해에 저 아씨께서도 태어나셨으니까. 근데 그것은 어찌 묻나?"

"스물한 살이면… 기묘년생으로 토끼띠이시려나요?"

"그렇지. 우리 아이가 토끼띠이니."

"혼인은 아직 안 하셨겠네요?"

"그렇지. 한양에 계신 대감마님이 워낙 아씨를 아끼셔서 아무에게나 시집 보내지는 않겠다 하신다지."

"그런가요? 아씨의 표정이 밝고 고운 게 행복해 보이시네요."

"집안 어른들의 사랑을 듬뿍 받은 귀한 아씨라네."

끝단은 상인의 말이 끝나고도 한참을 아씨를 바라보았다. 아씨가 토끼띠라는 말이 계속 머리에 맴돌았다.

밤이 되자 끝단은 낮에 산 옥 반지를 손가락에 끼고 또 다른 토끼띠를 별주부의 방으로 데려왔다. 방에 들어온 토끼띠는 별주부를 볼 새도 없이 목숨을 잃었다. 별주부의 힘은 그새 더욱 커져, 물을 가시처럼 예리하고 단단하게 만들어서 빠르게 날려 사람을 꿰뚫었다. 그 옆에는 산산조각이 난 가마솥도 있었다.

끝단의 모습을 한 거북도 별주부의 감시 아래 수많은 간을 먹고 물을 다룰 수 있게 되었다. 그러면서 토끼띠를 죽이고 간을 꺼내는 일이 일사천리로 이루어졌다. 별주부가 토끼띠를 죽이면 거북이 물을 이용해 배를 가르고 간을 꺼냈다.

간을 먹고 나면 별주부와 거북은 물로 반구형의 물 벽을 만들어 둘의 이야기가 새어나가지 않게 했다. 별주부는 앞으로 남은 육지에서의 계획과 바다로 들어가서 벌어질 전투에 대한 이야기 그리고 용왕이 되고 나서 자신이 어떻게 용궁을 통치할 것인지를 이야기했다. 별주부가 이런 이야기를 할 때마다 거북은 손에 낀 옥 반지를 매만지며 중간중간 고개를 끄덕였다.

이야기가 끝나 물 벽이 걷히고 별주부가 잠이 들면 거북은 해가 뜬 밖으로 나와 고을을 돌아다니는 사람들을 바라봤다. 그리고 다시 밤이 되면 돈 없는 자들에게 진주를 얻을 기회가 있다고 유혹해 그들을 죽이고 간을 꺼냈다. 간을 꺼내는 날이 많아질수록 거북의 힘은 단련되어갔다. 별주부는 물을 점점 능수능란하게 다루는 거북을 보며 흡족한 미소를 지었다.

거북이 기생 끝단의 몸이 된 지 여섯 달이 지났다. 별주부는 덥수룩하게 자란 머리카락을 전부 밀고 도끼를 날카롭게 갈기 시작했다. 그리고 깊은 밤에 거북을 불러 물 벽을 치고 거북에게 말했다.

"이제 때가 되었다. 이번 달을 끝으로 이곳을 떠나 용궁으로 돌아갈 생각이다. 그 전에 나의 힘을 시험하기 위해, 이 고을을 쑥대밭으로 만들겠다."

"기방뿐만 아니라 고을까지 말입니까?"

"그렇다. 내 목표는 용궁 점령이다. 그러려면 적어도 이 고을 하나 정도는 내 힘으로 없앨 수 있어야 하지 않겠느냐?"

"고을 중앙에 개천이 흐르니 그 물을 이용하면 쉽게 싸우실 수 있을 겁니다."

"좋다. 곧 내가 용궁으로 갈 날을 알려줄 터이니, 넌 날 돕기 위해 그동안 네 힘을 길러 준비하거라."

"예, 나리."

별주부의 방에서 나온 거북은 손에 낀 반지를 계속 매만지다가 해가 뜨자 장이 선 거리로 나갔다. 그곳에서 옥 반지를 산 거북은 저번에 보았던 아씨를 다시 보게 되었다. 아씨는 곱게 웃으며 장에 나온 물건들을 구경했다. 장신구 상점 앞에서 옥 반지를 손에 들고 아씨를 뚫어져라 쳐다보던 거북은 상인에게 나지막이 말을 걸었다.

"저 아씨의 댁이 개천 너머에 있는 기와집이 맞나요?"

"그렇지. 전에도 그렇고, 아씨 얘기는 왜 자꾸 물어보는 겐가?"

"그냥… 저 아씨가 행복해 보여서 그럽니다."

의아해하는 상인을 뒤로하고 거북은 기방을 향해 발걸음을 옮겼다. 거북은 기방으로 돌아가며 눈부신 파란 하늘을 쳐다봤다. 그러다 개천 징검다리를 건너가던 거북은 물을 이용해 날아가는 새 한 마리를 떨어트렸다. 개천에 새가 떨어지자 핏물이 퍼졌다. 거북이 개천에 퍼지는 피를 바라보자 피가 새의 몸에서 솟구쳐 나왔다. 그리고 잠시 뒤 나왔던 피들이 물과 함께 다시 새의 몸으로 들어갔다. 하지만 흘러나온 피가 다시 들어간다고 죽은 새가 다시 살아돌아오지는 않았다. 죽은 새의 사체가 개천 아래쪽으로 흘러가자 거북은 천천히 기방으로 다시 걸어갔다.

토끼

민머리의 별주부가 붉은 옷을 입고 방안에 좌정하여 앉아있었다. 기방은 한창 영업 중이지만, 거북은 손님을 맞는 대신 별주부 앞에 앉아있었다. 거북은 하늘색 기생 옷 대신 푸른색 바지와 저고리를 입었다. 기방 안은 취객과 악공의 연주 소리로 시끄럽지만 별주부의 방안은 무언가 비장한 듯 고요했다.

"오늘 나는 용궁으로 떠나기 전 이 고을에서 내 힘을 시험해볼 것이다. 오늘 살육이 끝나면 바로 용궁으로 갈지 아니면 간을 더 먹어야 할지가 결정이 날 것이다. 이미 전에 내 대업에 쓸모가 없거나 방해가 되는 것들은 모두 죽인다고 단언했다. 네가 용궁보다 진주를 더 사랑하는 것 같아 잠깐 실망했으나, 너의 단련된 힘을 보니 너는 충분히 내게 쓸모가 있어 보이는구나.

따라서 오늘 이 고을에서 너를 제외한 모든 것들을 없애버릴 것이다. 이곳은 나의 첫 번째 거사이니 잘 지켜보거라."

"나리, 그동안 우리를 도왔던 행수와 기생들도 죽이는 것이지요?"

"그렇다. 대업을 위해서는 나에 대한 말이 흘러나가지 않아야한다. 기방 사람들도 전부 죽일 것이다. 일꾼, 기생, 행수 할 것없이 모두 죽여야 대업에 차질이 없을 것이다."

"예, 나리."

"그리고 너는 지켜보기만 하거라. 너의 힘을 못 믿는 것은 아니나 몸이 약한 네가 오늘 있을 싸움에서 혹시라도 다쳐서 회복에 시간이 걸린다면 대업에 영향을 미친다. 그러니 너는 내가고을을 없애는 동안 내가 알려주는 이들을 찾아 간을 모아놓거라. 이 고을에서의 모든 일이 끝나면 그 간들을 먹고 기력을 회복한 후 바로 용궁으로 갈 것이다."

"나리, 어떤 이들을 사냥하면 되는지요?"

"네가 사냥할 간은 장신구 상인의 딸인 최오선, 고을의 의원인 정고석, 우의정 집안의 손녀인 김우현이다. 최오선은 장신구상점에 아비와 같이 있고 의원은 의원에 있을 것이다. 김우현은개천 너머에 있는 기와집에 살고 있으니 그리로 가거라."

"예, 나리."

"이제 나리가 아니라 용왕님으로 부르거라. 곧 그날이 머지않

앉으니."

별주부는 이 말을 끝으로 방을 뛰쳐나가 도끼를 휘두르기 시작했다. 가장 먼저 문 앞에 있던 일꾼이, 그리고 길을 지나가던 기생이, 그다음은 술을 마시고 있던 손님이 비명과 함께 즉사했다. 놀란 행수가 뛰쳐나와 별주부에게 소리쳤지만, 별주부는 술병에 있는 술로 행수의 목을 베어버렸다. 기방의 사람들이 혼비백산하여 밖으로 도망칠 때, 거북은 천천히 자리에서 일어나 도망가는 사람들 사이를 차분히 걸어갔다. 화려한 기방 곳곳에 피가 흩뿌려졌다. 거북이 거리로 나오자 이미 기방은 불에 타고 있었다. 오늘은 토끼띠가 아닌 사람들도 기방에서 무참히 죽어갔다.

별주부는 술을 활용해 사람들을 빠르게 죽여갔다. 자기 앞에 문이 가로막고 있으면 문을 부수고, 기둥이 있으면 기둥을 부쉈다. 사람들은 나무 기둥을 발길질 한 번으로 부수는 별주부를 보고 놀라 도망치려 했지만, 자신이 마시던 물과 술에 목이 베여 쓰러졌다. 별주부가 도끼를 휘두른 지 일각도 채 안 되어 기방은 불에 타고 별주부의 발에는 시체들이 걷어차였다. 이제 기방에서는 비명소리가 들리지 않았다. 별주부는 기방을 나가 개천이 있는 쪽으로 다가갔다.

별주부가 개천 앞에 당도하니 어느새 군사들이 무기를 들고 별주부에게 달려왔다. 그들이 본 건 피칠갑을 한 덩치 큰 민머리의 사내 혼자였다. 군사들은 창을 들고 별주부에게 다가섰다. 곧 개천에 있던 물이 가시가 되어 군사들에게 날아가자 군사들은 맥없이 쓰러지고 말았다. 마지막 군사가 쓰러지자, 곧바로 별주부에게 화살이 날아왔다. 공기를 가르며 날카로운 화살이 별주부를 향해 날아왔다. 한두 발은 피했지만 수십 발이 날아오자 별주부는 다급히 물 벽을 만들어 막았다. 대부분은 물 벽에 막혀 바닥에 떨어졌지만 몇 발은 별주부의 팔을 스쳐 상처를 만들었다.

터럭 하나 다치지 않고 고을을 없애버릴 것으로 생각한 별주부는 분노에 차서 개천에 있는 물을 가득 끌어올려 주변의 모든 것들을 베어버렸다. 금세 개천을 기준으로 반토막이 난 시체들이 사방에 널브러졌다. 시체를 잠시 둘러보던 별주부는 개천으로 다가가 물을 입안에 가득 채우더니 재빨리 무기와 군사가 있는 관아로 뛰어갔다.

거북은 어둠이 내린 상점 거리에서 장신구 상인을 찾아갔다. 가보니 상인은 딸과 함께 집에 갈 채비를 하고 있었다. 거북은 장신구 상점에 도착하자마자 아비인 상인을 죽였다. 미소를 짓고 있는 거북 뒤로 찢어질 듯한 비명이 들려왔지만 거북은 나긋하고 조용하게 상인의 딸에게 말을 걸었다.

"아이야, 미안하구나. 나도 내 앞날이 걸려있다. 나를 이해해

줬으면 좋겠구나. 한 가지 질문을 하마. 이 질문에 제대로 대답
하면 너의 목숨을 살려줄 수도 있다. 알겠느냐?"

상인의 딸은 눈물을 흘리고 고개를 연신 끄덕인다. 거북은 상
인의 딸 앞에 앉아 차분한 목소리로 물어본다.

"생년이 어떻게 되느냐?"

"기… 기묘년 생입니다."

"토끼띠로구나. 미안하구나. 그럼…."

거북은 말을 마치기 무섭게 상인의 시체에서 흐르는 피로 딸
의 목을 뚫어버렸다. 그리고 배를 갈라 간을 가지고 있던 가죽
주머니에 담은 후 의원을 찾아 나섰다.

별주부는 빠르게 뛰어 관아로 들이닥쳤다. 관아 안에는 수령
과 함께 남아있던 군사들이 있었다. 별주부는 그곳으로 뛰어들
어 도끼를 휘둘렀다. 화살이 날아들자 근처에 있는 군사 하나를
잡아 방패로 썼다. 그리고 도끼를 휘둘러 군사 몇을 죽인 후 다
음 화살이 날아오기 전 입안에 있던 물로 만든 가시를 쏘아 궁
사들을 일격에 쓰러트렸다.

이에 수령이 무사 몇과 도망가려 했다. 별주부는 도끼를 던져
수령을 죽이고, 바닥에 떨어져 있던 검을 던져 무사들을 쓰러트
렸다. 그렇게 관아를 점령한 별주부는 관아 곳곳에도 불을 질렀
다. 별주부는 불을 보고 달려온 사람들을 죽였다. 어떤 이는 도

끼로, 어떤 이는 개천에 흐르는 물로 목을 잘랐다. 별주부가 지나간 자리에는 건물이 불타고 시체가 즐비했다. 아기 울음소리 하나 들리지 않았다. 개천의 물로 인해 사람이 계속 죽어갔지만, 개천의 물은 야속하게도 멈추지 않고 세차게 흘러갔다.

거북이 들어간 의원에는 사지가 불편한 환자만 숨죽이고 울고 있을 뿐, 멀쩡한 사람들은 모두 바닥에 쓰러져 죽어있었다. 거북은 목이 뚫린 의원의 몸에서 간을 꺼내 가죽 주머니에 담은 후 개천 너머에 있는 기와집으로 향했다. 사람들은 빠르게 달리며 도망치기 바쁘지만, 거북은 천천히 그리고 차분하게 공포에 빠진 사람들 사이를 걸어갔다.

거북은 이제 마지막으로 기와집에 도착해 손으로 문을 흔들어봤지만 문은 열리지 않았다. 거북은 손에 묻은 피를 사용해 문을 잠근 빗장을 잘라버렸다. 문이 열리니 손에 무기를 든 일꾼들이 거북에게 달려왔다. 거북은 달려온 일꾼들을 빠르게 쓰러트렸다. 거북은 넓은 기와집을 천천히 걸어 다니며 손에 묻은 피를 가지고 집 안 사람들의 목을 뚫어버렸다.

하나둘 이 집안을 지키는 일꾼들의 목이 뚫렸다. 마지막으로는 자신의 딸을 지키던 양반 부모의 목이 뚫렸다. 이를 지켜보던 아씨는 거북에게서 도망치려 했지만 몸이 얼어붙어 그러질 못했다. 아씨가 있는 방이 아씨 부모의 피로 얼룩지자, 거북은 안타까운 듯 탄식을 내뱉으며 아씨에게 몇 마디를 던졌다.

"시끄러운 밤입니다. 아씨, 비록 외람되지만 제가 질문을 드리겠습니다. 제 질문에 어떻게 대답하시는지에 따라 목숨을 보전하실 수도 있고, 아니면 목이 뚫려 돌아가실 수도 있습니다. 제 말을 알아들으시겠습니까?"

피 묻은 손으로 자신의 머리를 쓰다듬으며 차분한 말투로 말을 걸어오는 거북의 모습에 아씨는 눈물을 뚝뚝 흘리며 머리를 끄덕였다.

"생년이 어떻게 되십니까?"

"기묘년 생이다. 제발 살려다오. 나는 잘못한 것이 없다."

"역시 토끼띠셨군요. 다음 질문입니다. 이름이 어떻게 되십니까?

"김가 우현이다."

"다음 질문입니다. 우의정이신 할아버님이 아씨를 많이 예뻐하셨는지요?"

"그렇다. 할아버님께서 나를 많이 아끼셔서 매달 한양에서 귀한 것들을 선물로 보내주셨다."

"그럼 마지막 질문입니다. 아씨는 그동안 행복하셨습니까?"

거북의 질문에 아씨는 눈물을 흘리며 뒷걸음질쳤다.

"행복했었는데… 네가 우리 부모님을 죽였다. 도대체 우리 집안에 무슨 원한이 있는 것이냐. 우리 집안 사람들은 큰 잘못을

저지른 적이 없다. 대체 왜 우리를 이렇게 만든 것이냐!"

"아씨, 행복하셨다니 다행입니다. 사실 행복하시지 않으셨을 까봐 걱정했습니다. 그동안 아씨를 지켜본 제 눈이 맞았나 봅니 다."

"살려다오. 제발… 살려다오."

아씨가 무릎을 꿇고 두 손을 싹싹 빌자 거북은 살짝 미소 짓고 는 고개를 가로저었다.

"아씨, 안타깝게도 아씨는 대답을 잘못하셨습니다. 모두 제가 원하는 대답이 나왔으니 이제 그만 편히 쉬시지요."

"그게 무슨 소리냐! 네가 원하는 대답을 했는데 날 죽인다니 그게 무슨 소리냐! 제발 살려다오! 제발…!"

아씨의 살려달라는 말이 끝나기도 전에 거북의 손에 묻어있 던 피가 아씨의 목을 관통했다. 거북은 아씨의 배에서 간을 꺼 내 한 손에 든 채 다른 손에 허리춤의 가죽 주머니를 들었다.

그러고는 아씨의 간을 귀 크기만큼 잘라 품속에 넣었다. 거북 은 아씨의 나머지 간과 가죽 주머니에 들어있던 간들을 모두 바 닥에 버렸다. 거북은 기와집을 나서서 기방으로 돌아가 부엌으 로 들어갔다.

별주부가 얼마나 도끼와 물을 휘둘렀을까. 곧 동틀 시간이 다 가오고 있었다. 고을 전체가 불타고 있고, 별주부가 지나는 곳곳마다 시체가 즐비했다. 비명소리는 더 이상 들리지 않았다. 점차 밝아오는 하늘을 본 별주부는 양팔에 난 상처를 보고 잠시 인상을 쓰다가 기방으로 돌아갔다. 별주부가 기방 앞에 도착하자 거북이 고고하게 선 자세로 별주부를 맞았다.

"오셨습니까, 나리. 그 팔… 괜찮으신지요."

"싸움 중에 작은 부상을 입었다. 이 상처도 없었어야 완벽했겠지만, 지금 내 힘의 수준을 봤을 때 당장 용궁으로 들어가도 무리는 없을 것이다. 오늘은 힘을 많이 썼으니 며칠간 해안가에서 휴식을 취하고 바로 용궁으로 돌아갈 것이다."

"예, 나리."

"회복을 위해 간이 필요하다. 말해둔 간은 어디 있느냐?"

"싸움으로 사방이 혼란하여 기방 부엌에 숨겨놓았습니다."

"지금 당장 간이 필요하다. 냉큼 가져오너라. 아니다, 내가 직접 가져가겠다. 어디 있느냐?"

별주부는 간을 찾아 성큼성큼 기방 안 부엌으로 들어갔다. 그런 별주부 옆으로 물이 가득 끓고 있는 가마솥이 보였다. 별주부가 간을 찾기 위해 부엌 이곳저곳을 찾아보는 그때, 갑자기 별주부의 팔에서 피가 솟구쳐 나오기 시작했다. 갑자기 몸에서 엄청난 양의 피가 뿜어져 나오자 별주부는 몸을 가누지 못하며 쓰러졌다.

거북이 별주부를 보며 말했다.

"나리께서는 몸 밖의 물만 쓸 줄 아시더군요. 물은 몸 안에도 있는데 말이지요."

별주부가 바닥에 쓰러지자 거북은 힘을 써서 가마솥에서 끓는 물을 팔의 상처를 통해 별주부 몸속에 넣어버렸다. 끓는 물이 별주부의 몸속으로 꾸역꾸역 들어가자, 별주부는 피를 토하며 경기를 일으켰다.

"거북… 네 이년…. 네가 어찌… 내게 이러는 것이냐…."

별주부가 벌게진 진녹색의 눈으로 신음하듯이 말하자 거북은 별주부 머리맡에 쭈그리고 앉아 품속에 있던 간을 꺼내 먹었다. 그러자 거북은 이내 아씨의 모습으로 변했다. 바뀐 목소리로 나긋하게 말하기 시작했다.

"제게 용궁으로 가자 하셨지요. 하지만 제가 가진 몸은 땅에서 사는 토끼의 몸이라 용궁과는 맞지 않을 듯싶습니다. 아쉽게도 용궁은 제게 안 좋은 기억만 있는 곳이랍니다. 말씀드렸잖습니까. 뭍에서 이리 편히 살 수 있는데, 어찌 위험이 있는 용궁으로 들어가려 하십니까. 저는 육지에서 행복한 토끼가 되고 싶었는데, 나리께서 저를 겁박하여 용궁으로 끌고 가려 하시니, 다른 방도가 있겠습니까."

"행복한 토끼라니… 어리석은 소리를 하는구나…. 네가 얻은 건 가족 잃은 낭자의 몸일 뿐이다…."

"비록 이 몸의 부모는 죽었지만, 할아버지인 대감께선 손녀를 아주 어여뻐 여기신다고 하니 다행 아닙니까? 나리께서는 이렇게 힘만 얻으려다 요절하시지만, 저는 이 몸과 함께 편히 천수를 누리다 가겠습니다."

별주부의 몸에는 계속해서 끓는 물이 들어갔다. 별주부는 죽어가면서도 계속해서 거북을 노려봤다. 거북은 그런 별주부에게 미소를 지었다. 별주부는 거북을 보며 저주했다.

"토끼 몸을 가지더니 정말 토끼가 되어버렸구나…. 네년을 처음 봤을 때 죽였어야 했는데…!"

"토끼 간을 먹은 용궁의 무수리 거북은 이제 이 세상에 없습니다."

별주부는 이 말을 내뱉고 곧 숨을 거두었다. 그러자 조금씩 별주부의 몸속으로 들어가던 끓는 물과 피가 전부 별주부 몸 밖으로 나왔다.

거북은 자리에서 일어나 천천히 개천 너머 기와집으로 걸어갔다. 그러곤 쓰러진 시체들 사이를 지나 죽은 아씨의 몸이 있는 곳으로 갔다. 거북은 죽은 아씨의 노란 옷을 입고 옷매무새를 정리했다. 옷에 묻은 핏자국을 소매로 문질러봤지만 잘 지워지지 않았다. 이내 포기한 거북은 아씨에게 자기가 입고 있던 푸른 옷을 입힌 뒤 다른 시체들과 함께 불을 질러 태워버렸다. 그리고 자신은 아씨 방에 털썩 주저앉아 창문으로 떠오르는 해를 바라보며 미소 지었다.

불타는 시체들에서 피어오르는 연기가 하늘로 올라가 아침노을과 어우러졌다. 거북은 그 연기와 노을을 보며 행복한 목소리로 혼잣말을 내뱉었다.

"얼른 할아버님이 뵙고 싶구나."